Evang. Beth.
Mausoleum
Burger Gasse
Neue G.
Eiserne Thor
Jakomini Platz
Jakominer G.
Herren Gasse
Schmid Gasse
Rauber G.
Haupt Wacht=Platz
Neue Welt
P.P. Franc. Conv. Garten
Kälbernes - Virtel
Holz-Lende-und Wasserholz Verschleis Platz
Zimmer Platz
Flossmeister Lend Platz
Gries
Feuerbach G.
Gries Pl.
Triester Post

Robert Preis

Das Gerücht vom Tod

Robert Preis

DAS GERÜCHT VOM TOD

Roman

Leykam

Dieses Buch ist meinen Eltern,
Theresia und Johannes Preis,
gewidmet.

Mai 1809

Der Krieg gegen Napoleon hielt Einzug in Oberitalien. Angeführt von des Kaisers Bruder Erzherzog Johann kämpften die Österreicher erfolgreich gegen den Vizekönig von Italien, einem Verbündeten der Franzosen. Fünf Schlachten im April zeigten durchaus militärisches Geschick des Erzherzogs und seiner Berater. Tausende Franzosen wurden getötet oder gefangen genommen, der überraschte Gegner bis nach Verona zurückgedrängt. Doch dann erhielten die siegreichen Soldaten einen überraschenden Befehl: Weil Napoleons Truppen Wien bedrohten, wurde die erfolgreiche Italien-Armee vom Kaiser zum Rückzug aufgefordert. Die Einheiten trennten sich bei dem Manöver und wurden nun bald ihrerseits verfolgt. Sie flohen teilweise über Kärnten, teilweise über Slowenien, versuchten auch noch verzweifelt, die Tiroler zu schützen, und verloren auf diese Weise Schlacht um Schlacht. Im Kanaltal wurden nach heldenhaftem Kampf Sperren gestürmt, es kam zu zahlreichen Scharmützeln und regelrechten Massakern. Viele seiner fähigsten Offiziere musste Johann in diesen Tagen sterben sehen, das Leben Tausender Österreicher endete auf dem Schlachtfeld. Die Spur der Verwüstung zog sich innerhalb weniger Tage durchs halbe Habsburgerreich.

Schon näherten sich die Truppen des Vizekönigs Graz, der Stadt im Herzen des Herzogtums Steyermark.

Doch hier sollte ihr Vormarsch enden.

Und ihre Angst beginnen.

Ein Gerücht – schnelle Worte

Matthäus stellte den Schubkarren ab, wischte sich den Schweiß aus den Augen und blickte sich um. Seit Tagen tat er wie die meisten Grazer nichts anderes, als Material auf den Schloßberg zu karren, um ihn zu befestigen. Auf diesem Berg in der Mitte der Stadt befand sich die Festung. Ein steinernes Ungetüm aus blankem Fels.

Um die Geschütze zu vergraben und Wälle zu errichten, mussten nicht nur notdürftige Mulden ins Gestein geschlagen werden, auch allerlei Holzlatten und Ziegelwerk, mitunter sogar Erdreich, wurden auf den Berg gekarrt. Seit Tagen schuftete Matthäus deshalb wie ein Tier.

Er war ein kräftiger Mann von erstaunlicher Größe. Sein kleiner viereckiger Kopf wurde von breiten Schultern getragen. Ein Kerl wie Matthäus musste sich vor nichts fürchten, mochte man meinen. Und doch machte ihm vieles Angst. Zum Beispiel die Geschichten, die von den Leuten zur Zeit gerne erzählt wurden. In fieberhafter Eile bauten die Leute Gerüste, errichteten kleinere Palisaden und schufteten immer dann, wenn Offiziere in der Nähe waren. Drehten die sich um, flüsterten sie einander aber zu, von gnadenlosen und grausamen Franzosen. Der Teufel selbst sei ihr Begleiter.

Matthäus wusste auch von der Unsicherheit in der Stadt. Denn sobald man wusste, dass die Franzosen im Anmarsch waren, wusste auch jeder, dass die Spione des Feindes längst hier sein mussten. Jeder Fremde wurde verdächtigt, argwöhnisch beobachtet.

Das Allerschlimmste waren aber gar nicht die Gerüchte über die fremden Soldaten und ihre Kundschafter. Es war die Stadt selbst, die sich verändert hatte, wie Matthäus mit zunehmender Besorgnis feststellen musste. Er sah es in den Gesichtern der Menschen, die nur noch Masken zu sein schienen. Hastige Blicke, verzogene Mundwinkel. Matthäus, der Schmied, bildete sich ein, dass man die Angst riechen konnte. Und Matthäus bildete sich vieles ein.

In Wahrheit wehte wohl nur eine Luftböe aus den übel riechenden, nur langsam versickernden Abwässern des Stadtgrabens zwischen die Häuser hindurch. Seit Jahrzehnten waren die Stadtmauern nun schon dem Lauf der Zeit überlassen worden. Den Ort vor feindlichen Übergriffen zu schützen, fiel hier niemandem ein. Als gäbe es für kein Heer der Welt einen Grund, in diese Talsenke zu ziehen, die sich Richtung Süden trichterförmig in eine weite Ebene öffnete. Als habe sich dieser Ort im Lauf der Zeit aus dem Gedächtnis der Welt gelebt. Nein, so eine Stadt brauchte tatsächlich keine starke Mauer mehr.

Und doch: Mehr als zehntausend Franzosen waren nun im Anmarsch. Ihnen gegenüber standen nicht mehr als 900 tapfere Männer, großteils im Töten völlig ungeübte Bauern, Handwerker und Bürger, die erst seit einem knappen Jahr Mitglieder des Landwehrregiments waren. Und mitten unter ihnen er, Matthäus der Schmied.

Alles, was Erzherzog Johann ihnen hinterlassen hatte, war folgender Auftrag: bis zum letzten Mann zu kämpfen, die Festung nicht aufzugeben, so lange die Kräfte reichten.

So lange die Kräfte reichten.

Wer weiß, vielleicht würden Napoleons Truppen ja vorbeiziehen wie einst die Türken? Matthäus schüttelte den Kopf. Die Alten in den Wirtshäusern erzählten sich, dieser Ort habe noch nie eine Schlacht erlebt. Diese Stadt bleibe stets verschont. Er schauderte beim nächsten Gedanken. Denn die Alten glaubten auch zu wissen, warum, denn diese Stadt sei verflucht.

Er hatte die beiden Kinder nicht bemerkt, die ihn von einer Straßenecke aus beobachteten. Sie standen da, als habe sein Anblick sie so sehr erschreckt, dass jeder weitere Schritt unmöglich wurde. Sie waren schmutzig, ihre Kleider zerrissen und die bloßen Zehen blutig gescheuert. Als der Schmied zu ihnen hinübersah, steckten sie die Köpfe zusammen, tuschelten und kicherten.

„Puh", machte Matthäus und riss die Augen so weit auf, dass das Weiß darin seinem vor Staub und Dreck ganz grau gewordenen Gesicht einen dämonischen Ausdruck verlieh. Die Buben schraken auf und liefen schreiend davon.

Wie sehr würde die Stadt darunter leiden? Hatten die Mütter dieser Burschen etwas zu befürchten? Die Väter?

„Matthäus Wilhelm Bergmann, was stehst du da herum und schaust in den Himmel, als gäbe es kein Morgen?"

Er fuhr herum und sah in die liebevoll blickenden Augen seiner Frau. Hildas Mundwinkel umspielte ein schadenfrohes Lächeln. Es amüsierte sie, den großen, starken Kerl dabei ertappt zu haben, wie er gedankenversunken vor sich hin starrte. Es hatte fast etwas Mütterlich-Herrisches an sich, wie sie sich, die Arme in die Hüften gestemmt, breitbeinig vor ihm aufbaute und ihn schalt. Obwohl das natürlich grotesk aussah. Nicht nur, weil sie fast um eine ganze Kopflänge kleiner war als er, sie war auch eine überaus zarte Frau, deren braunes Haar von einem Kopftuch bedeckt war. Sie trug ein weit ausladendes Kleid mit Schürze. Er machte unwillkürlich einen Schritt auf sie zu und lächelte zurück. In diesem Augenblick riss sich ein kleiner Bub von ihr los und stürmte auf ihn zu. Matthäus packte den Buben, warf ihn in die Luft, fing ihn auf und schüttelte ihn, wobei er ein Geräusch machte, das zugleich ein Lachen und ein Knurren war. Er grub sein Gesicht in den Bauch des Kindes, bis es sich vor Lachen fast verschluckte. Am liebsten, ja, am liebsten hätte Matthäus mit seinem Sohn Theo jetzt zum Spaß gerauft.

Der Bub versuchte auch sogleich auf seine Schultern zu klettern, doch Matthäus stellte ihn vor sich hin, legte eine Hand auf die Stirn des Kleinen, streckte den Arm aus und ließ den Buben auf diese Weise hoffnungslos gegen sich ankämpfen. Irgendwann gab Theo auf und Matthäus strich ihm lachend über die verschwitzten Locken. Aber das Lachen war ein wenig abwesend. Als blickte Matthäus durch seinen Sohn hindurch und hinein in einen anderen Gedanken.

Hilda streckte ihrem Mann ein in ein Tuch gewickeltes Stück Brot entgegen. Sie umarmten sich und er spürte, wie sie in seinen Armen bebte und schluchzte. Er nahm ihr Gesicht in seine rissigen Hände und küsste sie auf den Mund. Ein kurzer, trockener Kuss. Sie erschrak, denn sich in der Öffentlichkeit zu küssen, so etwas hatten sie noch nie gemacht. So etwas gehörte sich auch nicht, auch nicht für Eheleute.

Matthäus kümmerte sich jedoch nicht darum und betrachtete weiterhin seine Frau. Sie war schmal geworden, fand er. Knochiger. Ihr ohnehin spitzes Kinn und die große, blasse Nase, auf der feine, blaue Äderchen zu sehen waren, verstärkten diesen Eindruck. An den Seiten, über ihrem Ohr, bemerkte er graue Haare. Sie blickten einander lange an, so lange, bis Matthäus über ihre Schulter sah und eine Gruppe Halbwüchsiger bemerkte, die unter lautem Stöhnen und Schreien einen Karren die Sporgasse hinauf auf den Berg zogen.

„Geh nach Hause, es dämmert schon", sagte er. „Verriegel die Tür, mach niemandem auf."

Er hatte noch etwas hinzufügen wollen. Etwas darüber, wie es in seinem Herzen aussah, vielleicht auch etwas, das ihnen Mut machen sollte. Doch da waren die beiden schon wieder um die nächste Hausecke verschwunden. Er küsste den kleinen Lederbeutel, den er um den Hals trug, und der ein Haarbüschel seiner Frau enthielt.

Matthäus drehte sich um. Seine dichten Augenbrauen beschatteten braune, tief in den Höhlen liegende Augen. Zu anderen Zeiten wäre es ein wunderbar lauer Juniabend gewesen. Er glaubte, Krähen zu hören, und suchte den schmalen Streifen Himmel über sich ab. Er sah ein dünnes Wolkenband. Der Himmel färbte sich violett. Und dann fuhr er herum. Er hatte einen Moment lang geglaubt, ganz dicht an seinem Ohr einen fremden Atem zu spüren.

Hilda hielt den Buben fest an der schwitzenden Hand. Mit der anderen umfasste sie die Spitzen ihres Kopftuchs, das sie sich tief ins Gesicht gezogen hatte. Es wurde rasch dunkler, als sie gebückt durch die Gassen hetzte. Sie drückte sich an die Wand, um Kutschen auszuweichen, immer wieder klapperten Pferde vorüber, auf denen wild gestikulierende und schreiende Soldaten saßen. Eine Gruppe Männer, deren nackte Oberkörper vor Schweiß glänzten, rollte eine Haubitze über den Hauptwachplatz.

Die Frau lief durch die Murgasse, in der die uralten Handwerksfamilien der Tuch-, Seiden- und Schnittwarenhändler ihre Läden längst verriegelt hatten. Sie zwängte sich vorbei an den schwer beladenen Karren voller Holzplanken, die dazu dienen sollten, die Brücke über die Mur zu verbarrikadieren, und lief auf die andere Seite des Flusses. Dort rannte sie über den Vorstadtplatz in Richtung jenes Gebietes, das nur „der Lend“ genannt wurde, weil dort auch die Floße und Plätten mit Brennholz anlegten.

Die Dämmerung war bereits weit fortgeschritten, als die Frau des Schmieds ins Halbdunkel einer menschenleeren, engen Seitengasse einbog. Sie hatte plötzlich das Gefühl, noch schneller laufen zu müssen, als taste etwas Fürchterliches nach ihr. Es war hoffnungslos, sich dagegen zu wehren. In letzter Zeit setzte ihr diese unbestimmbare Angst immer häufiger zu. Ihre Augenlider flatterten, ihr Kopf bewegte sich ruckartig. Sie erinnerte sich an Matthäus' Worte „*Verriegel die Tür*“, als sie zitternd und laut atmend versuchte, den Schlüssel ins Schloss zu stecken. *Warum hatte er so besorgt geklungen?*

Dann fiel ihr der Schlüssel laut klimpernd auf die Steinstufe vor dem Haus. Ihr wurde mit einem Mal kalt, obwohl sich die schwüle Luft nicht bewegte. *Warum konnte er nicht wenigstens zum Schlafen nach Hause kommen?*

Und dann brach plötzlich die Dunkelheit über sie herein. Sie glaubte ein Flüstern zu hören, ein Kichern – und im selben Moment vermisste sie den Druck der kleinen Hand ihres Buben …

Die Finsternis schien wieder geringer zu werden und die Kälte in ihrem Körper verwandelte sich in Hitze. In einen heißen Strom.

Der Bub stand nicht mehr neben ihr.

„Theo!?"

Sie rannte die Straßen zurück bis zur Brücke. Dann in die andere Richtung, wo sich die Straße in mehrere ungepflasterte, von tiefen Fuhrwerksrillen durchzogene Wege aufteilte. Doch niemand war zu sehen. Keine Menschenseele. Das Dämmerlicht war dichter geworden. Konzentrierter. Als entzöge ihm etwas seine Kraft und ließe es nur in die Richtung dringen, in die sie gerade blickte. Ihr war, als stünde die Zeit still.

Als befände sich nur sie allein auf der Welt. Sonst niemand. Schon gar nicht ihr Sohn.

Als sie aus Leibeskräften nach ihrem Kind zu schreien begann, mit einer grellen, sich überschlagenden Stimme, fühlte sie, dass sie es für immer verloren hatte.

Und doch nahm niemand Notiz von ihr, denn das Geläut der Kirchenglocken dröhnte durch die Stadt. Die Vorhut des Feindes hatte soeben die südlichen Ebenen der Stadt erreicht, drängte die letzten Widerständler zurück – verrückte Burschen, verzweifelte Bauern – und kündigte eine Armee an, deren Stärke und Unerbittlichkeit beinah auf der ganzen Welt gefürchtet waren.

Schauergeschichten

Den Gerüchten zu entgehen, war in diesem Frühjahr unmöglich. Dabei hätte so mancher wer weiß was darum gegeben, sie nicht zu hören. Aus den Wirtshäusern drangen sie hinein in die schattigen Gassen, mit Holzkarren brachten sie die Bauern von den Feldern ins Rumoren der Märkte. Und immer wieder standen Leute beisammen, lauschten einem Bericht und warfen dann unsichere Blicke umher. Es herrschte eine Unruhe in der Stadt, die fast hysterisch schien. Kein Wunder eigentlich, denn rundherum war alles auf der Flucht.

Auch er, Major Franz Xaver Hackher, der Befehlshaber auf dem Schloßberg und dieser Tage ranghöchster Offizier der gesamten Stadt, kannte die Berichte, die Napoleons Armee vorauseilten. Es waren ausgebildete Krieger, die da auf sie zumarschierten. Menschen, denen der Krieg die einzige Möglichkeit bot, zu einer warmen Mahlzeit zu kommen. Und genau darauf setzte Napoleon auch. Schnelle Kampfeinheiten, die keine Zeit damit vergeudeten, so etwas wie eine Feldküche mitzuschleppen. Stattdessen mussten die besetzten Länder die Heerscharen verköstigen. Taten sie es nicht, wurden sie bestraft. Die Franzosen kannten keine Gnade, nicht mit Mann, nicht mit Frau – nicht einmal mit Kindern. Alles brannten sie nieder, alles zerstörten sie, als wollten sie mit den Leben auch alle Hoffnung auslöschen. Für alle Zeit.

Von allen Seiten drangen die Franzosen tiefer ins Reich der Habsburger vor. Auch in den zerklüfteten Bergen der

Obersteiermark, rund um den Wallfahrtsort Mariazell, war die Sperre der Österreicher längst überrannt worden, und immer weniger Menschen erreichten völlig erschöpft Graz. Es schien, als ließe man ganz mit Absicht hie und da jemanden fliehen, der dann atemlos Bericht erstattete. Von Blut, von Gräueln, von mordenden Soldaten. Die Franzosen zogen von Dorf zu Dorf, plünderten und brandschatzten – und sie liebten es, wenn ihnen die Gerüchte vorauseilten.

Doch Hackher ließ das alles nicht an sich heran. Er verdrängte die Berichte darüber, dass überall Menschen davonliefen. Für ihn zählten nur die Fakten. Der Berg, den er zu verteidigen hatte, war genau genommen ein 122 Meter hoher Felsen, 460 Meter lang, zwischen 20 und 140 Meter breit. Dolomitgestein. Wenig Holz, das brennen konnte …

Blass blickte der Major durch sein Fernrohr. Alles war nur eine Sache der richtigen Organisation. Wieder und immer wieder ging er in Gedanken durch, wie viele Männer auf welcher Flanke den Schloßberg sichern mussten, damit die Bastion zu halten war. Kam ihm ein Gedanke, wies er seine Adjutanten an, die Männer sofort anzutreiben, ihn umzusetzen. Er sprach in knappen Sätzen. Unmissverständlich.

Der Regen hatte aufgehört, es wurde wärmer. Sogar die Nächte werden bis zum Angriff der Feinde angenehm lau sein, dachte er. Und Hackher war überzeugt davon, dass sie sich auch nur die Nächte aussuchen würden, um anzugreifen.

Er atmete langsam aus und registrierte dabei etwas, das er von sich nicht kannte: ein Zittern des Brustkorbs.

Hackher stand an der Mauer, zu deren Füßen sich die Stadt ausbreitete, und betrachtete die vom Fackelschein beleuchteten Häuser, die teilweise beunruhigend nah an das steinerne Bollwerk heranreichten. Immer und immer wieder spielte er alle Möglichkeiten durch. Und er dachte an die Gerüchte, die er gehört hatte.

Er wusste nun, dass bis vor wenigen Jahren noch kein Heerführer so nah an Graz herangekommen war wie der türkische Sultan Suleiman fast 300 Jahre zuvor. Vom Schloßberg aus hatten die Österreicher die Armee des „Prächtigen“, wie sie Suleiman nannten, beschossen. Aus Zorn darüber zerstörte dieser zwei Kirchen in angrenzenden Ortschaften. Dieses Scharmützel hatte die Grazer veranlasst, ihre Stadtbefestigung auszubauen. Zehn Bastionen, sechs Stadttore und ein tiefer Graben machten sie fortan mit ihrer Renaissancefestung im Inneren zur Hauptfeste des Herzogtums. So nannten die adeligen Herrscher sie zumindest immer ganz gern. *Hauptfeste.* Als wollten sie die Grazer dadurch beruhigen. Oder sich selbst.

Die Stadt wäre jedenfalls heute gut befestigt gewesen – wenn man diese Mauern all die Jahre hindurch vor dem Verfall bewahrt hätte. Doch das Einzige, was seit den Einfällen der Türken geschehen war, waren ein paar Rangeleien mit einheimischen Bauern, die sich darüber ärgerten, dass die Erntesteuern immer absurder wurden. Sogar Holzscheite hatten die Stadtgardisten zuweilen als Maut verlangt, wenn die Bauern für die Wochenmärkte in die Stadt zogen. Kein Wunder, dass es manchmal zu Schlägereien kam, wenn die Fahne am Rathaus wieder einmal einen dieser Wochenmärkte kennzeichnete. Vor allem, wenn die wortkargen und als eigenbrötlerisch geltenden Schöcklbauern ihr berühmtes Landbrot verkaufen wollten, war die Stimmung oft aufgeheizt.

Rund um die beiden Jahrmärkte – dem Mittfastenmarkt vor Ostern und dem herbstlichen Ägydimarkt – kam es ebenfalls ab und an zu Auseinandersetzungen, aber nichts weiter Aufregendes.

Kein Grund jedenfalls, die Festung instandzuhalten oder gar auszubauen. Und dann ließ Kaiser Joseph II. vor fast dreißig Jahren noch dazu nicht nur die meisten Klöster schleifen, er erklärte Graz auch noch zur freien Stadt. Der Geist der Aufklärung hatte von Graz Besitz ergriffen und begann durch das Tal zu wehen. Die Bürger entledigten sich der finsteren Ecken im Stadtbild, so gut es ging, pflanzten Bäume am Glacis, ließen zu, dass rund um die Festungsmauern neue Häuser errichtet wurden, erfreuten sich des Friedens und ließen die steinernen Mauern der dunklen Vergangenheit verfallen. Diese neue Leichtigkeit, das friedliche Einerlei des Alltags hätte der Beginn einer besseren Zeit sein sollen.

Doch es kam anders. Nichts war leicht, friedlich und besser geworden, denn nun ritt bereits zum dritten Mal innerhalb weniger Jahre ein feiner Herr in französischer Uniform auf Graz zu.

Es war drei Uhr in der Früh am 30. Mai des Jahres 1809, als die Vorhut des Grafen Broussier zum ersten Mal im Süden der Stadt gesichtet wurde. Broussier war jener Offizier, der den Truppen Johanns seit Italien gefolgt war, sie in der Piaveschlacht besiegt hatte und auf Rache nach den empfindlichen Niederlagen in Fontana Fredda sann. Tausende seiner Männer hatten den Tod gefunden. Nun sollte es dem Feind ebenso ergehen.

Hackher selbst konnte die Franzosen in der Ferne noch nicht ausmachen, aber er hatte keinen Zweifel an der Echtheit der Nachricht. Diese berüchtigte Dragoner-Vorhut ritt im gestreckten Galopp durch die Nacht, wirbelte mit Krummsäbeln durch die Luft und konnte stundenlang ein derart hohes Tempo im Kampf gehen, dass den meisten Gegnern schlichtweg die Luft ausging.

Hackher dachte auch an die Größe der Armee, die den Reitern mit Einbruch des nächsten Tages folgen würde. Sie marschierte von Slowenien kommend über die Hügel des Südens im Eiltempo auf die Stadt zu. Er schauderte, hoffte aber sogleich, dass es zu dunkel gewesen war, als dass irgendjemand sein Zögern, dieses Innehalten bemerkt hätte.

Der Major stand inmitten seiner jetzt schon erschöpften, schmutzigen Truppe auf dem oberen Festungsplatz, dem höchsten Punkt des Schloßbergs im Zentrum der Stadt. Er war 42 Jahre alt und hatte eine ganze Menge Schlachten und Belagerungen erlebt. Er hatte in Mantua gekämpft, in Ulm und in Cuneo. Er galt als erfahrener, gerechter und strenger Offizier. Doch obwohl er wusste, wie stark eine belagerte Stadt sein konnte, wenn sie auch nur von einer Handvoll besonnener Männer verteidigt wurde, erschütterte sogar ihn, was er hier vorgefunden hatte. Unter seinem Befehl standen zwar auch Landwehrmänner, doch die Farben ihrer grünen Anzüge und grauen Hosen waren kaum noch zu erkennen. Dieser von Johann im Jahr davor eingerichtete Armeeverband, der alle wehrfähigen Männer zum Dienst mit der Waffe verpflichtete, war nichts als ein abgerissener Haufen zerlumpter Kerle. Hackher hielt, wie im Übrigen auch sein Kaiser, wenig davon, das gemeine Volk zu bewaffnen. Tatsächlich hatten die meisten die eleganten breitkrempigen Hüte bereits abgelegt, die Schuhe hatten viele gleich zu Hause gelassen oder längst eingetauscht. Viele waren bettelarme Bauern, verwegene Burschen, aber echte Soldaten mit Ehrgefühl und Stolz gab es nur wenige unter ihnen. Der Major war sogar versucht gewesen zu bedauern, dass die Schwerverbrecher vor wenigen Tagen nach Ungarn verschifft worden waren. Man hätte hier jeden richtigen Kerl gebrauchen können.

Die Finsternis wurde nur durch den tanzenden Lichtschein einiger Fackeln erhellt. Der Himmel war klar, die Sterne leuchteten. Als das aufgeregte Glockengeläut verstummt war, erhob Hackher seine Stimme zu den schattenhaften Gestalten ringsherum, und sie hallte überraschend kräftig über den Platz. Er hatte so etwas noch nie gemacht – zu seinen Männern geredet. Angesichts der Tatsache, dass es sich hier aber um einen nahezu aussichtslosen Kampf handelte, erinnerte er die Männer an die Worte Johanns, bevor dieser mit Tausenden Männern über die ungarische Straße Richtung Osten abgezogen war. Bis zum letzten Atemzug sollten sie kämpfen, diese Festung so lange wie nur irgend möglich halten. Er, Hackher, wisse, dass nicht einmal jeder Zweite von ihnen ein Gewehr habe, aber es gebe Steine, Holzlatten, Messer. Alles sei im Kampf erlaubt – nur sterben nicht.

Matthäus, der sich unter den Zuhörern befand, verstand Hackhers Vorhaben so: Bis auf Weiteres sollten alle Zugänge und Brücken in die Stadt verbarrikadiert und bewacht bleiben. Hackher wollte verhandeln, versuchen, Zeit zu gewinnen. Auf ein Zeichen hin sollten die Wachen dann aber zurück in die Festung rennen, denn die Stadt würde den Franzosen überlassen, damit sie keinen Schaden davontrage. Sie kämen dem Schloßberg zwar nahe – aber sie würden nicht siegen.

Alle wussten, wie riskant dieses Manöver werden würde, denn kaum einer der Männer hatte jemals einem Franzosen gegenübergestanden. Einem richtigen Soldaten.

„Sie werden uns fressen", sagte der Schatten neben Matthäus und spuckte auf den Boden.

„Ich gebe uns einen halben Tag, dann macht sich hier jeder von uns in die Hosen und rennt nach Hause."

Jemand räusperte sich, Matthäus erwiderte nichts.

Er erinnerte sich an den Blick seiner Frau, als sie sich verabschiedet hatte. War es klug gewesen, sich zum Festungsdienst zu melden? War es nicht die Pflicht des Mannes, für Frau und Kind zu sorgen?

Er schwitzte.

Die Stimme des Majors drang zu ihm, als stünde der Mann auf der anderen Seite des Flusses. Es war seltsam, einen Offizier so reden zu hören. Fast hätte man meinen können, er fühlte sich seinen Männern zugehörig. Als sei er einer von ihnen. Was für ein dummer Gedanke.

Matthäus blickte sich um. Wenn sie so beisammenstanden, machte das einen imposanten Eindruck. Sein Herz hämmerte bei dem Gedanken an den bevorstehenden Wahnsinn. Er war der Bürgerbastei zugeteilt worden, dem niedrigsten Punkt der Festung. Sogar aus umliegenden Häusern konnten die Franzosen hineinschießen. Fiel die Bürgerbastei, fiel der Berg.

Ob er seine Frau noch einmal sehen würde?

Er versuchte sich vorzustellen, was die Franzosen aufbieten würden, um den Berg zu stürmen. Sein Mund wurde trocken. Der Major sprach immer noch, erinnerte wieder daran, standhaft zu bleiben, und redete von Stolz und Ehre und Vaterland. Er erinnerte auch an die Pflicht der Väter, ihre Frauen und Kinder zu verteidigen. Und daran, dass jeder gnadenlos erschossen würde, der zu dessertieren versuchte. Er redete unentwegt.

Und Matthäus dachte daran, welch merkwürdige Spiele das Schicksal beherrschte. Er würde bald um sein Leben kämpfen, vom Tod nur durch ein paar steinerne Mauern getrennt. Seine Frau könnte ihm vom Hauptwachplatz aus zurufen, so nah waren sie einander. Und doch lebten sie beide in unterschiedlichen Welten.

Nachdem der Major seine Ansprache endlich beendet hatte, rückten die Gestalten ab, zurück in die Dunkelheit.

Es lag ein bedrückendes Schweigen in der Luft, als die Männer ihre Stellungen bezogen.

Hackher selbst versuchte dort, wo sich die Dunkelheit der südöstlichen Hügel mit jener des Himmels traf, einmal mehr eine Armee auszumachen, aber es gelang immer noch nicht. Dann schaute er hinunter auf die Stadt. Ein erwachsener Mann fürchtet sich nicht vor der Finsternis. Doch selbst er, der Soldat, musste zugeben, dass die Nächte an diesem Ort ganz besonders waren. Er erinnerte sich an die Geschichten, die man sich hier erzählte, als stünden die wirklich dunklen Zeiten erst bevor. Man sagte sich, die schrecklichsten Gestalten kämen stets von jenem Berg herunter, der im Norden der Stadt wegen seines flachen Gipfels weithin bekannt war. Dem Schöckl. Und es war das erste Mal, dass nun auch der edle Major Hackher aus Wien sich diesem Berg zuwandte.

Ganz bewusst hatte er es bislang vermieden hinzusehen, fast wie ein kleiner Bub, der mit der Hand seine Augen verdeckt, weil er Angst hat vor den unheimlichen Augen eines Bildnisses, die einen immer verfolgen, egal, von wo aus man das Bild betrachtet. Hackher starrte hinauf auf den Schatten. Es war kein schöner Berg, kein besonders hoher, der sich da im Grau der Nacht am Horizont abzeichnete, aber die seltsame Kraft, die von diesem Ort auszugehen schien, entging ihm nicht.

Und Hackher war einen Augenblick lang fast unsicher, welcher Feind der größere war – Napoleons Heerscharen oder die Armeen der Nacht.

Armeen der Nacht, manchmal hatte er merkwürdige Gedanken.

Er schüttelte den Kopf. Als er sich abwandte, bemerkte er, dass einige der Soldaten ihn beobachtet hatten und nun verlegen ihre Blicke senkten.

Hackher räusperte sich, bellte einen Befehl und stapfte steif davon.

Und während oben auf dem Felsen die Männer auf Schlaf verzichten mussten, wurden in der Stadt zu ihren Füßen Gerüchte wispernd verbreitet. Über die Pflastersteine wurden sie von klappernden Holzpantoffeln getragen, von quietschenden Wagenrädern durch den Matsch gefahren.

Hohe Mächte

Die frische Brise verdrängte die abgestandene Luft und ließ Albert Mohr tief durchatmen. Sein Nacken schmerzte so sehr, dass er zunächst kaum den Kopf zu bewegen vermochte, und sein Mund war über Nacht so trocken geworden, dass er sich jetzt mit der Zungenspitze sein Zahnfleisch befeuchten musste. Er wischte mit dem Finger den körnigen Rest des Schlafs aus den Augen.

Dass er überhaupt eingeschlafen war, wunderte ihn jetzt. Mohr erinnerte sich an die Aufregung der letzten Stunden. An die hastige Suche nach Verstecken im Haus, daran, dass er Medikamente und Essensvorräte unter Holzdielen gestopft und die Ersparnisse in einer kleinen Kiste auf dem Dachboden verstaut hatte. Immer wieder war er, der Apotheker, zu seiner Tochter gerannt, um ihr zu versichern, dass alles wieder gut werde. Doch immer, wenn er sich umdrehte, um einen weiteren Handgriff zu tun, kämpfte er mit den Tränen.

Er hatte das seit einigen Jahren. Dieses *Mit-den-Tränen-Kämpfen*. Natürlich war das früher anders gewesen. Doch drei Tage, nachdem Margarethe zur Welt gekommen war, war seine Frau gestorben. Und die Leute mochten sagen, was sie wollten, aber er hatte sie geliebt. Obwohl sie nur ein Mädel vom Land, eine Bauerntochter, gewesen war. Er hatte sie geliebt: im Stall, an der Böschung der Mur, einmal sogar im Hinterzimmer der Apotheke, die damals noch seinem Vater gehört hatte. Die Freude über die Schwangerschaft war dann auch unermesslich gewesen. Zumindest im ersten Moment, bis er sie hinunterschluckte und dabei den bitteren Geschmack der Wirklichkeit schmeckte. Als sie einander ansahen, das Bauernmädchen immer noch mit Freudentränen in den Augen, und eine Entscheidung trafen, machte ihr Leben einen Satz in eine Richtung, die sie beide nicht abschätzen konnten. Sie hielten einander zitternd an den Händen und der junge Mann Albert Mohr, gerade einmal 20 geworden, wusste zum ersten Mal nicht wirklich, was er sagen sollte.

„Auf keinen Fall können wir es meinen Eltern sagen", stellte er kategorisch fest.

Dafür hatte seine Geliebte Verständnis. *Verständnis.*

Er sah sie deshalb nur umso verliebter an. Ihre Haut roch süßlich, ihr Atem ein wenig nach Knoblauch, doch er mochte das.

Und dann kam alles anders.

Sein Vater war gestorben und hatte ihm die Apotheke in der Murvorstadt hinterlassen. Wenige Monate später war auch die Mutter ins Grab gefolgt. Sie hatten beide an derselben Krankheit gelitten, dem Älterwerden.

Albert Mohr war der jüngste Sohn seiner Eltern, und er kannte sie eigentlich nur als alte Menschen. Über den Verlust der Familie – auch die beiden Brüder, die irgendwo im deutschen Reich gegen die Franzosen kämpften, hatte er seit Jahren nicht mehr gesehen – tröstete ihn nun die enorme Verantwortung hinweg. Für seine Apotheke. Für seine eigene Familie.

Er holte das Bauernmädchen zu sich in die Stadt, heiratete es an einem verregneten Vormittag in der Kirche Maria Straßengel im Norden von Graz und versuchte, das boshafte

Getuschel der Stammkundschaft so gut es ging zu ignorieren. Während seine Frau rundlich wurde, zog sich Albert Mohr aber auch selbst immer mehr zurück. Er schämte sich ein wenig wegen ihres Dialekts.

Freilich, so etwas würde Mohr niemals öffentlich zugeben, schließlich waren Loyalität, Anstand und Korrektheit gewissermaßen immer schon Familienleitsätze gewesen. Insgeheim aber, nun ja … Wie das wohl weitergehen würde? Eine Bäuerin in einer Apotheke? Ein Mädel vom Land mit einem Bürger? Ob es das Geschäft schädigte? Ob es ihm selbst schadete? Sogar, wenn er solche Gedanken nur ganz flüchtig dachte und dabei allein vor dem Spiegel über der Waschschüssel beim Rasieren stand, sogar in diesem privaten Moment spürte er, wie ihm das Blut in den Kopf schoss. Er schämte sich vor sich selbst.

Und dann kam wieder alles anders. Sie brachte ein Mädchen zur Welt und sie nannten es Margarethe. Wäre es ein Bub geworden, dann hätte er Theophrastus geheißen, wie der Grieche, den sie in seiner Zunft den Vater der Botanik nannten. Oder wie Theophrastus Bombast von Hohenheim, den sie auch Paracelsus nannten. Der Mann imponierte ihm am Allermeisten, weil er sich gegen die Dünkel der Alchemisten zur Wehr gesetzt hatte. Aber nein – ausgerechnet – es wurde ein Mädchen. Margarethe. Wie banal.

Doch die Enttäuschung darüber währte nur kurz und steigerte sich zur Bitterkeit über Gott und die Welt. Denn obwohl die Geburt einwandfrei verlaufen war, starb seine Frau noch im Wochenbett. Und nach ihrem Tod schwand das Lächeln aus Albert Mohrs Gesicht. Es wurde sogar so gründlich weggewischt, als habe er es nie gelernt.

Und nicht nur das: Immer häufiger füllten sich seine Augen mit Tränen – und das von einem Moment zum anderen. Manchmal nahm er die Bestellung einer Kundschaft freundlich entgegen, hielt seinen Kopf dabei so schief, wie er es immer tat, fixierte sein Gegenüber, nickte, stieg auf die Leiter, holte die Salbe aus einer der tiefen Schubladen im Regal, und als er sich umdrehte, hatte er Mühe, die Fassung wiederzufinden. Er tat dann immer so, als sei ihm etwas ins Auge geflogen, ein Staubkorn, eine Mücke, dabei hätte er tatsächlich am liebsten losgeweint. Er zitterte außerdem ganz ohne Grund. Manchmal atmete er auch zu schnell.

Er dachte oft an früher. An viel früher. In letzter Zeit wieder häufiger.

Jetzt stand er vor dem offenen Fenster, hielt sich an der Fensterbank fest und lehnte sich so weit hinaus, wie es ihm möglich war. Man hätte hinauslaufen mögen, sich in den Gastgarten hocken und einen Becher Wein trinken, vielleicht sich – ja soweit könnte man gehen – vielleicht sich sogar wieder einmal ein Lächeln auf die Lippen zaubern lassen, so gutmütig und wohltuend erhellten die ersten Sonnenstrahlen den Tag. Doch dann streifte plötzlich wieder ein Luftzug aus dem Inneren des Zimmers seine Nase. Ein Geruch, der von ungewaschenen Körpern erzählte, von Erbrochenem, Schweiß und Krankheit. Von seltenen Tees, unaussprechlichen Tropfen und fremden Salben. Von tröstenden Worten, Beschwichtigungen und – Geheimnissen.

Er zwang sich dennoch hinabzublicken auf die schmale Gasse vor seinem Fenster, die den Murvorstadtplatz und die gedeckte Brücke verband. Das führte ihn schließlich endgültig zurück in die bittere Ungewissheit der Gegenwart. Denn vor dem Haus des Apothekers Albert Mohr zog soeben die Grande Armée vorüber, die Soldaten Napoleons.

Sie waren am Hotel „Zum Schwarzen Elephanten“, aus dessen Fenstern sich ebenfalls die Leute gelehnt hatten, vorübermarschiert. Es war eine seltsame Prozession. Schweigende Männer jeden Alters in loser Zweierreihe. Die meisten trugen hohe schwarze Helme, schmutzig weiße Hosen und blaue Jacken. Viele von ihnen hatten Lumpen um ihre Füße gewickelt, manche waren überhaupt barfüßig. An den Spitzen ihrer Bajonette steckten die Vorräte der Bauern der Umgebung, die sie geraubt hatten. Geflügel, Brot und Käse baumelten über den Köpfen der Soldaten. Mohr betrachtete auch die blanken Spitzen mancher Bajonette und stellte – ganz sachlich, fast schon fachmännisch interessiert – fest, dass die metallenen Klingen so lang waren, dass sie einen menschlichen Körper spielend leicht durchbohren konnten. Eine Marotte seinerseits. Er versuchte den Dingen immer einen praktischen Sinn zu geben. Das nahm ihnen manchmal auch den Schrecken. Das blanke Metall schwankte im Gleichklang der Schritte.

Mohrs Blick traf sich mit jenem eines Mannes, der auf der gegenüberliegenden Straßenseite stand. Ein einzelner, französischer Soldat, der – warum auch immer – etwas abseits seiner Kameraden stand. Dennoch war zu erkennen, dass er dunkle Augen hatte, die zu tief in ihren Höhlen lagen. Seine Lippen waren unförmig, die untere zu dick, die obere zu dünn, und sein Kinn schob sich fast vor die Nasenspitze. Der Mann war hager, braun gebrannt und auffallend groß.

Sein schulterlanges Haar hatte er zu einem Zopf gebunden, was ihn eitel erscheinen ließ, fast geckenhaft.

Der Franzose musterte Mohr, doch seine Züge verrieten weder Hass noch Geringschätzung, nicht einmal allzu großes Interesse. Er sah ihn vielmehr aus Mangel an Alternativen an. Als interessiere ihn diese Stadt und dieser ganze Auflauf gar nicht. Ja, es lag geradezu etwas Teilnahmsloses in diesen Augen. Als habe der Lauf der Zeit und der Dinge etwas in ihm absterben lassen.

Mohr riss sich von dem Blick los, doch es kostete ihn Mühe, am Fenster stehen zu bleiben. Er fühlte sich ertappt, spürte den Schweiß an seinem Haaransatz.

Von der Spitze der grimmigen Prozession hallten die Hufe der Pferde von einer Gruppe Husaren über den Murvorstadtplatz. Säbel und Pistolen schepperten an den ledernen Gurten und Sätteln. Die Männer sahen so eindrucksvoll aus wie auf Gemälden. Stolz und mutig, und niemand zweifelte daran, dass sie keine Scheu davor hatten, jederzeit die blanke Waffe zu ziehen, vom Pferd zu springen und sich mit wildem Geheul in den Kampf zu stürzen.

Mohr fiel auch auf, dass die Kavalleristen älter waren als die Fußsoldaten. Unter dem Fußvolk der Franzosen hatte er Gesichter bemerkt, deren Jugend bis zu ihm hinauf in den zweiten Stock sichtbar war. Erst jetzt stellte er außerdem fest, dass ihn einige der Vorübergehenden argwöhnisch beobachteten. Als sehe er so aus wie ein selbstmörderischer Heckenschütze.

Einige nickten aber auch zu ihm hinauf und kicherten dabei. Diesmal blieb Mohr unbeeindruckt und verfolgte weiter, wie sich die Franzosen der Brücke näherten.

Noch am Vortag hatten die Österreicher den Durchgang zwischen den Kramläden auf der Brücke mit allerlei Gerümpel versperrt. In diesem Augenblick trat eine Handvoll österreichischer Soldaten von einem an der Uferböschung vertäuten Floß auf die Franzosen zu. Man konnte deutlich sehen, wie sehr sie darauf Wert gelegt hatten, adrett und eindrucksvoll zu wirken. Das Resultat war nahezu beschämend, fand Mohr. Hackhers Männer sahen müde und abgekämpft aus, das schulterlange Haar war glatt zurückgestrichen und sie hatten zerknitterte Jacken an. Immerhin versuchten sie sich offenbar nichts von ihrer Nervosität anmerken zu lassen. Er hatte auch den Eindruck, als bemühten sie sich unentwegt, ihrem Drang, sich zu verbeugen, zu widerstehen.

Die beiden Gruppen unterhielten sich einige Zeit miteinander und schließlich stieg ein Franzose theatralisch vom Pferd. Die Österreicher legten ihm ein Tuch über den Kopf, verbanden ihm damit die Augen und nahmen ihn in ihre Mitte. Sie begleiteten ihn zum Floß.

Mohr schrak auf, als er plötzlich ein Flüstern aus dem Inneren des Zimmers hörte.

„Was ist los?"

Er fuhr herum.

Obwohl er das Fenster und die Vorhänge geöffnet hatte, lag der hintere Teil des Zimmers immer noch in düsterem Halbdunkel. Seine Augen mussten sich erst wieder daran gewöhnen. Margarethe hatte sich im Bett aufgesetzt. Ihr braunes Haar klebte an den bleichen Wangen, die dunklen Augen blickten ihn ausdruckslos an. Als habe sie nicht soeben geflüstert, als gehöre ihr die eigene Stimme nicht. Als spräche eine andere aus ihrem Körper. Als sei sie in Wahrheit weit, weit fort.

„Es ist nichts, mein Mädchen“, versuchte er seine Tochter zu beruhigen. „Die Franzosen sind da. Sie verhandeln mit den Leuten vom Berg.“

Sie stöhnte und ließ sich wieder auf ihr Kissen fallen. Das Haar floss über die Bettkante und selbst im Dämmerlicht des Zimmers war die Blässe ihres Gesichts auffällig. Sie hatte schwarze Augenringe. Durch die blassen Lippen zogen sich feine Risse. Es bereitete dem Mädchen mittlerweile offenbar schon große Anstrengung, sich aufzusetzen. Manchmal dachte er, sie habe seine Traurigkeit geerbt, und dass es ihr an Lebensfreude mangle. Doch tief im Innern wusste er, dass da mehr war. Dass etwas viel Boshafteres von ihr Besitz ergriffen hatte.

Mohr wandte sich wieder der Straße zu. Der Franzose, dem sie die Augen verbunden hatten, stieg soeben bereitwillig mit den Österreichern auf das Floß. Was auch immer sie vorhatten, es schien nichts zu passieren, wovor man sich als Zivilist unmittelbar fürchten musste. Der Tross der Soldaten war zum Stehen gekommen. Einige hatten sich hingehockt, andere stützten sich nur müde auf ihre Gewehre. Die Pferde der Husaren schnaubten. Dicke Rossäpfel fielen auf die Straße und verbreiteten schnell einen intensiven Gestank.

Mohr wandte sich um und ging auf das Bett zu. Wie sie so dalag, schlank, zart und blass wie eine Märchenprinzessin, erinnerte Margarethe ihn sehr an seine Frau. Dass seine Tochter wirklich große Ähnlichkeit mit ihr hatte, bewies ihm auch immer wieder die Reaktion der Leute. Manchmal stutzte eine ältere Kundschaft, wenn Margarethe im Geschäft war. Mohr seufzte. Stets an frühere Tage erinnert zu werden, kostete eine Menge Kraft.

Er erinnerte sich daran, wie damals, als seine Frau im Sterben lag, Nonnen ein und aus liefen. Das Flattern ihrer Nonnentrachten und Schleier machte dasselbe Geräusch wie die Wäsche, die zum Trocknen auf Seilen hing und vom Wind bewegt wurde. Pfarrer waren dabei, ein Bader, sogar ein Arzt aus dem Bürgerspital. Mohr glaubte sich daran zu erinnern, dass er stundenlang nur auf einem einfachen Stuhl im Salon gesessen hatte und die Leute grußlos an ihm vorübergeeilt waren. Er ließ sie gewähren, ließ sie alles tun, was nötig war.

Allein, es half nichts.

Später hatte er seine Tochter so gut es ging allein großgezogen. Und jetzt, keine 16 Jahre alt, war auch Margarethe krank geworden.

Wenn er nur wüsste, wie er ihr helfen konnte. Der Atem des Mädchens rasselte. Fahrig fuhr er sich durchs Haar. Was geschah hier nur? Verlor er alle Menschen, die ihm lieb und teuer waren? Er spürte, wie seine Augenränder heiß wurden, doch er unterdrückte die Tränen. Stattdessen schob er den Kragen ihrer Bluse sanft auf die Seite und klopfte ihren Brustkorb ab. Er schloss die Augen, während er auf diese Weise versuchte, der merkwürdigen Krankheit auf den Grund zu gehen. Er hatte von dieser Methode, dem *Perkutieren*, einmal gehört. Sie soll von einem Arzt aus Graz namens Auenbrugger erfunden worden sein. Dieser Arzt war der

Sohn eines Wirts und Nachbarn Albert Mohrs. Er war erst vor ein paar Wochen in Wien gestorben.

Mohr hatte einmal von ihm reden gehört, bei einem dieser Empfänge für einen ehemaligen hochrangigen Offizier, der sich in Graz zur Ruhe gesetzt hatte. Das heißt, in Wahrheit hatte Mohr – als er bemerkt hatte, dass eine Runde über den Arzt in Wien sprach – es sich nicht verkneifen können dezent anzumerken, dass er dessen Nachbar gewesen sei. Gewissermaßen. Nicht Haus an Haus, aber immerhin, ganz in der Nähe. Es hätte ein anregendes Gespräch werden können, stattdessen hatte dem niemand mehr etwas hinzuzufügen. Der Dialog verebbte, bis sich das Gesprächsthema änderte, Albert Mohr sich bald fehl am Platz fühlte und sich empfahl.

Mohr mochte Empfänge nicht. Dieses Anbiedern, dieses *Gezwungene-Gespräche-Führen* und dieses Verdrängen der Tatsache, dass man auch als Bürger, selbst als Apotheker, immer zu spüren bekam, kein Adeliger und eben deshalb weniger wert zu sein. Beim Nachhausegehen hatte er Mühe, den Weg zu finden, wegen der Tränen, die ihn wieder einmal überwältigten. Er konnte sich nicht einfach niedergeschlagen fühlen, er war immer gleich zu Tode betrübt. Die Einsamkeit schien ihn dann förmlich zu erdrücken.

Er konnte nichts Ungewöhnliches an der Lunge seiner Tochter erkennen und ärgerte sich ein wenig. Man brauchte viel Feingefühl, um mit dieser simplen Klopfmethode etwas zu erkennen. Manchmal gelang es ihm, manchmal nicht. Er war kein Arzt, aber wenigstens zu versuchen, sich so viel Wissen wie nur irgend möglich anzueignen, kam ihm allemal menschlicher vor, als sein Kind jeden Tag zur Ader zu lassen. Dennoch: Welche Möglichkeiten blieben ihm noch? Es ging dem Mädchen immer schlechter und er konnte nichts daran ändern.

Als er die Augen öffnete, blickte ihn seine Tochter unverwandt an.

Sie sagte: „Sie werden auch weiterhin nichts finden, Vater. Es ist nicht Ihre Schuld."

Ihre Stimme war nicht mehr als ein Flüstern.

„Es ist die Frau, die mich krank macht."

Ihre Augen suchten nervös die dämmrige Umgebung des Raumes ab.

„Sie ist eine Hexe, wisst Ihr."

Mohr hörte sein Blut rauschen. Die Zeit verging nicht.

Hexen …

Die Tür flog auf und Mohr sprang von der Bettkante hoch. Er schnappte nach Luft, wollte schreien, doch dann rührte er sich nicht mehr. Aus dem Treppenhaus blitzte etwas Metallenes ins Zimmer, gefolgt von einem Soldaten.

Das Bajonett zeigte auf seine Brust.

Während der erste Franzose sich vor dem Apotheker aufbaute, stellte sich ein zweiter ans Fenster und ein weiterer inspizierte die Einrichtung des Zimmers. Er betastete den Kronleuchter, betrachtete sich kurz im Spiegel, der in einem Kastanienholzrahmen steckte. Die Bohlen knarrten unter seinen Schritten.

Mohr versuchte, dem Fremden nicht in die Augen zu sehen, versuchte, nicht einmal zu atmen, nichts Falsches zu tun. Und doch fiel ihm gleich etwas auf: Der, der am Fenster stand, war besser gekleidet. Sein blauer Frack war sauber, seine Stiefel glänzten. Der Soldat, der ihm das Bajonett an die Brust hielt, hatte dagegen nicht einmal richtiges Schuhwerk. Lumpen umhüllten seine Füße, die enge Hose wies Risse auf und die Knöpfe seines Hemdes standen offen. Sein Atem roch säuerlich nach Wein. Der zweite Soldat, der nun die quietschende Schranktür öffnete und missbilligend feststellte, dass alles voller Damenkleider war, trug zwar Schuhe, doch sie schienen nicht zueinanderzupassen. Seine Kleidung war voller brauner Flecken und Mohr stellte bestürzt fest, dass es sich um getrocknetes Blut handeln musste. Der Mann war außerdem unrasiert und eine hässliche Narbe zog sich quer über die linke Wange. Und nun erkannte Mohr auch den Mann, der am Fenster stand, wieder. Es war jener große Hagere, der ihn zuvor von der anderen Straßenseite aus beiläufig gemustert hatte.

Die Lade des Nachttischkästchens wurde geöffnet, doch sie enthielt nur Taschentücher. In einer Truhe befand sich Bettzeug, auf einem schmalen Wandtisch stapelten sich ein paar Bücher. Mohrs Blick fiel auf Gutsmuths „Spiele zur Übung und Erholung“. Es war ein Hohn, dass ausgerechnet seine Tochter dieses Buch besaß, wo sie doch kaum noch ins Freie kam und jede Anstrengung vermeiden musste.

Er erblickte auch Ausgaben von Jonathan Swifts „Gullivers Reisen“ und Fenelons „Seltsame Abenteuer des Telemach“. Den Faible für das Lesen hatte er an seiner Tochter immer schon mehr geduldet als gemocht. Wer weiß, vielleicht hatte sie diese Zurückgezogenheit in die Stille, diese ständige Anstrengung der Augen letztlich so kränklich gemacht.

Auf dem Wandtisch waren außerdem noch eine Kerze, ein Becher Wein, ein Porzellanlöffel zum Einnehmen der Arzneimittel. Mohr konnte nicht anders, als sich alles genau anzusehen. Als wolle er sich noch einmal all seine Habseligkeiten einprägen, bevor er sterben musste.

Aber er starb nicht. Jedenfalls noch nicht. Der Mann am Fenster stand aufrecht, fast steif. Er hatte trotz der eingefallenen Wangen und des düsteren Blicks etwas Überhebliches, als sei er von höherem Stand als die beiden anderen. Der Griff der Pistole an seinem Gürtel und des Säbels an seiner Hüfte und eines Messers, das in einer Scheide steckte, blitzte auf. Quer über seinen Oberkörper trug er einen Munitionsgurt, der sich mit dem Riemen einer ledernen Schultertasche kreuzte. Der Stutzen in seiner Hand war kürzer als die Gewehre der beiden anderen. Seinen Hut hatte er abgenommen, so sah man, dass sein Haar bereits schütter an den Schläfen und grau über den Ohren wurde.

Einer der Soldaten wühlte mittlerweile in einer Lade in Margarethes Unterwäsche. Die Franzosen sahen sich an und musterten dann das Mädchen im Bett. Mohr fand, dass sie es eine Spur zu lange taten. Der Mann, der das Zimmer durchsuchte, kam näher und räusperte sich. Er ließ Margarethe nicht aus den Augen, als er fragte: „Krank?“

„Ja“, erwiderte Mohr schnell. Zu schnell, wie er gleich fand. „*Tod*krank.“ Er errötete.

Margarethe blickte kurz zu ihm auf.

Die beiden Soldaten wechselten abermals einen Blick, ehe sich der Dritte endlich vom Fenster löste und den anderen etwas zurief. Er eilte ihnen mit zackigem Schritt voraus aus dem Zimmer und drehte sich dabei nicht mehr um. Von der Seite sah er seltsam aus, denn er hatte ein vorspringendes Kinn. Dabei schüttelte er den Kopf, als fände er alles, diese Leute, dieses Zimmer, das Haus und die ganze Stadt, einfach nur lächerlich. Mohr hatte bis zuletzt das Gefühl, dieser Mann könne sich in einer plötzlichen Anwandlung dazu entschließen, ihn und seine Tochter einfach aufspießen zu lassen.

Tatsächlich zeigte immer noch ein Bajonett auf den Apotheker. Die beiden Soldaten blickten ihn lange an.

„Krank", wiederholte der eine wieder und schnaufte verächtlich durch die Nase.

Mohr nickte langsam.

Dann drehten auch die Soldaten sich endlich um und folgten dem Hageren.

Die Fremden polterten die Treppe hinab und er wunderte sich jetzt, den Lärm, den sie dabei machten, nicht vernommen zu haben, als sie heraufgekommen waren. Sie riefen einander Worte zu, lachten, und er hörte, wie Geschirr zerbrach. Sie mussten sich in der Apotheke befinden. Zitternd ging er zur Tür des Zimmers und schloss sie wieder. Dann setzte er sich auf die Bettkante und ergriff die kalte und doch schweißnasse Hand seiner Tochter. Er raunte ihr ein beruhigendes „Sch" zu, war sich aber nicht sicher, ob das nicht vielmehr sich selbst galt.

Doch seine Tochter schien ohnehin nicht bemerkt zu haben, in welcher Gefahr sie sich befunden hatten. In welcher Gefahr sie selbst gewesen war. Soldaten plünderten nicht nur, sie waren auch bekannt dafür, sich den Genuss eines schönen Mädchens nicht entgehen zu lassen.

Sie sah ihren Vater nur ausdrucklos an und sagte: „Eine Hexe, Vater, eine Hexe lässt nicht ab von mir."

In diesem Augenblick beschloss Mohr, dass es nun an der Zeit war, seine Tochter höheren Mächten anzuvertrauen.

Im Keller der Geschichten

Die Glocke der Lisl läutete seit Minuten und begleitete ein Schauspiel, das die Grazer so noch nie zu Gesicht bekommen hatten. Mehr als zweihundert mehr schlecht als recht bewaffnete Männer zogen sich von den sechs Toren der Stadt zurück und liefen auf die Felsenfestung zu. Sie rannten geduckt durch die Gassen und drückten dabei mit einer Hand ihre Hüte auf den Kopf. Ein feiner, warmer Wind strich über die Ziegeldächer. Da und dort warf ihnen jemand etwas zu essen zu. Ein besonders kühner, blonder Bursche blieb stehen und küsste ein Mädchen am Straßenrand. Er zog seinen Filzhut, verneigte sich theatralisch und rannte unter Applaus und Gelächter der Umstehenden weiter. Das Mädchen, das er geküsst hatte, drehte sich mit roten Wangen zu seinen Freundinnen um und tuschelte aufgeregt mit ihnen.

Ein Kichern hallte durch die Gassen und vermischte sich mit dem andauernden Klang der Glocken zu einem merkwürdigen Singsang. Als trüge ein plötzlich aufkommender wilder Sturm die seltsamsten Geräusche über die Dächer der Stadt. Tauben stoben aufgeregt davon und wirbelten feinen Staub auf.

Die Stadtbevölkerung machte sich indes daran, die Barrieren abzubauen. Die Murvorstadtbrücke, verriegelt mit Holzlatten, Säcken voller Sand, schweren Leiterwägen und allerlei ineinander verkeilten Stangen und Balken, wurde entrümpelt und die Franzosen warteten geduldig, bis der Weg breit genug für sie war, um in die Stadt einzuziehen. Der Franzose, dem sie zuvor die Augen verbunden hatten, hatte ausverhandelt, dass die Soldaten den Grazern nichts zuleide tun würden, wenn sie sich ergaben.

Die Stadt ergab sich.

Die Männer auf dem Berg in ihrer Mitte nicht. Die Bewacher der Straßensperren am Stadtrand rannten immer noch auf ihre Stellungen zu. Trotz allem jugendlichen Übermut liefen sie in Wahrheit um ihr Leben.

Die Franzosen schenkten ihnen noch eine weitere Minute, ehe sie ihre Pferde antrieben. Sie preschten vor, Hufe klapperten durch die Gassen. Kommandos in einer fremden, melodischen Sprache hallten durch den Vormittag.

Zwei Buben tauchten gerade ums Eck in einen schattigen Innenhof, als sich ein Trupp berittener Soldaten näherte. Die Kinder trugen lediglich einander gleichende, abgewetzte Lederhosen mit seitlichen Knopfreihen, ähnlich den Tschariwarihosen der weststeirischen Bauern. Ihre Oberkörper waren nackt.

Sie stürzten die speckigen Steinstufen, die zu einem tiefer gelegenen Hauseingang führten, hinab. Vor dem Eingang befanden sich ein Paar alte Schuhe und ein schmutziger Fetzen, der einmal ein Kinderhemdchen gewesen sein musste. Beweis dafür, dass die Bewohner mitunter an dunkle Mächte und die Kraft magischer Zeichen glaubten, denn in Graz waren viele überzeugt davon, sich durch alte Kleidungsstücke vor der Tür oder auf der Fensterbank Unheil vom Leib halten zu können.

Der größere der beiden Buben rutschte auf dem Hemdchen aus und fiel auf den Kleineren, der vor Schmerz aufschrie. Sie lagen auf dem Boden und wussten nicht, wie ihnen geschah, als schon die Tür geöffnet wurde und sie mit zwei, drei kräftigen Stößen ins Innere einer finsteren Stube geschubst wurden.

Die Welt änderte sich schlagartig, als die morsche Holztür zufiel und jemand den Riegel vorschob, was ein kratzendes Geräusch verursachte. Es roch nach Erdäpfeln, feuchter Erde und kaltem Schweiß. Und da war ein Geräusch – wie das Atmen vieler Menschen. Jemand hustete.

„Seid ihr nicht gescheit!", rief eine Stimme, der man die Kraftanstrengung anmerkte, die es sie kostete, nicht unkontrolliert loszubrüllen. Sie gehörte einer rundlichen Gestalt, deren Kopf nur aus einer überdimensionalen Nase, die aus dem Schatten eines Kopftuchs ragte, zu bestehen schien. Irgendwo flackerte eine Kerze, sonst war es völlig dunkel. Das Klatschen einer kräftigen Ohrfeige war zu hören. Der kleinere der Brüder wimmerte.

„Lasst meinen Bruder in Ruhe", rief der Große. Aber so tapfer das war, richtig mutig klang seine Stimme dennoch nicht. Seine Augen hatten sich noch nicht an das Dämmerlicht gewöhnt, und er hatte keine Ahnung, mit wem sie es zu tun hatten.

„Einen Dreck wird sie tun, du Fratz", rief jetzt die Stimme eines Mannes dicht hinter ihm. Der Bub fuhr herum.

„Die Franzosen reiten vorbei und ihr macht einen Wirbel wie die Furien. Seid's wahnsinnig?"

Und langsam stellte der Bub fest, dass sich tatsächlich mehr Menschen hier unten befanden. Mehr noch, als man annehmen hätte dürfen, in diesem auch nach Moder und Urin stinkenden Kellerloch.

Der Kerzenschein tanzte wild, da sich die Alte mittlerweile die Lichtquelle gegriffen hatte und sich schimpfend auf einen Stuhl in einem hinteren Winkel zurückzog.

Der größere der Buben wollte etwas sagen, doch das ungeduldige Zungenschnalzen eines Schattens ließ ihn innehalten. Von draußen war jetzt Stimmengemurmel zu vernehmen. Er hörte Worte in der seltsam gedehnten Sprache der Franzosen und dann wieder das Geräusch der Pferdehufe, das von hier so klang, als habe jemand einen Eimer fallen lassen, der nun die Straße entlangpolterte. Als das Geräusch verklang, packte eine gewaltige Hand den Kragen des Größeren.

„Was habt ihr hier zu suchen? Wer seid ihr überhaupt?"

Ängstlich wechselten die Buben einen Blick. „Unser Vater ist Jacob Dampfhofer, der Wirt. Ich bin Xaver, mein Bruder heißt Wolf."

Er begann zu zittern.

„Wir wollten nur zu der Frau, die nach ihrem Kind sucht. Die, die gestern so geschrien hat. Die Frau des Messerschmieds", rief nun Wolf, der kleinere.

„Ja", stand ihm sein Bruder bei. „Wir haben gesehen, wer den Buben genommen hat."

Der Griff am Kragen löste sich, doch der Kreis um die beiden wurde enger. Umrisse kamen aus dem Schatten auf sie zu. Wieder baute sich die Alte mit dem Kopftuch vor ihnen auf.

„Wen habt ihr gesehen?" Jetzt war sie es, die eine gewisse Unruhe in der Stimme nicht verbergen konnte.

Die Geschwister sahen auf und es war wieder Xaver, der antwortete. „Unser Vater hat einmal etwas von einer Frau vom Berg erzählt, die manche auch die Schöcklhexe nennen. Und das muss sie gewesen sein, ganz bestimmt."

Es war ein Stockschlag, der den Buben auf den Rücken traf. Sekundenlang bekam er keine Luft und als der Schmerz einsetzte, fand er sich hustend auf dem Boden kniend wieder.

„Du kleiner Lump. Ich werd' dir zeigen, was wir mit Lügnern wie dir machen."

Aus den Augenwinkeln nahm Xaver wahr, wie sich ein Besenstiel hob. Er kniff die Augen zusammen, erwartete einen neuerlichen Schmerz, doch es passierte nichts mehr. Sein kleiner Bruder war an seine Seite getreten, hielt sich an seinem Arm fest und als er aufsah, bemerkte er, wie zwei kräftige Kerle einen dritten daran hinderten, noch einmal zuzuschlagen. Mit dem Handrücken fuhr sich der Bub über die feuchten Augen. Und als er leise und schwer atmend zu sprechen begann, endete der Tumult und alles lauschte seinem Bericht.

„Jemand mit einem langen, schwarzen Mantel und einer Kapuze oder einem Kopftuch hat den Sohn vom Schmied getragen und ihm den Mund zugehalten. Gehört haben wir fast nichts wegen der Glocken. Die Gestalt kam direkt auf uns zu und wir drückten uns an die Hausmauer, damit sie uns nicht niederrannte. Zuerst haben wir das Gesicht nicht gesehen, weil es im Schatten lag. Aber dann fiel plötzlich ein Lichtschimmer darauf und dann sind wir davongerannt, bis uns die Lungen wehtaten."

Der Bub senkte den Kopf. Als sicher war, dass seine Geschichte zu Ende war, hockte sich ein Mann vor die beiden. Er nahm seinen altmodischen Dreizack ab. Sein Haar bedeckte die Kopfhaut nur stellenweise. An der Art, wie er gekleidet war, war zu erkennen, dass er sich nicht immer in derart düsteren Höhlen aufhielt. Aus seinen Nasenlöchern und den Ohren wuchsen kurze, schwarze Haare. Eines seiner Augen war rot unterlaufen, doch eine dunkelgraue Pupille schaute Xaver unverwandt an, während das andere Auge abwesend wirkte, blass, wie ausgewaschen.

„Was habt ihr gesehen?"

Dem Buben wurde heiß und er spürte, wie ihm erneut die Tränen in die Augen schossen. „Es ist so schnell gegangen."

„Was hast du gesehen, frag ich?"

„Ich glaub", er wischte sich wieder mit dem Handrücken übers Gesicht. Doch ehe er antworten konnte, schnitt ihm sein kleiner Bruder einmal mehr das Wort ab. „Wir haben *sie* gesehen. Sie war ganz weiß im Gesicht und sie hat zu uns gesprochen. Sie hat uns angesehen und uns verflucht. Ja, ‚Ihr seid verflucht, ihr kleinen Fratzen', hat sie gerufen. Es war die Schöcklhexe. Ganz sicher."

Die Schöcklhexe war den Grazern ein Begriff. Seit Jahren trieb sie ihr Unwesen in der Stadt und in den Köpfen der Menschen. Man sagte ihr nach, sie habe ihre Kindheit in Höhlen verbracht. Bei den Wölfen und bei den Fledermäusen und bei all den anderen Kreaturen, die finstere Nächte hervorzubringen vermögen. Das habe sie verrückt gemacht.

Überall, wo sie auftauchte, herrschte sie Kinder an, warf ihnen furchtbare Flüche an den Kopf. Die Menschen vertrieben die Alte meist, indem sie ihr allerlei Dinge nachwarfen, einmal soll sogar ein Pfarrer seine Glocke läuten haben lassen, damit sie verschwand.

Der Bub hatte noch nicht ausgesprochen, da hob ein allgemeines Raunen an. Und jemand spuckte auf den Boden und zischte: „Verdammt."

Es dauerte eine Weile, bis sie Hilda, Matthäus' Frau, zu ihnen gebracht hatten. Sie atmete schwer und selbst im düsteren Licht hier unten war zu erkennen, wie blass sie geworden war. Stundenlang war sie durch die Stadt gehetzt, doch von ihrem Buben keine Spur. Es wollte in ihren Kopf nicht hinein: Sie hatte ihn an der Hand gehalten, seine kleinen Finger dabei immer in ihrer Hand gespürt. Dann hatte sie vor der Tür gestanden – und plötzlich … war er fort. *Fort.*

Wenn sie nur zu ihrem Mann gedurft hätte. Doch Matthäus konnte nicht hinaus, stand irgendwo hinter einer Mauer und wartete auf die Franzosen. *Was muss er sich auch einmischen? Sollen doch die anderen sich die Köpfe einschlagen. Menschenskind, er hat eine Familie.*

Jemand aus der Nachbarschaft hatte sich ihrer während der vergangenen Stunden angenommen, bis sie jetzt von einer der Frauen aus dem Erdkeller durch die Gassen geführt worden war. Stets nahmen sie bedacht darauf, den fremden Soldaten nicht in die Augen zu sehen. Das war wichtig, denn mit Soldaten verhielt es sich wie mit wilden Tieren. Wer ihnen in die Augen blickt, erregt ihre Aufmerksamkeit, fordert sie heraus. Immer wieder musste Hilda zur Geduld gemahnt werden, einmal war es sogar notwendig gewesen, sie mit festem Griff in den Schatten eines Hauses zu drücken. Aber konnte man es ihr verübeln? Da gab es endlich jemanden, der ihr helfen konnte, ihren Buben wiederzufinden.

Obwohl, da war eine Bemerkung der Frau, die sie abgeholt hatte, nur ein Wort, das ihr mehr Angst machte, als alle schlimmen Befürchtungen zusammen. *Hexe.*

Als sie schließlich unbemerkt die Stufen hinabhuschte und den düsteren Raum betrat, in dem sich die Menschen aus Angst vor den Franzosen verbargen, drehte sich alles nach ihr um. Forschend streifte Hildas Blick über die schattenhaften Gestalten und noch bevor sie jemand hinführen konnte, lief sie auf die Söhne des Wirts zu, zerrte an deren Armen und rief: „Erzählt Buben, was habt ihr gesehen? Habt ihr Theo gesehen? Wo war das? Lebt er noch? Wer hat ihn genommen? So redet doch."

Der Mann mit den seltsamen Augen trat von hinten an die Frau heran, redete beruhigend auf sie ein, versuchte Unruhe zu vermeiden, doch da hatte der kleinere der beiden Brüder bereits wieder das Wort ergriffen.

Wolf sagte: „Es war die Hexe vom Berg Schöckl, die euren Sohn fortgeschleppt hat. Der Vater hat uns immer viel von ihr erzählt, und wir wissen, wie sie aussieht. Und deshalb wissen wir es auch ganz genau."

Er schaute so finster drein, wie es einem Buben in seinem Alter möglich war. „Ganz sicher."

Alles wurde still.

Die Frau des Schmieds sah den Buben nun lange an. Dann versteinerte sich ihr Gesicht und sie versetzte dem Kleinen eine heftige Ohrfeige.

„Wie alt seid ihr, dass ihr noch so dumme Geschichten erzählt? Schämt ihr euch denn gar nicht? Hexen vom Schöckl, so ein dummes Zeug. Das kommt davon, dass ihr den ganzen Tag nur herumlauft und nichts lernt."

Doch so sehr sie *wusste*, dass es Erscheinungen wie Hexen nicht geben konnte, so sehr hatte sich von einem Moment auf den anderen etwas in ihr festgesetzt: Das Gefühl, langsam den Verstand zu verlieren.

Die Suche nach der Angst

Als Hilda durch die Gassen lief, versuchte sie, sich in die länger werdenden Schatten der Häuser zu drücken. Irgendwo bellte die Stimme eines französischen Kommandeurs und sie hielt kurz inne, um wieder zu Atem zu kommen. Geschütze wurden in Stellung gebracht, so viel hatte sie mitbekommen. Die Hufe zahlreicher Pferde klapperten die schmale Sporgasse hinauf. In den Häusern rund um die Felsenfestung im Stadtkern richteten sich die Franzosen ein. Sie verschanzten sich hinter Fenstern, suchten sich dunkle Ecken, in die sie sich kauerten und nach ihren Waffen tasteten. Manche von ihnen hockten auch nur erschöpft am Straßenrand und warteten darauf, bis ihnen jemand sagte, was als Nächstes zu tun sei.

Die Frau heftete den Blick auf ihre Fußspitzen in der Hoffnung, niemand würde sie beachten. Nur einen Häuserblock weiter, hinter der steinernen Mauer, musste Matthäus sein, ihr Mann, der noch nichts von dem Unheil ahnte, das über sie hereingebrochen war. Wenn er von Theos Schicksal erfuhr, würde allein sein Zorn ausreichen, um die Franzosen zu vertreiben, davon war sie überzeugt. Matthäus war ein liebevoller Mann, aber geschah seiner Familie Unrecht, hatte er seine Gefühle nicht im Griff. Einmal hatte er einem Fratschler auf dem Jahrmarkt den Unterarm gebrochen, weil der es gewagt hatte, seiner Frau das Wechselgeld zu verweigern. Als Theo von einem Nachbarsbuben eine Kopfnuss bekommen hatte, war dem Vater des Buben beinah Ähnliches geschehen. Sie unterdrückte ein Schluchzen und versuchte, einen klaren Gedanken zu fassen. *Aber was, wenn Matthäus von dem Gerücht über die Hexe hörte?* Sie wimmerte unter der Flut der Sorgen. *Ist er auch stark genug, es mit solchen Mächten aufzunehmen?*

Hilda ballte die Fäuste, als würde das mehr Klarheit bringen. Die Fantasie war mit den beiden Buben durchgegangen, davon war sie überzeugt. Aber Theo war zumindest von einer fremden Frau mitgenommen worden, so viel stand wohl fest. Und diese Fremde hatte ihn ihr geradezu aus der Hand *genommen*. Ihre Gedanken drehten sich immerfort darum, wie sie das wohl angestellt haben mochte, wo sie den Buben doch fest an der Hand gehalten hatte. Und wenn die Geschichte der Buben doch der Wahrheit entsprach? Es klang schließlich tatsächlich ganz nach einer übernatürlichen Kraft.

Sie unterdrückte ein Weinen und überlegte verzweifelt, was zu tun war. Wenn nur dieser dumme Krieg einen Augenblick stillhalten würde. Es gab doch wirklich Wichtigeres, als sich um diesen Berg zu streiten. Sie hatte ihren Buben verloren, gottverdammt. Sie wischte sich zitternd mit dem Handrücken über die Nase. *Nur eine Hexe vermag einem das Kind aus der Hand zu nehmen, ohne dass man es merkt.* Sie erinnerte sich an die Geschichten, die man sich hier von alters her erzählte. Von seltsamen Kreaturen, die nachts bei Vollmond auftauchten. Die umherzogen und vor denen man sich in Acht nehmen musste. Sie selbst hatte stets einen Eimer voll Unrat auf dem Fensterbrett stehen, denn es hieß, wenn jemand eine Hexe entlarvte und durch Schreien die Nachbarn darauf aufmerksam machte, würde die Kreatur fliehen. Und sie würde nie mehr wiederkehren, wenn man sie bei ihrer Flucht auch noch mit allerlei Hausrat bewarf. In dem Eimer befanden sich deshalb immer ein paar alte Fetzen, ein Besen mit kurzem Stiel sowie der Müll, der an einem Tag anfiel. Viele Menschen hatten solche Vorkehrungen getroffen. Auch wenn sie nicht wirklich daran glaubten, in der Nacht holten einen die Geschichten *immer* ein. Vor allem in Nächten, die so nebelig waren, dass das karge Licht der Laternen der Finsternis nichts anhaben konnte.

Als sie aufblickte, verschwammen die Bilder vor ihren Augen und wurden erst wieder schärfer, als sie sich die Tränen wegwischte. Sie lehnte sich an eine Hausmauer und würgte abermals. Wo jetzt ihr lieber Bub wohl war? Unter ihrem staubigen, braunen Haar juckte die Kopfhaut, und sie konnte ganz plötzlich die Nähe von jemandem spüren. Ganz deutlich.

Und dann schälte sich tatsächlich eine Gestalt aus dem finsteren Winkel hinter ihrem Rücken und zerrte sie mit sich fort.

Es ging so schnell, dass sie den Halt unter den Füßen verlor. Der Fremde hatte ihr eine Hand auf den Mund gepresst und mit der zweiten umfasste er ihre linke Brust. Er zog sie auf diese Weise rücklings in einen finsteren Innenhof. Mit den Fersen suchte sie Halt, ihre Arme wirbelten durch die Luft, doch sie bekamen nichts zu fassen. Irgendwo stoben Tauben davon und sie legte alle Hoffnung in deren ungestümes Flattern. Es musste doch jemandem aufgefallen sein, dass sie fortgezerrt wurde. Es musste doch jemand bemerken, wie man ihr wehtat. Der Himmel blitzte kurz über ihr auf, ehe alles wieder in die Dunkelheit eines Häuserwinkels getaucht wurde. Die Welt wirbelte um sie herum, als stünde sie im

Begriff unterzugehen. Im selben Moment spürte sie einen jähen Schmerz. Sie hatte sich einen Fuß an etwas gestoßen, spürte, wie ihr Knöchel nun an spitzen Pflastersteinen aufschlug. Der Griff um ihre Brust verstärkte sich, er zerrte so fest, dass auch das Kleid schon zerriss. Die Nähte und Knöpfe platzten auf, ehe sich die brutalen Griffe plötzlich lösten. Sie wurde an ihren Haaren herumgerissen und noch bevor dieser neue, ganz andere Schmerz abgeklungen war, bohrte sich etwas Kaltes in ihren Hals. Sie suchte nach einem Gesicht, das sie um Gnade anflehen konnte. Doch sie konnte nur die Umrisse einer schemenhaften Gestalt ausmachen. Der Geruch von Pferden und Leder und Erde stieg ihr in die Nase. Sie wollte etwas sagen, brachte aber nur ein unverständliches Wimmern zustande.

„Kein Wort", zischte eine Stimme. „Wenn du tust, was ich dir sage, passiert dir nichts. Verstehst du mich?"

Sie wimmerte weiter.

„Verstehst du mich?"

Die Stimme des Mannes klang fremd. Er sprach die Laute weich aus, schien sie beinah zu singen. Er raunte, so als erzähle er ein Geheimnis. Der Unbekannte sprach, als ginge ihn das alles gar nichts an. Als wäre er unbeteiligt. Aber das war er nicht. Er tat ihr weh. Sehr sogar.

Sie nickte und bei der Kopfbewegung spürte sie wieder die Klinge an ihrem Hals und auch der Schmerz im Knöchel kehrte zurück.

Sie befanden sich in einem Hof mit einem mächtigen Baum in der Mitte. Ein kleines Rinnsal schlängelte sich aus einer Mauer über die unregelmäßigen Pflastersteine dahin. Die

Tauben hatten sich beruhigt, pickten nach Steinchen auf der Suche nach Futter. Als sie wieder aufflogen, steckte der Fremde sein Messer weg.

„Euch soll der Dämon holen", zischte Hilda kraftlos.

Die Frau des Schmieds hörte sich selbst kaum noch. Der Schmerz aus ihrem Fuß dröhnte lärmend durch ihren Körper.

„Was hast du gesagt?"

„Euch soll der Dä…". Seine Hand schnellte vor, die Wucht des Schlages presste sie gegen die Mauer, die Knie gaben nach und haltlos sackte sie auf den Boden. Noch im Fallen musste sie sich übergeben.

„Bitte …", ihre Stimme klang fremd in ihren eigenen Ohren. „Hört auf, bitte …"

Der kalte Pflasterstein an ihrer Wange tat gut. Sie wollte nie wieder aufstehen. Die Zeit stand still.

Die Stimme des Mannes wiederholte sich in ihrem Kopf wie ein Echo. Sein Mund war jetzt ganz nah an ihrem Ohr. Sie bildete sich ein, Zähne zu sehen, verwarf den Gedanken aber wieder, denn diese Zähne waren viel zu groß und schwarz für einen Menschen.

Er flüsterte: „Welcher Dämon? Wovor habt ihr Angst? Was geht in dieser Stadt vor?"

Speichel, an dem Erbrochenes klebte, tropfte aus ihrem Mundwinkel. Schmerzwellen strömten durch ihren Körper. Und dennoch kroch eine noch viel tiefere Angst in ihr hoch. Sie sah ihr Kind vor Augen, sah es lachen und spielen und ihre Hand halten. Sie sah Matthäus, wie er sich umdrehte und auf die Felsenfestung zuging und im Schatten der Häuser verschwand. Und sie dachte an den Keller und an die

Geschichte der Buben. Als sie flüsternd sprach, kollerte eine Träne über ihre Wange.

„Vor Hexen“, sagte sie und keuchte. „Sie nehmen uns die Kinder weg. Und keiner kann etwas dagegen tun. Sie rauben unsere Seelen. Sie morden, wenn es dunkel wird.“

Das Reden verursachte neuerliche Schmerzen. Sie blickte auf: „Wir haben Angst vor Hexen.“

„Hexen?“, wiederholte der Fremde in einem Tonfall, der verriet, dass er amüsiert war. Dennoch fuhr er sich fahrig, fast verlegen mit einer Hand durchs streng zurückgekämmte Haar. Er schürzte die Lippen und wiederholte: „Hexen?“

Hilda suchte sein Gesicht nach Zeichen ab, hatte so viel Geistesgegenwart, tatsächlich in ihm nach Merkmalen zu forschen, um ihn später beschreiben zu können. Sie erkannte ein Gesicht mit Augen, die tief in den Höhlen lagen. Kein Bart. Ein spitzes, langes Kinn.

Sie sagte: „Ja, man sagt, sie kommen von dem Berg im Norden der Stadt. Manchmal werden sie von anderen Kreaturen begleitet. Manchmal kommen sie allein.“

Sie holte rasselnd Luft.

„Von dem Berg, den alle meiden. Dem Schöckl. Eine von ihnen, die seit Jahren ihr Unwesen treibt, hat meinen Buben geholt, und sie wird auch dich holen, Franzose.“

In Erwartung weiterer Schmerzen schloss sie die Augenlider. Ihr ganzer Körper spannte sich an.

Doch die Reaktion auf ihre Worte war eine ganz andere.

Der Fremde lachte.

Er lachte ein hysterisches Lachen, das in den Fassaden der alten Gemäuer widerhallte, als lache eine ganze Armee verrückt gewordener Kreaturen. Es schwang Unsicherheit in dem Gelächter mit, aber auch eine seltsame Ausgelassenheit. Eine Erleichterung. Man konnte viel in dieses Lachen hineininterpretieren. Und irgendwann verschwand es und ließ sie mit ihren nur langsam abklingenden Schmerzen auf dem Boden liegend zurück.

Die Welt war verrückt geworden.

Männergeschichten

Es war Nacht, als die Franzosen den Berg stürmten.

Tagelang hatten sie die Österreicher zuvor aufgefordert, sich zu ergeben, doch ohne Erfolg. Nachdem immer weitere Bataillone Napoleons in die Stadt geströmt waren und die Truppen, gestärkt von Brot und Wein der Stadtbewohner, in aller Seelenruhe wie Zinnsoldaten in Stellung gebracht worden waren, erklang der Trommelschlag zum Angriff.

Am frühen Morgen begann der Kanonenbeschuss. Zunächst spärlich, dann immer intensiver. Die Franzosen hatten zwar drei Geschützstellungen in der Stadt errichtet, die Feldhaubitzen trafen aber nicht. Während der ersten Stunden donnerten die meisten Kugeln über den Berg hinweg und schlugen in die Wohnhäuser dahinter ein. Die Wucht der Kugeln, die durch Häuserdächer schlugen, Mauerwerk zerbersten ließen und Mensch und Tier aufschreckten, ließ die Luft vibrieren.

Doch so recht wollte auf dem Berg kein Jubel darüber aufkommen, dass die Geschoße nicht trafen. Man wusste um den Lauf der Zeit. Irgendwann würden sie treffen. Ein ums andere Mal. Und dann?

Immer wieder spritzten kleine Steinchen auf, die von den Geschoßen der Scharfschützen aufgewirbelt wurden. Die Franzosen machten sich einen Spaß daraus, auf den Boden zu schießen, um die Belagerten zu ärgern. Und um sie daran zu erinnern, was passierte, wenn sie sich bewegten. Bei jedem neuen Einschlag zuckte Matthäus zusammen.

Irgendwann nahm er seinen ganzen Mut zusammen, wartete eine Salve ab und wagte unmittelbar danach einen Blick zwischen den Zinnen hindurch. Er lag mit nicht mehr als fünfzig anderen im unteren Teil der Festung. Tatsächlich befand er sich nicht weiter als einen Steinwurf entfernt von den ersten Bürgerhäusern der Sporgasse, in denen sich die französische Infanterie verschanzt hatte und von wo aus sie den Berg seit Stunden unter Beschuss nahm. Die steilen Flanken boten den Franzosen freies Sichtfeld und die Verbindungswege zwischen den Bastionen waren nur notdürftig mit Holzverkleidungen abgeschirmt worden. Matthäus ärgerte sich darüber, dieses Himmelfahrtskommando angenommen zu haben. Sobald sie sich zu weit von der Mauer wegbewegten, gaben sie hier unten eine großartige Zielscheibe ab.

Wieder heulte ein Schuss auf, eine Kieselsteinfontäne folgte. Der Schmerz, wenn man getroffen wurde, musste furchtbar sein. Manche erzählten sich, am Anfang spürte man nichts, später aber sei es umso schlimmer.

Und doch: Hielten sie diese Stellung, war der Berg praktisch nicht einzunehmen.

Matthäus zitterte. Er dachte an seine Familie, seine Frau, den kleinen Buben. Wenn sie sich nur gut genug versteckt hielten, weit hinten im Lagerraum, hinter der Werkzeugbank. Dort gab es eine Falltür in einen schmalen Erdäpfelkeller, in dem er auch einige seiner besten Werkstücke versteckt hielt. Als Langmesserschmied konnte er manchmal nicht widerstehen, die Waffen zu polieren, sie zu schleifen, sie so lange zu bearbeiten, bis sie perfekt waren. Er wusste, das konnte ihn die Zunftmitgliedschaft kosten, denn zum Schleifen und Schärfen von Klingen waren nur die sogenannten Schwertfeger befugt, und die achteten sehr genau darauf, dass ihr Handwerk ernst genommen wurde. Aber ein richtiger Messerschmied … Er musste es einfach tun.

Wenigstens hätten Hilda und der Bub im Keller zumindest Waffen zur Verfügung, auch wenn ihn bei dem Gedanken schauderte, dass sie sie benutzen mussten.

Er beobachtete nun wieder zwischen die Zinnen hindurch, wie Schatten an den Fenstern vorüberhuschten. Er erkannte die hohen dunklen Mützen der Franzosen, ihre blauen Uniformen, die weißen Hosen. Manche trugen aufgezwirbelte Bärte. Immer wieder war trotz des Gefechtslärms ein französisches Wort zu vernehmen. Die Sprache belustigte ihn. Sie klang wie der Singsang eines Betrunkenen. Matthäus' Blick streifte über die Dächer, die sich von einem farblosen Himmel abhoben. Pulverdampf lag in der Luft. Ein Blitzen ließ ihn wieder in Deckung gehen. Da surrte auch schon eine Kugel knapp über seinen Kopf hinweg. Als er wieder einen Blick hinaus wagte, sah er, dass sich in den Dächern Lücken befanden. Aus alter Dachdeckertradition waren die Dachziegel der Häuser an den Firsten und Graten in Mörtel gebettet, sonst aber nur lose ineinandergekeilt. Dadurch boten sie den feindlichen Soldaten perfekte Verschanzungen, denn sie konnten die Ziegel relativ mühelos herausschlagen und die Mündungen ihrer Flinten fast unbemerkt hindurchschieben. Er schnalzte vor Ärger mit der Zunge. Kaum einer der Schützen konnte auf diese Weise getroffen werden, die Franzosen selbst hatten aber alle Zeit der Welt, um zu zielen.

„Die Franzosen schießen von den Dächern aus", rief er seinem Nachbarn zu. „Sie sitzen bequem im Dachstuhl und schießen uns wie Rehe ab."

Weil der Mann neben ihm nicht reagierte, stupste er ihn mit dem Ellbogen und drehte sich zu ihm um.

„Hörst du nicht …“ Doch da sackte der Körper des Mannes mit vor Schmerz verzerrtem Gesicht vornüber auf den Boden.

„In die Schulter“, schrie er, ein Maurer, den Matthäus kurz zuvor kennengelernt hatte. „Diese verfluchten Scheißkerle.“

Matthäus schaute sich Hilfe suchend um. Sein Blick traf sich mit dem eines Soldaten, der an die Mauer der Bürgerbastei gelehnt ein stilles Gebet vor sich hin murmelte. Sein Kopfhaar klebte an der hohen Stirn. Der feine Flaum beginnenden Bartwuchses bedeckte Teile seiner Wangen und des Kinns.

Er winkte den jungen Mann zu sich. Der reagierte schnell, sprang auf, als habe Matthäus ihm einen Befehl erteilt, und packte den Verwundeten an den Beinen. Es hatte ganz den Anschein, als habe der junge Mann sofort eine Möglichkeit erkannt, von hier wegzukommen.

Matthäus versuchte, den Arm des Verletzten um seinen Rücken zu legen. Ihm fiel sofort auf, wie weich der Körper des Mannes war. Ein scharfer, säuerlicher Geruch stieg ihm in die Nase.

„Au“, schrie der Maurer und Matthäus blickte sich um.

Aber sonst kam ihnen keiner zu Hilfe. Die anderen drückten sich schweigend in die Schatten und versuchten in andere Richtungen zu schauen. Matthäus versuchte es also noch einmal, fuhr mit der Hand unter den schwitzenden Körper des Mannes und zog ihn so hoch, dass er ihn mehr seitlich in einer äußerst unkomfortablen Lage trug. Ein paar Meter funktionierte das, dann schlang der Maurer einen Arm um Matthäus' Hals und es ging wieder ein paar Schritte weiter.

Das feuchte Fleisch fühlte sich an Matthäus' Hals an wie ein Schwamm. Als Matthäus seinen Kopf bewegte, berührten seine Lippen die fremde Haut. Er biss sich mit den Zähnen auf die Unterlippe, versuchte den Geschmack des fremden Schweißes zu verdrängen, als er plötzlich Schreie hörte. Er spürte, wie ihm der Maurer seine Finger immer fester in die Schulter bohrte und ihn aus weiten Augen wortlos anstarrte. Blut lief dem Mann aus der Nase, er hatte Tränen in den Augen. Doch als Matthäus ein Ziehen im rechten Oberschenkel spürte, verebbte der Höllenlärm um ihn herum augenblicklich zu einem merkwürdigen Rauschen.

Mit dem Rauschen kam die Gleichgültigkeit.

„Es brennt so, es brennt", schrie der Verwundete, doch Matthäus vernahm seine Stimme nur noch, als käme sie aus einem anderen Raum. Aus einer anderen Welt.

Er ließ den Verwundeten zu Boden und betrachtete sein eigenes Bein. Er tat das so teilnahmslos, als gehöre auch das Bein nicht hierher. In einen anderen Raum. Eine andere Welt.

Seine Hose hing in Fetzen übers Knie. Eine Kugel oder ein Splitter hatte ihn wohl getroffen. Über den Stofflappen tropfte Blut auf den Boden. Langsam, als sei alles gar nicht schlimm. Es war dunkelrot, fast schwarz.

Er tastete mit dem Finger über die Wunde und als im selben Augenblick der Schmerz einsetzte, schwoll auch die Geräuschkulisse wieder an. Er war wieder da.

Der junge Soldat rief, ob er noch weiterkönne, und Matthäus nickte. Er schob sein Kinn so weit vor, dass sich die

Muskeln seines Halses anspannten, und gemeinsam zerrten sie den Maurer wieder zwischen sich her und versuchten, sich beim Laufen so gut es ging zu ducken. Sie hetzten den Berg hinauf, vorbei an Geschützstellungen, wo Soldaten hastig die Haubitzen nachluden. Vorbei an hinter den Mauern hockenden Männern. Vorbei an all dem Krieg, hinauf, nur hinauf. Dorthin, wo die Offiziere ihre Tische hatten, auf denen die Pläne ausgebreitet lagen. Dorthin, wo auf den Uniformen der feineren Herren die Epauletten auf den Schultern wehten und glänzende Abzeichen die Jacken zierten.

Sie stolperten schließlich an einer schwarzen Fahne vorbei, die das Festungsspital kennzeichnete, und eine schmale Wendeltreppe hinab in einen finsteren, feuchtkalten Raum, der einst ein Kerker gewesen war. Hinter diesen dicken Steinmauern hatten die Verteidiger ihr Lazarett eingerichtet. Seit Tagen schon, noch bevor der erste Schuss gefallen war, war es voll, weil jeder Zehnte auf dem Berg krank geworden war. Die Männer lagen auf Strohmatten, jammerten und stöhnten und bibberten, denn nicht einmal für die Kranken und Verwundeten gab es warme Decken. Und die brauchten sie, denn auch wenn draußen drückende Schwüle herrschte, blieb es drinnen kalt. Vor allem in der Nacht.

Als sie den Maurer vor dem hölzernen Verschlag, in dem sich die Ärzte aufhielten, abgeliefert hatten, wollten Matthäus und sein Begleiter wieder hinauslaufen. Da stellte sich jedoch ein beleibter Arzt mit pfeifendem Atem Matthäus in den Weg. Die Haare seiner Koteletten waren ungeschnitten, bedeckten seine Wangen, und seine Lippen waren geschwungen. Mehr mit seinem beeindruckenden Bauch als mit seinen kurzen Armen drückte er Matthäus auf einen Schemel hinab. Er begann damit, Matthäus' Bein zu verbinden, was ihn extrem anzustrengen schien, denn sein Atem rasselte immer auffälliger.

„Wenn ich es nicht tue …", *heftiges Atmen* „… liegst du morgen auch hier auf dem Stroh … und übermorgen bist du tot."

Während er verarztet wurde, hörten sie, wie der Maurer unter Schmerzen schrie. Es waren kurze Laute, die seine ihn schubweise überwältigende Pein begleiteten. Jemand schnitt ihm ins Fleisch, um das Projektil zu entfernen. Matthäus vernahm ein Geräusch, das ihn daran erinnerte, wie er als Kind den nassen Uferschlamm der Mur zwischen seinen Fingern vermatscht hatte. Eine schöne Erinnerung, die gar nicht hierher passte.

Irgendwann verlor der Mann das Bewusstsein und es wurde still in dem Raum. Jemand hustete, doch das Husten klang nicht krank, vielmehr nach Verlegenheit. Der Arzt glaubte, Matthäus Mut machen zu müssen, und klopfte ihm auf die Schulter: „Er hat bald keine Schmerzen mehr …"

Matthäus erwiderte nichts.

Als sie wenig später im Freien auf einem Stein saßen, er und der junge Soldat, beobachteten sie, wie ab und zu eine der Kanonenkugeln über den Berg zischte. Ein seltsames Spektakel. Du blickst hinauf in den Himmel, da nähert sich aus den Augenwinkeln ein dunkler Fleck, wird größer und verschwindet, begleitet von einem Surren, schließlich auf der anderen Seite des Blickfeldes wieder. Matthäus erinnerte sich an den letzten Blick des Maurers. Er hatte durch ihn hindurchgesehen, als er die Treppen hinaufgestiegen war und sich von ihm entfernt hatte. Hindurch, in eine andere

Welt. Aber er hatte dabei nicht gelächelt. Er war tot, noch ehe Matthäus wieder im Freien war.

Bevor der Tag zur Neige ging, waren die beiden wieder an ihre dürftige Stellung zurückgekehrt. Nichts hatte sich dort verändert. Er sah seine Kameraden zusammengekauert in Mauerwinkeln hocken. Manche von ihnen zitterten, andere schienen zu schlafen. Die meisten von ihnen hielten Stöcke in der Hand, manche Gewehre. Er bemerkte die rostigen Zacken einer Mistgabel. Ein Bub schnitzte an einem Holzscheit. Niemand fragte nach dem Verbleib des Maurers.

Den ganzen Tag über hatten die Franzosen geschossen, einmal heftiger, dann wieder nur sporadisch. Dabei hatten sie kaum etwas anderes getroffen als Geröll. Ab und zu surrte eine Kugel ganz in der Nähe vorbei. Manchmal prasselte nach einem Einschlag ein Kieselregen auf sie herab. Querschläger heulten. In regelmäßigen Abständen war das dumpfe Aufschlagen der Kanonenkugeln zu vernehmen.

Die Österreicher schossen zurück, vernichteten auch eine Geschützstellung der Belagerer, doch alles in allem war das mit dem Schießen so eine Sache. Immerhin befand man sich mitten in einer Stadt. Man wollte im Grunde nicht allzu viel kaputt machen. Es ging wohl eher um den Lärm und darum, den anderen einzuschüchtern.

Niemand aus Matthäus' Truppe wurde mehr verwundet. Keiner starb an diesem Tag. Doch dann kam die Nacht.

Und mit ihr das Geschrei der französischen Infanterie.

Jede Haubitze gab einen Schuss ab – ein dreifaches Wummern – und auf dieses Zeichen hin hetzten die Schatten durch die Finsternis. Anfangs waren nur das Trappeln der Schritte und das Klimpern des mörderischen Ballasts an ihren Gurten zu hören. Doch die Geräusche wurden schnell lauter, heftiges Atmen war zu hören, dann Gebrüll und schließlich fielen auch die ersten Schüsse der Scharfschützen, die unter den Dachziegeln hervor in die Dunkelheit des Bergs hineinfeuerten. Doch Matthäus und seine Männer hielten stand. Sie wussten, dass es unmöglich war, auf dieser Seite des Bergs hinaufzukommen. Umso beunruhigender waren aber die Geräusche, die von der anderen Seite zu ihnen drangen.

Trommler hatten angefangen, die Ihren anzufeuern. Die harten Takte zerteilten die Gedanken. Immer wieder bellte das Echo der Schüsse durch die Nacht und die Franzosen kamen immer näher. Sie versuchten, die Ostflanke des steilen Hügels mit Leitern zu bezwingen und irrten durch eine rabenschwarze Nacht, denn die Verteidiger hatten alle Fackeln gelöscht. Stumm hockten sie hinter den sicheren Mauern und warteten.

Nichts schien sich also in der Dunkelheit gegen die Angreifer zu wenden, immer näher rückten sie der steinernen Wehr, hinter der sich der Feind ängstlich verkroch. Aus den vorderen Reihen drangen die ersten übermütigen Rufe, fortgelaufen seien sie, die feigen Österreicher. Ins Schnaufen hinein lachte einer und schrie, sie seien viel eher eingeschlafen. Und seine Worte waren noch nicht verklungen, da dröhnte plötzlich ein Donnern durch die Nacht, das alles Geheul und Gebell übertönte. Entsetzt hielten die Franzosen inne und starrten in die Finsternis, versuchten, den Atem anzuhalten, um die Richtung des fremden Geräusches ausfindig zu machen. Und als die Ersten erkannten, was geschehen war, war es bereits zu spät. Steine rollten auf die Angreifer zu, Granaten explodierten unter ihren Füßen, Holzlatten fegten durch die Luft und steinerne Geschützkugeln polterten über die Felsen und zertrümmerten alles, was ihnen in die Quere kam.

Die Schreie der Soldaten waren in der ganzen Stadt zu hören. Matthäus konnte sich nicht erinnern, jemals in seinem Leben derartig entsetzliche Geräusche vernommen zu haben. Menschen brüllten in die Nacht, voller Angst und Schmerz und Zorn. Ihm war sogar, als vernehme er das Brechen von Knochen. Und dann, als es plötzlich wieder still wurde und er seinen Kopf in seinen Armen verbarg, setzte mit ebensolcher Vehemenz das hysterische Jubelgebrüll vom Berg her ein. Seine Leute rings um ihn herum brüllten mit, manche stießen ihn an und er sah, wie sich die Schatten umarmten und riefen, niemals werde sich dieser Berg von einem Franzosen bezwingen lassen.

Und er konnte gar nicht anders: Auch sein Herz wurde leicht, die Beklemmung schwand, obgleich er fürchtete, nein *wusste*, dass die Truppen Napoleons, hatten sie sich erst einmal von dem Schock der ersten Niederlage erholt, mit aller Kraft zurückschlagen würden.

Blutleere Lippen

Hinter den schweren dunkelblauen Leinenvorhängen im ersten Stock des Hauses des Apothekers Albert Mohr stand das Fenster einen Spaltbreit offen. Auf dem Nachttisch brannte eine Kerze auf einem schlichten bronzenen Kerzenhalter. Das geschmolzene Wachs hatte sich auch auf dem zerkratzten Kastanienholz ausgebreitet. Aus einer handtellergroßen Bibel in speckigem Einband lugte ein dünnes, rotes Band hervor. Ein Wasserkrug aus Ton stand auf dem Buch, ein leerer Blechbecher daneben. Die Laken auf dem Bett waren zurückgeschlagen, hingen hinab und streiften den staubigen Boden. Das Holz knarrte bei jedem der hastigen Schritte, die sich jetzt durch den Raum aufs Fenster zubewegten. Ein Luftzug, der von der offenen Tür herkam, ließ die Kerzenflamme unruhig aufflackern, brachte sie aber nicht zum Erlöschen. Der schwere Vorhang bauschte sich auf, ehe die Fensterläden ächzend zurück ins Schloss getrieben wurden. Es schien eine Ewigkeit zu dauern, bis sie endlich aufwachte. Bis sich die Schatten lösten.

Margarethe sah die Gestalten um sich herum zunächst nur schemenhaft, als habe jemand einen Schleier auf ihr Gesicht gelegt. Sie roch bloß die Haut ihres Vaters. Alter Schweiß, den sie aber kannte und daher nicht als unangenehm empfand. Später nahm sie noch den Mundgeruch eines anderen Mannes wahr, eines Mannes, der immer ganz gerne die Nähe ihres Vaters suchte. Der *schweigsame Gottesmann*, wie sie den Kapuzinermönch Bruder Antonius gerne nannte. Freilich wusste sie nur allzu gut, wie sehr sie dem Mann, der stets in einer kastanienbraunen Kutte steckte, damit in der Seele wehtat. Aufgrund seiner schüchternen Blicke, seiner fahrigen Bewegungen, wenn sie plötzlich den Raum betrat, und vieler anderer kaum sichtbarer Zeichen bildete sie sich zuweilen sogar ein, dass es ganz allein in ihrer Macht stand, seine stoische Ruhe in eine beinah peinliche Hektik zu verwandeln. Ein Mädchen, noch keine sechzehn Jahre alt, hatte solche Macht über einen Mann Gottes. Das fand sie manchmal amüsant. Freilich nur im Stillen, denn sie wusste natürlich, was sich gehörte. Und in Wahrheit fürchtete sie den Kapuziner auch viel zu sehr, als dass sie ihre sündigen Gedanken jemals laut auszusprechen gewagt hätte. Er hatte die Macht des Übernatürlichen auf seiner Seite. Damit war nicht zu spaßen.

Bruder Antonius wurde vom Apotheker Albert Mohr meist mit dem Namen angesprochen, den ihm seine Mutter gegeben hatte. Peter, Peter Lautenbach. Lautenbach war ein steifer, feingliedriger Mann mit kalkweißer Haut und blutleeren Lippen. Seine Augen waren trüb, sein dünnes Haar hatte er sich bereits in jungen Jahren stets streng zurückgekämmt, rund um den Kragen waren feine Schuppen auf dem braunen Stoff zu sehen.

Doch all das nahm Margarethe diesmal nicht wahr, als er sich über sie beugte und ihre Lider öffnete. Er betrachtete sie lange, bat sie, ihren Mund zu öffnen, und blickte hinein. Er befühlte mit seiner feuchten Hand ihre Stirn und sie ließ es geschehen. Alles schmerzte. Ihre Schultern, ihr Rücken, ihr Kopf. Sogar das Öffnen der Augenlider tat ihr weh. Ihr war heiß und kalt zugleich. Ein seltsames Fieber hatte sie befallen. Eine merkwürdige Unklarheit ihrer Gedanken kam dazu. Sie kroch ganz heimtückisch durch ihren Geist. Sie konnte spüren, wie es von ihr Besitz ergriff. Eine gemeine Krankheit hatte sie befallen und sie musste sich ihr wehrlos hingeben.

Sie bildete sich ein, dass Lautenbach ab und zu auf ihre Brüste schielte. Seine Zungenspitze befeuchtete seine Unterlippe und er wischte sich mit dem Ärmel seiner Kutte über die Stirn. Sie versuchte, ihn zu fixieren, wollte ihm in die Augen sehen, doch immer wieder schienen die Umrisse auszufransen. Wie ein Bild, dessen Farben zu sehr mit Wasser vermischt worden waren. Einmal tauchte die breite, rote Nase ihres Vaters auf und sie vernahm die Bruchstücke einer Konversation. Es lag Besorgnis in der Stimme ihres Vaters, Besorgnis muss es wohl auch gewesen sein, die Lautenbachs Stimme so dumpf und hohl klingen ließ. Ihr Brustkorb hob und senkte sich schwer und wieder bemerkte sie ganz deutlich, wie der Kapuzinermönch von ihrem Vater unbemerkt ganz unverfroren seinen Blick über sie gleiten ließ.

Ihren Vater hörte sie „Was meinst du?" fragen, was Bruder Antonius aus einem tieferen Gedanken zu reißen schien, denn er fuhr viel zu schnell herum und nickte eifrig. „Ja", sagte er, und suchte wieder Margarethes Blick. „Ja, es ist in der Tat höchst sonderbar." Er fixierte sie. „Ich kann es mir nicht erklären." Er machte eine Pause.

Jetzt wurden die Umrisse schärfer. Als wachte sie aus einem Halbschlaf auf. Sie blinzelte und seufzte leicht.

Ihr Vater drehte sich um und runzelte die Stirn. „Nun, in Gottes Namen, meinetwegen", hörte sie ihn gereizt sagen. „Ich bitte dich um deine Hilfe, Peter."

Lautenbach blickte auf. Er wusste, was es für den Apotheker bedeutete, um überirdischen Beistand zu bitten. Auch wenn sie seit Jahren befreundet waren. Albert Mohr war seit jeher ein sehr bodenständiger Mensch, ein Realist, der pragmatisch im Hier und Jetzt verweilte. Dass er, Lautenbach, damals Mönch geworden war und damit nicht nur einen neuen Namen erhalten, sondern auch allem irdischen Streben entsagt hatte – so nannte er das selbst oft gerne in Streitgesprächen: *Ich entsage allem irdischen Streben* –, dass Lautenbach also kein *normaler* Mensch mehr war, darüber hatte Mohr, der ihn schon von Kindheit an kannte, niemals etwas gesagt, aber man konnte sich denken, was er davon hielt. Er mochte die braunen Kutten nicht, und wenn ein Mönch dann sogar die Kapuze über den Kopf zog, brachte ihn das regelrecht in Rage. Zu viel Trara, wie er es nannte.

Mohr musste jedenfalls verzweifelt sein. Niemals hätte er es sonst zugelassen, dass ein Mönch mit seinem Brimborium in seinem Haus hantierte.

Bruder Antonius betrachtete das Mädchen, während er Mohrs Stimme vernahm, die tonlos die Fakten aufzählte.

„Es wird schlimmer. Mit jedem Tag schlimmer. Das Fieber steigt, kalter Schweiß auf ihrem Körper. Müdigkeit. Neuerdings fantasiert sie sogar."

Der Mönch nickte, während er sich die Kapuze über den Kopf zog, streifte den Blick des Mädchens und hielt inne. Ihre braunen Augen waren jetzt unverwandt auf ihn gerichtet, suchten im Schatten der spitzen Kapuze nach den Umrissen seines Gesichts. Ihre Lippen waren eine gerade, schmale Linie in einem versteinerten Gesicht. Ihre Miene war unbeweglich, als seine Finger an ihrem Nachthemd zu nesteln begannen und es langsam bis auf ihre Brust hinabzogen. Er zog ein Leinensäckchen, das mit einem Garn zugeschnürt war, aus seiner Kutte hervor.

„Dies ist ein Bild des heiligen Antonius", flüsterte er und legte es dem Mädchen auf die Brust.

„Er wird dich beschützen."

Er streifte ungewollt mit dem Daumenballen ihre Brustwarze. Ihre Blicke trafen sich abermals.

Er spürte, wie er unter den Achseln zu schwitzen begann und sich in seinen Lenden das Blut sammelte. Er verlagerte sein Gewicht etwas, sodass seine Hand ein wenig schwerer auf ihrer weißen Brust zu liegen kam. Er schloss die Augen und murmelte ein Gebet. Als er sie wieder öffnete, lächelte Margarethe. Fast so, als würde sie ihn ermuntern wollen. Nun zog Bruder Antonius ein Kruzifix hervor, bat auch den Erzengel Raphael und den heiligen Leonhard um Hilfe und murmelte, während er mit dem Daumen auf Margarethes Gesicht das Kreuzzeichen vollzog, ein stilles Gebet.

Dabei öffnete Margarethe leicht ihren Mund. Lautenbach räusperte sich und konnte den Blick nicht von ihr abwenden. Ihre Zungenspitze schob sich zwischen ihre Lippen und leckte über die Unterlippe. Der Mönch näherte sich ihr. Sie hob die Schultern und ihr dünner Arm kroch – wieder unbemerkt vom Blick ihres Vaters – unter der Bettdecke hervor und legte sich auf das sich unter dem Stoff abzeichnende Bein des Mönchs. Dieser fixierte sie, konnte den Blick nicht mehr von ihr abwenden. Ihre Finger tasteten sich an ihm hoch, berührten ihn nun fast an der Stelle, unterhalb des Lendenstricks, die sich aufzurichten drohte.

Inzwischen war Albert Mohr näher gekommen und seine Stimme hallte nervös durch den Raum: „Peter, was ist?“, rief er. „Sag schon, hast du etwas entdeckt?“

Doch sein Freund reagierte nicht, näherte sich nun fast schon unsittlich seiner kranken Tochter.

Und Margarethe? Mohr traute seinen Augen nicht, Margarethe hatte ihren Mund geöffnet, so als wollte sie den Mann küssen.

„Peter“, rief Mohr jetzt sichtlich entsetzt. Machte sich sein ältester Freund tatsächlich gerade unsittlich an seiner Tochter zu schaffen? Vor seinen Augen?

Margarethe hätte auflachen können, vor Schadenfreude, dem besten Freund des Vaters so viel Lust zu bescheren, einem Mönch noch dazu, einem richtigen Bettelmönch, einem echten, wahrhaftigen Gottesdiener, der allem entsagt hatte, sich nur noch seinem Glauben hingab und so tat, als könne ihn keine Weiblichkeit der Welt mehr reizen …

Doch plötzlich hatte alles ein jähes Ende.

Ehe Mohr noch etwas tun hätte können, fuhr Peter Lautenbach seiner Tochter an die Kehle, ihr spitzer Schrei erstickte unter seinem festen Griff. Lautenbach drückte den Kopf des Mädchens unsanft zur Seite, seine Finger bohrten sich dabei in die zarte Haut ihrer Wangen. Sie schluchzte, doch ihr Vater kam ihr nicht zu Hilfe. Er starrte sie nur an. Oder vielmehr: Er starrte auf ihren Hals.

„Siehst du das, mein Freund?“

Bruder Antonius atmete schwer und deutete mit dem Kruzifix auf die Stelle.

„Siehst du das?“, rief er jetzt lauter. Seine Stimme klang fast blechern.

Und als er sich vergewissert hatte, dass der Apotheker auch wirklich hingesehen hatte, ließ er ab von dem Mädchen, stand auf, ließ den Vater mit seinem Schock allein.

Denn dort, direkt unter dem linken Ohr des Mädchens, ein klein wenig oberhalb eines Muttermals, befand sich ein Fleck in der Haut, der den Apotheker erzittern ließ.

„Wer hat dir das angetan, Margarethe?", flüsterte er. Und dann brüllte er plötzlich, während er sie völlig von Sinnen zu schütteln begann: „Was ist hier passiert, Kind?"

Und während das Mädchen zu kichern begann, konnte Albert Mohr nicht aufhören zu weinen. Sein Freund, der Mönch, fasste sich indes in den Schritt, dorthin, wo ihn das Mädchen so fest berührt hatte, dass er sich beinahe beschmutzt hätte. Er versuchte die Stelle zu glätten. Mit zitternden Händen griff er dann in seine Tasche und holte ein in ein Tuch eingewickeltes Fläschchen hervor.

„Mein Freund", schnarrte er kurzatmig, „wir werden dafür sorgen, dass Margarethe wieder ein wenig schläft. Etwas geht hier vor. Und um es zu begreifen, braucht es einen kühlen Kopf."

Er sah Mohr fest in die Augen.

„Und einen festen Glauben."

Der Apotheker erwiderte nichts.

Als Bruder Antonius das Tuch befeuchtete und es über Mund und Nase Margarethes legte, waren ihre Augen tränennass. Und in ihrem Blick lag ein Flehen, das herzzerreißend war. Im selben Moment begann die Wunde an ihrem Hals zu bluten. Das Blut floss in einem kleinen Rinnsal zur Schulter und tränkte die Ränder ihres Nachthemds, ehe ihr Vater es mit einem Stofftaschentuch auftunken konnte.

Vor den Augen des Mädchens verschwammen die beiden älteren Herren wieder zu undeutlichen Schatten. Ihre Gliedmaßen entspannten sich. Sie schmerzten jetzt nicht mehr so sehr. Ihre Atmung wurde gleichmäßiger. Nur ihr Hals brannte furchtbar, und das, obwohl sie fühlen konnte, wie sich der Schlaf über ihren Körper legte.

Wenig später saßen Mohr und Lautenbach im Salon einen Stock tiefer. Mohr starrte einige Minuten auf seine Finger, die er vor seinem Gesicht aneinandergepresst hielt, als schließe sich auf diese Weise der Kreis seiner Gedanken. Der Mönch wischte sich einmal mehr den Schweiß von der Stirn und beobachtete seinen Freund mit wachsender Nervosität.

„Albert", hob er an, räusperte sich und wartete so lange, bis der andere endlich seinen Kopf hob und ihn ansah.

„Albert, seit wann hat sie diese Verletzungen?"

Seine Stimme klang fast vorwurfsvoll. Wie die eines Richters beim Verhör. Wie die eines Pfarrers, der von seiner Kanzel herunter schimpft.

„Albert", drängte er, „das ist wichtig. Hast du jemals ein ähnliches Phänomen bei deiner Tochter festgestellt?"

Endlich schaute Mohr auf und seine Augen weiteten sich einen Sekundenbruchteil lang, so, als nehme er den Mönch erst jetzt wahr. „Phänomen", krächzte Mohr jetzt. „Phänomen, genau als das wird man das sehen, nicht wahr."

Er stand auf und fuchtelte mit seinem Zeigefinger herum. „Aber eines sage ich dir: Sie wird nicht in die Obhut der Seelenheiler kommen. Ich gebe meine Tochter nicht in die Hände von Leuten, die sie ans Bett anbinden und womöglich zur Ader lassen. Sie hat Fieber, sie hat sich im Delirium verletzt. Das wird wieder gut. Alles wird wieder gut. Nicht mehr und nicht weniger. Hörst du?"

Bruder Antonius stand plötzlich neben ihm und legte ihm eine Hand auf die Schulter. Eine freundschaftliche Geste, die selten an ihm zu beobachten war.

„Natürlich wird es das, Albert. Natürlich. Und niemand wird deine Tochter anbinden." Er räusperte sich. „Was ist, wenn wir versuchen, sie gleich nach Wien zu bringen, in dieses neue Allgemeine Krankenhaus? Man sagt, sie behandeln die Menschen dort gut."

Er hatte versucht, seiner Stimme jetzt einen weicheren Ton zu verleihen. Etwas mehr Melodie in die Worte zu bringen. Das Ergebnis missfiel ihm.

Mohr blickte auf und schien einen Moment lang irritiert. Ob er etwas bemerkte? Dann schüttelte er den Kopf und seufzte, wobei sich sein Brustkorb hob. Danach sank er kraftlos in sich zusammen.

„Nichts für ungut, mein Freund. Aber dazu ist es zu spät. Das Land ist im Krieg. Wir wären tot, bevor wir über den Semmering kämen. Nein, nein. Ich bin überzeugt, die Nonnen werden sie heilen."

Bruder Antonius blickte auf: „Du meinst die Elisabethinen?"

„Wen sonst?"

Bruder Antonius versuchte, sich ein wenig abzulenken, und blickte durch den Raum. Auf dem Holzboden lagen Teppiche, teilweise übereinandergeschichtet. Sie dämpften die Schritte, sogar das stete Ticken der Pendeluhr schien weicher zu klingen. An der kalkweißen Wand hingen Ölgemälde, die die Leerräume zwischen den dunklen Bücherregalen aus

Nussholz ausfüllten, in denen er kostbare Bücher ausmachte. Das zweibändige Apothekerlexikon von Hahnemann. Ganz neu. Ludwig Tiecks „Don Quixote"-Übersetzung. Vier Wälzer. Eine Abschrift von Molières „Der Geizige".

Die Bilder an der Wand zeigten die blassen Gesichter schwarz gekleideter Menschen. Sie sahen allesamt nicht glücklich aus, keiner lächelte. Ganz im Gegenteil. Kalt und arrogant gafften sie aus den üppigen Holzrahmen heraus und beobachteten ihn, als missfiele ihnen seine Gegenwart. Als warteten sie nur auf eine Gelegenheit, aus den Rahmen zu springen und auf ihn zuzukommen.

Dem Mönch lief ein Schauer über den Rücken. Schon als Kind hatte er diesen Raum nicht gemocht.

Außer Margarethe, die im oberen Stock war, befand sich niemand sonst im Haus. Mohr hatte alle Dienstboten bei vollem Sold heimgeschickt. Das Dienstmädchen, die Köchin, sogar den Lehrling hatte er aus dem Haus geschickt. Er sagte ihm, es gebe zur Zeit keine Mixturen und Salben mehr zu mischen. Es gebe nichts mehr zu tun. Als der Bursche ihn ungläubig anstarrte, steckte er ihm ein paar Gulden in die Tasche, murmelte etwas von den käuflichen Frauenzimmern am Gries und schob ihn zur Tür hinaus.

Lautenbach sagte: „Wir sollten gemeinsam beten, mein Freund." Doch diese Worte klangen wieder kalt. Fordernd.

„Ich danke dir, dass du gekommen bist", versetzte Mohr. „Was du getan hast, ist in diesen Zeiten keine Selbstverständlichkeit."

Als Bruder Antonius etwas erwidern wollte, fügte der Apotheker rasch hinzu: „Ich weiß das zu schätzen, mein Freund. Wirklich."

Der Mönch nickte zerstreut. *Mein Freund*, das klang so, als habe er ihn soeben geohrfeigt. Er wollte etwas Beschwichtigendes sagen, doch es fiel ihm nichts ein. Er wollte auch etwas wegen Margarethes Verhalten von vorhin sagen, doch auch dazu fiel ihm nichts ein. Im Fieber musste sie wohl die Kontrolle über sich verloren haben. Anders war es nicht zu erklären, dass sie sich auf diese Weise einem Mönch näherte. Er beschloss, kein Wort mehr darüber zu verlieren. Das wäre bestimmt das Beste in dieser Sache.

Als er wenig später an der Tür stand, hörte er hinter sich einen Klagelaut. Albert Mohr weinte.

Bruder Antonius drehte sich nicht mehr um, doch er bekreuzigte sich. Dann öffnete er die Tür und schritt hinaus in den Tag.

Er war zu sehr mit seinen Gedanken beschäftigt, als dass er es gleich bemerkt hätte. Aber spätestens jetzt, da er die Herrengasse entlangschritt, eine breite Prachtstraße, die zwischen Renaissancegebäuden hindurchführte, spätestens jetzt bemerkte er, wie geduckt die Menschen sich bewegten. Überall marschierten französische Soldaten in Zweierreihen oder lehnten lässig in Hauseingängen. Eine Frau jammerte herzzerreißend, weil Soldaten mit Händen voller Lebensmittel und Kleidungsstücken aus ihrem Haus stürmten und alles auf einen Einspänner luden, den ein kräftiges Pferd zog. Bruder Antonius' Mundwinkel zuckten, er zog seine Kapuze ein wenig tiefer ins Gesicht, blickte auf seine Zehenspitzen und ging rasch weiter. Was hätte er auch tun sollen? Vielleicht versuchen einzugreifen? Die Aufmerksamkeit dieser Rabauken auf sich ziehen? Sicher nicht.

Sein Spazierstab, der Ast einer alten Eiche, erklang beim Gehen im Takt, seine weite braune Kutte schlug an seinen Oberschenkel. Er begann unter der Junisonne zu schwitzen, und nicht nur deshalb beschloss er, in ein Wirtshaus einzukehren. Er brauchte die Zerstreuung. Sorgen quälten ihn.

In dem Raum war es kühler. Es roch nach alten Schuhen. Den Bierkrug hatte er fast schon geleert, als er die Stimme des Wirtes vernahm. Sie sickerte nur langsam in sein Bewusstsein. Als er aufschrak, erinnerte er sich quasi wieder an die Worte.

„Mein Herr, wenn Ihr noch eines trinken wollt, solltet Ihr es schnell tun. Wir schließen bald", hatte der Wirt gesagt. Als der Mönch aufblickte, setzte er fort: „Wer weiß: vielleicht sogar für immer."

Bruder Antonius musterte den Wirt, der genauso aussah, wie man sich einen Wirt vorstellte. Ein rundes Gesicht mit einem kleinen Mund und einem Schnauzbart. Trotz des mit den Jahren schütter und grau gewordenen Haars bedeckten seine Koteletten üppig und breit die Wangen. Er hatte mächtige Schultern und die Schürze verbarg einen nicht minder ansehnlichen Bauch. Seine knorpelige Nase war rot, seine Augen verrieten Schlafmangel und während er sprach, wischte er mit einem Tuch Teller trocken und stapelte sie im Regal hinter sich. Bruder Antonius kannte diesen Mann seit vielen Jahren. Nicht nur als Wirt, er hatte gewissermaßen mitverfolgt, wie das Leben ihn verändert hatte.

Anfangs hatte der Mönch noch versucht, ihn davon abzubringen, einen derart lasterhaften Betrieb wie eine Schenke zu führen. Schon damals, als Bruder Antonius noch Peter

Lautenbach war, hatte es ernsthafte Streitereien gegeben, weil er der Meinung war, dass das Tanzen und Singen und das Übermaß an Alkohol aus den Bürgern schlechte Menschen machte. Aber irgendwann – da war er dann schon Mönch gewesen – hatte er aufgehört damit, sich darüber den Kopf zu zerbrechen, was aus dem Freund wurde. Außerdem hatte sich der Wirt ohnedies nur äußerlich verändert. Innerlich war Jacob Dampfhofer stets derselbe Kindskopf geblieben. Ein leutseliger, liebenswerter Mann, der aber schroff genug sein konnte, um ein ganzes Rudel Betrunkener vor die Tür zu setzen.

„Die Franzosen", erklärte Dampfhofer und nickte hinüber zum Eingang. „Die werden uns ruinieren. Die ganze Stadt werden sie ruinieren."

Sie waren allein im Wirtshaus, das nur aus einem Raum bestand.

„Trink eines mit", versuchte Bruder Antonius ein Lächeln und kurz darauf standen die beiden an der Schank und nippten an ihren Krügen.

„Habt Ihr es schon gehört", hob der Wirt wieder an und saugte hörbar Luft zwischen den Zähnen ein. „Der Franzosen-General ist wild auf Hackhers Leute. Er ärgert sich, weil er nicht glauben kann, von diesem Haufen aufgehalten zu werden."

Seine Stimme war nur noch ein Flüstern, als befürchte er hinter jeder Ritze das Ohr eines Spions. Er spannte seine Lippen. Erst vor wenigen Minuten hatte er ein Kügelchen aus Zucker, Salz und Pfeffer in die rechte Wangentasche gelegt, doch der Zahnschmerz kehrte zurück wie eine ungeliebte Erinnerung. Er flammte auf und tauchte wieder weg.

„Warum sagst du *Sie* zu mir, Jacob?“, wollte der Mönch wissen.

Der Wirt zuckte mit dem Kinn. Ein zwanghaftes Verhalten, das ihn immer überwältigte, wenn er verlegen wurde. Unter Stress schienen sich die Nerven, die sein Unterkiefer unter Kontrolle hielten, anzuspannen und zogen es in Richtung rechte Schulter. Das sah noch unpässlicher aus, je mehr er sich dagegen wehrte.

„Verzeih’“, auch rote Flecken tauchten nun unter seinen Augen auf, „bei Gottesleuten ist man nie sicher.“

„Nie sicher, ob eine alte Freundschaft abrupt endet? Willst du mich beleidigen?“ Bruder Antonius bewegte keinen Muskel seines Gesichts. Er betrachtete den Wirt regungslos.

Ein Zucken. Jacob Dampfhofer lachte gequält. Es ärgerte ihn, Schweißtropfen auf seiner Stirn zu spüren. Das ging jedes Mal so schnell. Wenn er sich aufregte, hatte er sich nicht unter Kontrolle. Ein Kinnzucken. *Menschenskind.* Er warf das Tuch über seine Schulter und klopfte dem Mönch auf den Oberarm. „Vergiss es“, rief er und hoffte, dass es zwanglos klang, „auf jeden Fall soll der Franzos’ toben, weil sie seine Männer mit Steinen beworfen haben. So etwas habe noch nie jemand mit ihnen gemacht. Die fühlen sich wirklich in ihrer Ehre gekränkt.“

Als er bemerkte, dass der Mönch immer noch keine Regung zeigte, schwieg auch er. Bis plötzlich die Schultern von Bruder Antonius zitterten. Der Wirt sah auf, dann zitterten auch seine und beide begannen aufzulachen, schlugen sich auf die Schenkel und wieherten hemmungslos drauflos. Immer, wenn der eine aufhören wollte, begann der andere von Neuem zu lachen und steckte den anderen an.

„Jetzt“, stotterte der Wirt in eine Lachsalve hinein, „jetzt befürchten die Franzosen sogar einen Aufstand in der Stadt, weil alle glauben …“, er schnappte nach Luft, „weil alle glauben …“, ein Lachkrampf, „gegen die Soldaten bräuchte man nur …“, noch ein Lachkrampf, „ein paar Steine werfen.“

Der Mönch wieherte: „Ja, weil die eh alle gleich umfallen.“

„Ja, und erschießen wollen sie uns lassen. Das soll der General, der feine Herr Broussier, gesagt haben. *Erschießen.* Er will die Grazer erschießen, einen nach dem anderen, bis der Hackher die Burg hergibt.“

Das Lachen verebbte zu einem verlegenen Schweigen.

Bruder Antonius wischte sich Lachtränen aus den Augenwinkeln, drehte sein Glas in der Hand und schüttelte dann den Kopf, sagte aber nicht, was er gerade dachte.

Schließlich ergriff Dampfhofer wieder das Wort: „Und hast du auch die andere Neuigkeit gehört?“

Wieder flammte der Zahnschmerz auf, doch er spülte ihn mit einem weiteren, kräftigen Schluck hinunter.

„Welche?“

Dampfhofer wischte sich mit dem Handrücken übers Kinn.

„Dass die Alte wieder in der Stadt sein soll, du weißt schon.“

Anstelle von Bruder Antonius blickte nun wieder Peter Lautenbach auf – das Gesicht eines kleinen Buben, der bei irgendetwas ertappt worden war. Sein Lachen war gänzlich verschwunden und er flüsterte: „Ja, ich weiß schon.“

Der Feldscher

Ka-Tatsch.

Das Geräusch platschenden Wassers, das von den Ufern der Mur herauf zu hören war, war unheilvoll.

Noch unheilvoller war allerdings das Schweigen, das dem Geräusch folgte. Gesenkten Hauptes bewegten sich zwei Schatten weg vom Ufer. Der eine räusperte sich, der andere wischte sich Rotz von der Nase und schüttelte den Kopf. Sie begegneten zwei weiteren Schatten, die ein gleiches Bündel zwischen sich schleppten wie die beiden unmittelbar zuvor. Kurz darauf war vom Ufer her wieder das Geräusch zu hören.

Ka-Tatsch.

Es sprach sich herum wie ein Lauffeuer: Die Franzosen werfen ihre Toten in den Fluss.

Manche meinten, sie taten es, um die Zahl der Verluste zu vertuschen. Andere vermuteten allerdings, dass sie auf diese Weise wenigstens den Toten die Möglichkeit geben wollten, diesem Ort zu entfliehen. Vielleicht trug die Mur die aufgeschwemmten Körper ja weit nach Süden. Ganz weit fort von hier.

Denn mittlerweile konnte man viele fragen, wie es um die Angst stand. Zum Beispiel in einem Lazarett.

Der junge Mann ganz vorne, dessen offenes Bein vom Licht des Fensters erhellt wurde, lag auf einem Tisch, zitterte und war schweißüberströmt. Und er war über und über mit Blut befleckt. Dass sein Bein nicht mehr gerettet werden konnte, sah er daran, dass sich ihm jemand mit einer Säge näherte. Die Augen des Verwundeten weiteten sich und rasch, viel zu schnell für seinen Verstand, ratterten die Bilder der Vergangenheit in seinem Innersten vorbei, erzählten seine Geschichte. Als Sohn eines Bäckers war er immer schon im Nebel des Morgengrauens durch die Gassen von Marseille gelaufen. Dabei war er manchmal stehengeblieben und hatte ein Ziehen im Herzen gespürt, wenn eines der Schiffe hinausfuhr. Als er älter wurde, alt genug jedenfalls, um zurückzuschlagen, als sich das Gesicht des Vaters wieder einmal rötete, der Hals anschwoll und er den Arm spannte, da sah er sich an Bord stehen und hinaus auf den Ozean segeln. Der Alte würde ihn nie wieder schlagen.

Er sah die dunklen Menschen auf den fremden Inseln, er roch neue Düfte: abgestandenes Wasser in den Nischen der Schiffe, der verwesende Kadaver einer Ratte in der Kombüse. Erinnerung an das Geräusch, das das Wasser machte, wenn es im Hafen rhythmisch an den Schiffsrumpf plätscherte.

Zurück nach Frankreich. Paris. Er blickte auf einen Brief, den er an seine Mutter schrieb. Er berichtete ihr von Napoleon, dem General, und davon, dass er nach Italien gehen würde. Schon bald. Und dann war er dort, hatte einen Freund, den er liebgewann, mit dem er an den Abenden der Schlachten Lieder sang, und der eines Tages von einem Bajonett so furchtbar aufgespießt wurde, dass ihn die Bilder bis in die Träume hinein verfolgten.

Er sah sich laufen, gegen den Feind, durch halb Österreich. In den Pausen das Herzklopfen. Und dann, als er die ersten Ziegeldächer von Graz sah, wie sie aus dem Morgennebel herausragten, umgeben von den vielen Kirchtürmen und den Hügeln und dem Fels in ihrer Mitte, da wurde sein Atem plötzlich flach. Er hatte immer Glück gehabt. Warum endete es jetzt? Warum ausgerechnet hier?

Ein anderer Mann, ein weißbärtiger, dunkler Kerl, dessen Gesicht kaum eine Stelle aufwies, die nicht vernarbt war, hörte die Schreie des jungen Soldaten. Er warf einen Blick hinüber, über eine Handvoll Betten hinweg. Da lag er, der Bub, brüllte wie ein Tier, und dann hörte er plötzlich auf und man konnte hören, wie das abgesägte Bein auf den Boden fiel. Der Feldscher, wie man den Chirurgen des Militärs nannte, hatte keine halbe Minute dafür gebraucht. Man erzählte sich, dass er es während der großen, wilden Schlachten vor Abukir, in Hohenlinden und Austerlitz auf mehr als einhundert abgesägte Beine am Tag gebracht hatte. Beinah so viele wie Dominique-Jean Larrey, der Leibarzt des Kaisers, selbst.

Einige Kameraden erbrachen sich. Der Alte schüttelte den Kopf. Auch er rang mit den Erinnerungen. Sie waren in Hochstimmung gewesen, drängten die Truppen des Erzherzogs wie Hunde vor sich her, brachen über Dörfer herein wie ein Wirbelsturm, plünderten Bauernhöfe, ohne Widerstand zogen sie übers Land, und dann änderte sich die Stimmung langsam. Immer wieder fand sich jemand, der düstere Geschichten berichtete. Auf den Bergen, die sie vor sich hatten, da soll allerhand Unheilvolles an Gestalten hausen. Er erinnerte sich an die lange Warterei vor Laibach, als einer die Sage vom Teufel in Graz erzählte. Zu diesem Zeitpunkt war noch nicht einmal sicher, dass sie hierherziehen würden. Sie hatten ein paar Becher Wein getrunken, die Würfel lagen noch auf dem lehmigen Boden, da lauschten sie der Erzählung um die Entstehung des Schloßbergs von Graz, jenes Bergs, den sie jetzt zu erstürmen gedachten. Der Teufel sei es gewesen, der den Felsen geworfen habe. Aus lauter Zorn wegen einer verlorenen Wette. Und eine andere Geschichte besagte, dass der Teufel Felsbrocken in einem Riesensack auf der Schulter getragen habe. Der Streich eines Engels soll dem Sack Löcher zugefügt haben. Da seien die Steine herab aufs Grazer Feld gefallen. Der Schloßberg sei also als reinstes Teufelswerk entstanden.

Seine Mundwinkel füllten sich mit Blut und Speichel. Er musste lächeln. Der Teufel hatte auch ihn besiegt. Dann öffneten sich die Finger des alten Soldaten, die bis zuletzt ein Kruzifix an seine Brust gedrückt hatten. Eine weiche Hand schloss seine Augenlider.

Die Hand gehörte einem kahlen Mann, der hinter seinem Monokel auf ein Fiasko blickte. Die Soldaten starben schneller, als er frisches Wasser auftreiben konnte. Immer wieder rief er: „Was für eine Schweinerei, was für eine sinnlose Schlacht“, und zum Glück für ihn achtete in dem Durcheinander niemand auf den Feldscher. Sie hätten ihn auf der Stelle vor die Tür gezerrt und erschossen, weil er den Krieg des Kaisers infrage stellte und sein Land beleidigte. Oder auch nicht – schließlich brauchten sie diesen Mann mehr als ihnen lieb war. Nur durch Männer wie ihn war wenigstens ein Hauch von Menschlichkeit in all dem Chaos zu spüren. Da war immerhin jemand, der etwas gegen die Schmerzen tun konnte.

Er lockerte die Muskel um sein Jochbein, ließ das Einglas aus seinem Gesicht fallen und rieb sich die Augen. Obwohl er der Ansicht war, dass es gesundheitsschädlich war, das Gesicht derart zu verzerren, kam er bei heiklen Operationen ohne Sehhilfe kaum noch aus. Allerdings zerbrach er sich darüber schon lange nicht mehr den Kopf. Vielmehr ärgerte ihn die Sinnlosigkeit der Kämpfe. Der erste Angriff auf den von den Österreichern verteidigten Felsen brachte den Franzosen keinen Meter Raumgewinn. Alles, was sie nun wussten, war, dass die Kerle auf dem Berg sich mit jedem Stein, jedem Stück Holz verteidigen würden, das zu finden war. Und sie wussten auch, dass diese barbarische Art zu kämpfen ausreichte, um beinahe hundert kampferprobte Soldaten des Kaisers zu töten. In einer einzigen Nacht. Was ist erniedrigender: Steine zu werfen oder durch die Würfe zu sterben?

Eine Erinnerung ließ ihn vor Verachtung scharf ausatmen. Er war in Spanien dabei gewesen. Das waren auch so beschämende Gegner gewesen. Wie sie aus dem Hinterhalt auf die marschierende Truppe geschossen hatten. Einmal musste er sich nach einem dieser Überfälle sogar selbst am Arm verarzten. Sie hatten ohne Vorwarnung angegriffen. Kein offenes Feld, keine Trommel, kein Signalhorn, keine Fahne, kein Ehrgefühl. Er spukte auf den Boden.

Die einen bewarfen sie mit Steinen, die anderen schossen aus dem Hinterhalt.

„Einerlei“, murmelte er, „letztlich gewinnen wir doch gegen alle diese Barbaren.“

Der Wundarzt nahm einen Schluck Wein, wischte sich mit dem Handrücken über den Bart und lief zum nächsten Tisch. Sie hatten eine Schule zum Lazarett umfunktioniert. Es stank nach Schweiß und Urin und der beißende

Gestank von Gedärmen lag in der Luft. Ob die Männer, denen er Gliedmaßen amputieren hatte müssen, überleben würden, war schwer zu sagen. Die Wahrscheinlichkeit war aber in etwa so hoch wie die Möglichkeit, diesen Berg in der nächsten Nacht zu bezwingen. Immerhin hatte er eigentlich den Beruf des Barbiers erlernt. Er wusste, wie man Bärte schnitt. Das Handwerk, Gliedmaßen zu entfernen, Wunden mit einem Glüheisen auszubrennen und Kugeln mit rostigen Zangen aus offenen Wunden zu ziehen, hatte ihn lediglich der Krieg gelehrt. Jeden Tag. Überall stöhnten die Verletzten, manche sangen traurige Lieder, andere wimmerten ihren weit entfernten Frauen, Kindern und Eltern verzweifelte Abschiedsreden zu. Gehauchte Liebesgeständnisse, geröchelte Liebkosungen. Manche aber lagen nur ganz still da und starrten erwartungsvoll in den nahenden Tod. So, wie der weiße Soldat, dem er soeben die Augen geschlossen hatte. Er wünschte, er hätte wenigstens noch ein wenig Hoffmannstropfen gegen die Schmerzen übrig gehabt, um ihm das Sterben zu erleichtern.

Grimmig starrte er durch den Raum und rief schließlich einen Adjutanten zu sich. Der Bursche war vielleicht zehn Jahre alt, vielleicht auch weniger. Er reichte ihm gerade einmal bis zur Brust und war auch sonst recht schmächtig gebaut. Der Feldscher war überzeugt davon, dass dieser Bub am Rande eines Schlachtfelds gezeugt worden war. Wahrscheinlich das Resultat einer unglücklichen Liaison zwischen einem jungen Mann in Uniform, den man in Paris mit seinem gesamten Jahrgang in die Grande Armée zwangsverpflichtet hatte, und einer der Frauen, die überall dort waren, wohin sein Regiment zog. Diese Frauen waren meist Dirnen, die sich auch um die Verletzten kümmerten, manchmal auch Tote beraubten, um so zu Geld zu kommen.

Wie man einen kleinen Buben in dieser Umgebung, in dieser Zeit, großziehen konnte, war dem Feldscher ein Rätsel. Der Bursche musste in gewisser Weise ein Überlebenskünstler sein. Auf jeden Fall hatte er sich bislang stets auf ihn verlassen können. So steckte er ihm auch diesmal einen Zettel in die Tasche und herrschte ihn an, sich zu beeilen. Er solle Medikamente aus dem Hauptlager bringen, solle keine Scheu vor den Offizieren zeigen, denn es gehe hier um Leben und Tod. Und sie brauchten Lebensmittel, Wein: „Mein Gott, sieh zu, dass du ihnen Beine machst."

Der Bub starrte ihn mit großen Augen an und seine Lippen bewegten sich stumm mit den Worten des Arztes, formten sie nach, um nichts zu vergessen. *Beine machen.* Dann drehte er sich um und eilte davon. Er hatte die Schwelle noch nicht erreicht, da rief ihm der Arzt nach. „Und sie zu, dass du in einem Stück zurückkommst."

Einige Köpfe drehten sich zum Arzt um. Sein Blick verfinsterte sich. „Ja, glotzt nur, aber wenn ein Ort verflucht ist, dann dieser, darauf verwette ich meinen gottverdammten Rock."

Es war auf den ersten Blick nicht zu erkennen, zu wem der Bub gehörte. Zu den Franzosen oder doch zu den Hiesigen. Es war aber auch einerlei, denn niemand schenkte ihm Beachtung. Er lief durch die Gassen, den Brief fest an seinen Bauch gepresst. Die Häuser, deren Fassaden Tempel nachbildeten, waren hoch und ihre finsteren Fenster starrten wie Augen auf ihn herab. Manchmal tauchten

Schatten hinter den Gardinen auf, und im Laufen lauschte er dem Treiben der Stadt. Er vernahm den vertrauten Klang französischer Worte, dann wieder klang das harte, fremde Rattern der Österreicher an sein Ohr. Jedes Wort aus ihrem Mund klang, als schalten sie ihn. Jede Silbe wie blanker Hass.

Er kannte das Gefühl fremd zu sein. Seit Monaten war er überall, wo er hinkam, stets der Feind. Er rannte oft ganz allein durch die Gassen solcher Orte. Doch da war noch etwas anderes, das ihn schrecklich einsam sein ließ. Auch die eigenen Soldaten beachteten ihn kaum. Sie schätzten ihn so gering, dass sie, wenn sie miteinander sprachen, sogar so taten, als sei er nicht dabei. Sie redeten einfach weiter, auch wenn es um Weibergeschichten und solche privaten Dinge ging. Und weil er bald merkte, dass er Luft für die Großen war, blieb er einfach stehen, wenn sie tuschelten. Auf diese Weise bildete er sich ein, manche Soldaten besser zu kennen, als sie sich selbst. Das gefiel ihm.

Was er in den letzten Tagen aber da und dort vernommen hatte, das beunruhigte ihn nun aber auch. Er hatte sich aus den Gesprächsfetzen ein Bild gemacht und festgestellt, dass die Männer, mit denen er seit Wochen von Sieg zu Sieg eilte, unsicher waren. Nein mehr, zum ersten Mal schienen sie Angst zu haben.

Im Vorbeilaufen blickte er jetzt in die offenen Türen der auch bei Tageslicht finsteren Häuser. Er sah Hüte bis an die Decke und eine Dame in steifem Kleid stolzierte aus dem Hutgeschäft. Sie wurde flankiert von groß gewachsenen französischen Kavalleristen. Er sah einen Greis mit Lederschürze und Stirnfurchen, die so tief waren, dass er ganze

Finger in ihnen verstecken hätte können. Der Mann hämmerte auf die Sohle eines Schuhs ein.

Er warf flüchtige Blicke in Gaststuben, Kirchenschiffe und Backstuben und aus einem offenen Fenster wehte der Klang einer Maultrommel auf die Gasse hinaus. Aus einem Kaffeehaus schnappte er das Bild einer in Eichenholz getauchten Welt auf. Offiziere auf hochgepolsterten Bänken, umgeben von üppig gekleideten Damen. Ein Kellner mit grüner Jacke und rotem Gilet bediente die Gruppe mit steifer Höflichkeit.

Und dann bemerkte der Bub im Laufen auch, dass sich zu seinem eigenen Schatten, den er manchmal im Augenwinkel wahrnahm, ein weiterer gesellte, und zu seinem eigenen vorüberhuschenden Spiegelbild das Abbild einer fremden, finsteren Gestalt. Die Angst, die man im Dunkeln hat, weil man glaubt, etwas würde nach einem tasten, griff unvermittelt zu. Doch jetzt wusste er: Sie tat das auch, wenn es noch hell war. Und diese Angst befähigt einen zu laufen, so schnell, wie man noch nie gelaufen ist.

Beim Rennen bemerkte er, wie selten er atmete. Aber er konnte es nicht ändern, flog über die Stufen vom Dom hinab und dann die steile Bürgergasse hinunter – ohne sich umzudrehen oder Luft zu holen. Er erinnerte sich an die Gesprächsfetzen der Soldaten und an deren Angst, und nun wusste er auch, wie das Bild dieser Angst aussah. Er dachte noch: *Warum hilft mit denn keiner?* – und merkte viel zu spät, dass er zu schnell geworden war. Seine Beine bewegten sich so schnell, wie sie es vielleicht noch nie getan hatten, doch im selben Moment, als er dachte, nicht aus dem Rhythmus kommen zu dürfen – kam er aus dem Rhythmus.

Einen Sekundenbruchteil wandte er seinen Blick ab, schaute auf seine Fußspitzen. Schaute auf. Ein Anhänger.

Der Karren, den ein Bierbrauer vor sich her schob, stand plötzlich auf dem Bürgersteig und der Schmerz, den der Aufprall verursachte, ließ den Buben die Farben der Welt sehen. In seinem Kopf hallte ein heller Schrei. Dann fiel alles herum in tiefes Schwarz.

Als er die Augen wieder öffnete, blickte er in eine knorrige Nase, einen Mund mit faulen Zähnen, ein vernarbtes, verkrustetes Gesicht und in die bösen Augen einer leibhaftigen Hexe. Er wusste natürlich, dass das Blödsinn war. Keine Hexe konnte so schnell laufen wie er. Dann wurde es wieder schwarz und schließlich weiß. Stille.

Die meisten Schaulustigen umringten den Buben, ohne etwas zu tun. Auf dem Kopfsteinpflaster sickerte das Blut in die Rillen. Betreten starrten die Leute auf den Unfallort, manche schlichen davon. Einer von ihnen, ein drahtiger, aber offensichtlich feiner Herr mit an den Enden aufgedrehtem Bart, breiten Koteletten und buschigen Augenbrauen nahm seinen schwarzen Hut vom Kopf und kratzte sich unter dem schütter werdenden grauen Haar an der hellen Stirn. Es war der Apotheker Albert Mohr. Er war etwas später gekommen, hatte erst mitbekommen, dass ein Unfall passiert war, als zwei kräftige Soldaten den Buben schon weggetragen hatten, und doch schien er jetzt zutiefst beunruhigt.

„Was hat der Bub da immerzu gerufen?“, fragte er einen Mann, der unter dem Torbogen einer Hofeinfahrt auf einem Schemel saß und damit beschäftigt war, gewissenhaft mit einem Messer seine Fingernägel zu putzen. Die dichten Augenbrauen hielten den Schweiß davon ab, in seine Augen zu rinnen. Die braune Stirn glänzte, das schwarze Haar klebte kranzförmig an seinem Kopf, zeigte die Umrisse seines kurz zuvor getragenen Huts. Nun erkannte er ihn. Der Mann war bei ihm im Haus gewesen, nachdem er ihn auf der anderen Straßenseite beobachtet hatte. Mohr hoffte, dass sein Gegenüber ihn seinerseits nicht erkannt hatte, und wollte schon weitergehen, doch der andere ließ sich nichts anmerken. Als sei es das Normalste der Welt, im Feindesland über Gott und die Welt zu plaudern, nickte der Franzose nur und sagte: „Ja, das, was er da gerufen hat, ist eigentlich noch viel beängstigender als sein Gesundheitszustand."

Er atmete hörbar Luft aus und blickte Mohr herausfordernd an: „Jetzt wollen die Ersten sogar schon Hexen gesehen haben."

Ein hartes Lachen.

„Er hat *was*?"

„Ja", der Soldat wischte mit einer Hand durch die Luft, als sei ihm eine beiläufige Bemerkung eingefallen, „ja, der Bub rief immerzu, er habe *sie* gesehen. Eine Hexe. Er habe eine *Hexe* gesehen."

Der Franzose beobachtete, wie diese Mitteilung von dem Apotheker aufgenommen wurde.

„Dann habe ich richtig verstanden", flüsterte Mohr. Er fuhr sich fahrig über die Lippen. „Mein Gott, dann sind wir alle in Gefahr."

Er blickte auf, als nehme er den Franzosen erst jetzt wirklich wahr. Dann riss er die Augen auf.

„Margarethe", rief er, drehte sich um und lief davon.

Der Franzose war aufgestanden und wischte sich den Schweiß von der Stirn.

Doch Albert Mohr kam nicht weit. Das Klappern der Pferdehufe hallte durch die Gasse und kurz darauf erklang eine herrische Stimme zwischen den Fassaden. Ein riesiges Pferd trat aus einem Innenhof und versperrte Mohr den Weg, der Reiter zeigte mit einer Gerte auf Mohr. Seine Lippen waren unter dem prächtigen Bart nicht zu erkennen. Er trug eine Art Umhang, einen Hut, der wie ein Pelz aussah, und von seinen Hüften baumelte locker ein gekrümmter Säbel. Mit Zungenschnalzern brachte er das Pferd dazu, sich dem Apotheker noch ein wenig mehr in den Weg zu stellen und sich ihm seitwärts zu nähern. Mohr drehte sich um und sah, wie hinter ihm zwei französische Infanteristen in weißen Hosen und blauen Röcken langsam auf ihn zugingen. Sie trugen ihr Gewehr locker in der Hand, lächelten und nickten ihm zu, er solle sich wieder dem Reiter zuwenden.

„Ein Flaneur?", schrie der Mann nun von seinem Ross herab.

Mohr blickte auf seine schwarze Tasche, dann wieder zu dem Reiter. „Bitte, ich muss zu meiner Tochter. Sie schwebt in Gefahr."

Der Husar runzelte die Stirn, ging aber nicht näher auf Mohrs Worte ein. Vielleicht verstand er sie auch gar nicht.

„Kommen", rief er. Und als Mohr sich weigern wollte, in aufwallendem Zorn „Nein" brüllte, spürte er plötzlich zwischen seinen Schulterblättern einen Schmerz, der ihn innehalten ließ. Einer der beiden Soldaten hielt ihm das Bajonett auf den Rücken, der zweite schlenderte lässig hinter ihnen her.

In Albert Mohrs Kopf rotierten die Gedanken. Denn was er vorher gehört hatte, hatte eine Tür in seine Erinnerung geöffnet. Der Klang des Wortes „Hexe“ hallte in ihm nach und er fühlte sich um Jahre zurückversetzt. In eine Zeit, als er noch ein kleiner Bub gewesen war …

… „Eins, zwei, drei …“

Einfach war es nie für ihn, mit den anderen Schritt zu halten, dafür war er viel zu schmächtig. Aber er war klüger und flinker als die meisten von ihnen. Spielten sie verstecken, dann wählte er ein Versteck in unmittelbarer Nähe des Suchers. Keiner der anderen vermutete, dass er so dreist sein würde. Spielten sie abfangen, dann versuchte er am Beginn stets den Blickkontakt mit dem Fänger zu vermeiden. Entweder der suchte sich dann ein anderes Opfer oder aber, er wog sich in Sicherheit und glaubte, leichte Beute vor sich zu haben. Doch der kleine Albert tat nur so, als bemerkte er den Angriff nicht, schlug im letzten Moment einen Haken und ließ den Fänger ins Leere greifen. In seiner Erinnerung spielten sie damals von Sonnenaufgang bis Sonnenuntergang. Die Warnungen der Eltern, sich nicht zu weit zu entfernen, das Murufer nicht zu wechseln und überhaupt Acht zu geben, klangen ihnen schon fast so vertraut wie das Echo der zahnlosen Alten, die ohnehin immer etwas an ihnen auszusetzen hatten. Andererseits: Immer wieder einmal bezog einer von ihnen eine Tracht Prügel, weil er die eine oder andere Anweisung der Alten nicht befolgt hatte.

Diesmal war er dran mit dem Zählen. Er stand mit geschlossenen Augen neben dem Eingang der Mohrenapotheke am Murvorstadtplatz und zählte. „… sieben, acht, neun …“

Der Tag war grau und die Menschen huschten geduckt an ihm vorüber. Es roch nach Pferdeäpfeln und dem Geruch eines Hausmädchens, das gerade hinter ihm vorüberging. Sie hatte diesen Schweißgeruch, den manche Menschen haben, und den man ein paar Minuten lang nicht aus der Nase bekommt. Wie alte Socken.

Sie hatten ausgemacht, dass Verstecke in Häusern und Innenhöfen verboten waren. Aber natürlich gab es genug andere Möglichkeiten, vor allem, wo doch heute auf dem Hauptwachplatz der Herbstmarkt stattfinden würde.

„… dreizehn, vierzehn, fünfzehn …"

Es standen überall Karren herum, Vieh an den Tränken, Kutschen, Kisten, Fässer. Die Leute sprachen die seltsamsten Dialekte und manche unterhielten sich sogar in einer anderen Sprache. Vor der Ledergerberei am rechten Murufer stand ein Fuhrwerk, das den gesamten Straßenzug lahmlegte, weil es so breit war. Das sorgte für Ärger bei den anderen Kutschern. Die meisten Kutschen waren schwer beladen mit allerlei Tüchern und Stoffen, denn während die Jahrmärkte des Frühlings vor allem Eisenwaren, Seide und Kleidungsstücke zeigten, boten die Händler im Herbst 14 Tage lang meist Decken, Stoffbahnen und Tücher feil. Manche Händler mussten so lange warten, dass sie unter der Hand begannen, Waren zu verkaufen. Sie taten das selbst auf die Gefahr hin, empfindliche Strafen zahlen zu müssen, denn die strikte Einhaltung der Marktzeiten war den Grazern besonders wichtig.

Das Warten zog sich noch dazu in die Länge, weil traditionell unmittelbar vor jedem Jahrmarkt auch noch ein Viehmarkt am Glacis stattfand, und der sorgte ebenso für Unmut bei den Jahrmarktstandlern, weil die mit ihren Karren und Fuhrwerken in den engen Gassen kaum ausweichen konnten. Hatte es dann auch noch kurz zuvor geregnet, versanken die Räder der Anhänger und Kutschen im Morast der Straßen und die Menschen stapften durch knöcheltiefen Dreck.

Alles wartete also nur noch auf das Läuten der Glocken, die die offizielle Eröffnung des Marktes verkündeten.

„... achtzehn, neunzehn, *zwanzig* ...“ Das *Zwanzig* brüllte er regelrecht hinaus.

Sein Herz hüpfte vor Vorfreude, weil er glaubte, sich daran erinnern zu können, wie sich die anderen zuvor die Verstecke ausgemacht hatten. Er wusste also genau, wohin er laufen musste. Direkt auf die Brücke zu. Sie würden ihn mit einer Mischung aus Ärger und Respekt ansehen.

„Hinter meiner, vorder meiner, links rechts gilt's nix. Ich komme.“ Mit diesen Worten drehte er sich auf den Fersen um, öffnete im Rennen die Augen und – landete direkt im weichen Busen einer runden, schmutzigen Frau.

Verdattert schaute er in ein mit Runzeln und Pusteln übersätes Gesicht. Sie hatte aufgesprungene Lippen. Er murmelte eine Entschuldigung, obwohl er sich nicht sicher war, wem der Zusammenstoß mehr wehgetan hatte. Sein Schädel brummte, weil er ihn sich an der schweren Halskette der Frau gestoßen hatte. Er griff sich an die Stirn. Die Frau lachte unangenehm laut auf und rief: „Nicht so stürmisch, Bub. Die Männer in deinem Alter gehen immer gleich so stürmisch ran. Meine Güte, immer so stürmisch.“ Die Art, wie sie die Wörter wiederholte, gefiel ihm nicht. Von hinten schob ihm nun auch noch jemand die Kappe ins Gesicht und ein zahnloser Kerl klopfte ihm auf die Schulter. „Hätt'st wohl gern, du kleiner Strolch. Nix da, schwirr ab, schwirr ab, Lausbub. Das Weibsbild gehört schon mir." Und wieder lachte die Alte schrill.

An ihrer Seite bemerkte Albert jetzt auch ein Mädchen, das schüchtern zu ihm aufblickte. Es hatte grüne Augen, rotes Haar und trug einen Stoff, der früher vielleicht einmal eine Farbe gehabt hatte. „Husch, husch", wachelte der Mann mit den Händen. Albert wechselte wieder einen Blick mit dem Mädchen und rannte davon …

… Albert Mohr wurde aus der Erinnerung gerissen, als er in einen Raum gestoßen wurde, in dem die Luft zum Schneiden war. Fliegen schwirrten um sein Gesicht. Sie hatten die Verletzten auf Schultische gelegt. Ein allgemeines Jammern und Stöhnen erfüllte den Raum.

Die Soldaten, die ihn hierher geschoben hatten, deuteten auf die Verletzten. Er verstand. Er sollte helfen. Sein Herz hämmerte. Er dachte an Margarethe und an die Gefahr, der sie möglicherweise ausgesetzt war. Woran er nicht dachte, war, dass er die Wunden des Feindes heilte. Das war ihm einerlei. Dieser ganze Krieg, das Schießen und Stechen, war etwas, womit er nichts anfangen konnte.

Er sagte: „Ich weiß aber nicht, was ich tun soll."

Niemand beachtete ihn mehr. Automatisch griff er sich deshalb ein einigermaßen weißes Laken, das über dem Rand eines Kübels hing, und begann durch die Reihen zu gehen. Als er auf den Buben von vorhin traf, blieb er stehen.

Der Kleine hatte eine Platzwunde am Kopf. Nicht weiter schlimm, auch wenn sein gesamtes Gesicht blutverschmiert war. Mohr säuberte die Wunde und legte ihm so gut er konnte einen Verband an. Der Bub schaute ihn die ganze Zeit über an, sagte jedoch kein Wort. Mohr konnte kein Französisch, der Bub wohl kein Deutsch. Es hatte keinen Zweck. Aber er bildete sich ein, in den Augen des Kindes die Furcht zu sehen, die er gemeint hatte.

Als er sich erheben wollte, hielt der Bub ihn am Arm fest, zog ihn zu sich, deutete mit zwei Fingern auf seine Augen und sagte: „Hexe."

Mohr versuchte, sich zu beherrschen. Er tätschelte ihm die Hand und versuchte zu lächeln, obwohl er spürte, dass das furchtbar gekünstelt aussehen musste.

Dann zeigte auch er mit zwei Fingern auf seine eigenen Augen und flüsterte: „Ich auch."

Schwarze Schürzen

Es war der schlimmste Tag der Belagerung. Unentwegt trommelten die Kugeln der französischen Geschütze auf den Schloßberg ein. In den kurzen Feuerpausen entsandten die Angreifer ausgesucht höflich formulierte Aufforderungen, die Major Hackher zum Aufgeben bewegen sollten, doch der Offizier weigerte sich jedes Mal – ebenso ausgesucht höflich – das Angebot zur Kapitulation anzunehmen. Er hatte Hoffnung aus den nächtlichen Leuchtfeuern von den umliegenden Bergen geschöpft und glaubte fest an baldigen Entsatz. Die Folge waren neuerliche Bombardements.

Überall in der Stadt brannten Lagerfeuer, ständig schwärmten Kundschafter aus oder kamen an. Depeschen wurden entsandt, Dokumente formuliert. Ab und zu trommelte ein Magistratsmitarbeiter die neuesten Nachrichten in die Stadt hinaus oder verkündete neue Listen von Dingen, die die Besatzer benötigten. Erst als die Nacht hereinbrach, schlossen sich die Fenster und Türen der Häuser. In den Wohnungen zogen sich die Menschen in die hintersten Winkel abseits des Schloßbergs zurück, um sich vor Querschlägern oder Fehlschüssen zu schützen. Sie wussten mittlerweile, dass die Nächte schlimmer waren als die Tage. Vom Schloßberg her wurde tagsüber kaum gefeuert, da sich bald herumgesprochen hatte, dass die Franzosen sich Zivilkleidung über die Uniformen stülpten. Aus der Entfernung konnte also keiner der Schützen sicher sein, nicht doch auf einen Grazer Bürger zu schießen.

Das rege Treiben setzte dann in der Dämmerung ein. Die einen zogen sich zurück, die anderen bereiteten sich vor. Und plötzlich wurde es still in der Stadt. So still jedenfalls, dass nur noch die Geräusche, die man nicht machen will, zu vernehmen waren.

Matthäus wagte einen Blick zwischen den Zinnen hinunter. Nur das verräterische, gleichmäßige Quietschen vereinzelter Fuhrwerke war zu vernehmen, die eiligen Schritte Hunderter Stiefelpaare, die über Sackstraße und Paulustor hetzten. Ein Pferd schnaubte. Das Klirren des Zaumzeugs. Er blickte die Fassaden entlang und schaute auf die Fenster und auf die Blumentöpfe davor. Noch vor einer halben Stunde standen zwei am linken Rand, einer am rechten. Jetzt befanden sich alle Töpfe am linken Rand. Sein Blick glitt weiter hinauf, suchte die oberen Stockwerke ab, das Dach – und dann bemerkte er, wie sich die Dachziegel bewegten. Die Blumennachricht funktionierte. Mit dem Verstellen von Blumentöpfen halfen die Grazer den Belagerten so gut es ging. Waren die Töpfe verstellt, befanden sich Franzosen im Haus.

Jemand nieste. Eine Grafenwitwe hatte in den Tagen vor der Schlacht sogar angeboten, durch aufgehängte Wäsche Zeichen zu geben, Hackher hatte jedoch abgelehnt. Er wollte das Leben von Zivilisten nicht gefährden.

Wieder das Niesen. Helme und Bajonette vorübereilender Franzosen waren aus den Laufgräben zu sehen. Obwohl eine kühle Brise wehte, war Matthäus schweißgebadet, als er hinter der Mauer in Deckung ging. Er hatte sich mit einer Gruppe von Landwehrsoldaten, Bürgern und Handwerkern zusammengetan und hinter einem Haufen Steine und Holzplanken postiert. Er selbst besaß kein Gewehr. Es gab einfach zu wenig davon. Sogar im Zeughaus war keine Schusswaffe mehr aufzutreiben gewesen. Nicht, dass er keine Waffen gehabt hätte. An seinem Gurt steckten Kampfwerkzeuge, um die ihn so mancher Soldat beneidet hätte. Doch nur eine Schusswaffe konnte einen Feind wirklich auf Distanz halten.

Das ganze Land schien damit ausgerüstet, nur er nicht.

Er fluchte. Alles ging schief. Den Zins für seine kleine Messerschmiede konnte er nicht mehr zahlen. Die Zunft half ihm seit Monaten aus der Patsche und doch war ihm jetzt gar nichts anderes übrig geblieben, als sich für den Dienst auf dem Schloßberg zu melden. In Graz als Schmied zu arbeiten, war immer schon hart gewesen. Doch seit die Verbindungsstraße zum Erzberg im Norden verbessert worden war, konnte ein Schmied in Graz seine Familie kaum noch ernähren, zu einfach war es für die obersteirischen Handwerker, die Ergebnisse ihrer Fertigkeit in der Stadt auf den Märkten selbst feilzubieten.

Ausgewiesen zu werden, von der Bruderschaft verjagt, hätte so viel bedeutet, wie sein Leben verschenken. Wenn ein Mann, ein Meister seiner Zunft, seine Familie nicht mehr ernähren konnte, dann gab es keinen Spiegel mehr, der sein Gesicht zeigen durfte. Dabei war Matthäus überzeugt davon, dass er die Schuld für seinen Bankrott nicht allein trug. Das Gubernium, die oberste Verwaltungsbehörde des Herzogtums Steyermark, hatte sich schon vor hundert Jahren beschwert. In der Schmiedgasse sei kein Platz mehr, weil die Pferde und Fuhrwerke vor den Schmieden so viel Platz brauchten, dass sie die Gasse verstopften. Er selbst, der nach dem Tod seiner Mutter und mithilfe der Bruderschaft draußen am Lend versuchte zu überleben, spürte den wirtschaftlichen Druck jeden Tag aufs Neue. Oft kam tagelang keine einzige Kundschaft.

Weil er nicht wie sein Vater Hufschmied werden wollte, beschloss er, bei einem der letzten beiden Langmesserschmiede der Stadt in die Lehre zu gehen. Er hatte auf dem Fußboden geschlafen, ihn geschrubbt und es sich sogar gefallen lassen, dass die hässliche Tochter des Meisters ihn bei jeder sich bietenden Gelegenheit umgarnt hatte, ehe sie dann doch mit einem Hufschmied verheiratet worden war. Aber er hatte nicht nur gelernt, durchzuhalten und Niederlagen einzustecken. Er hatte auch die Fertigkeit erlernt, Klingen zu modellieren wie kein anderer. Seine Werkzeuge waren Kunstwerke, das hatte ihm das Leuchten der Augen des Meisters verraten, wenn er die Arbeit des Lehrbuben betrachtet hatte. Gesagt hätte er es freilich nie.

Erst vor ein paar Jahren hatten dann die Langmesserschmiede eigene Privilegien erhalten, hatten sich auch mit den Klingenschleifern, den Schwertfegern auf eigene Zunftordnungen geeinigt. Auch wenn er selbst nicht viel davon hielt, denn für ihn war seit jeher klar gewesen: Wer seine Waffen nicht selbst poliert und schärft, die Scheiden für die Klingen nicht selbst anfertigt und sich stattdessen auf die Kunstfertigkeit der Schwertfeger verlässt, der ist kein Schmied. Von halben Sachen hielt er nichts. Laut aussprechen durfte man so etwas freilich nicht. Das wusste er aus eigener Erfahrung: Als er sich einmal in einem Kaffeehaus in der Vorstadt am Billardtisch abfällig über die Schwertfegerzunft geäußert hatte, hätte ihn das fast seinen Meisterbrief gekostet. Es hatte viele Ursachen, warum er hier auf dem Schloßberg saß.

„Was ist?“, hörte er eine Stimme aus der Gruppe und wurde aus seinen Gedanken gerissen. Matthäus brauchte eine Weile, um sich zu sammeln.

Er wischte sich mit dem Handrücken über die Nase.

„Ja, sie sind überall. Ich glaub’ heut’ Nacht wird’s was geben.“

Und wirklich, eine Stunde vor Mitternacht setzte der Kampflärm von Neuem ein. Ein Österreicher hatte geschrien: „Sie haben Leitern, ich seh sie heraufklettern“, und von da an hallten die Schüsse und Schreie und das Wehklagen durch das Grazer Becken.

Matthäus war mitten drinnen. Mit seinen kräftigen Armen warf er Steine über die Brüstung, schob mit Stangen nach den Leitern, die die Angreifer an die Mauer gelegt hatten, und drosch mit Holzlatten in die Dunkelheit. Die Franzosen kamen wie schon in den Nächten zuvor nicht einmal in die Nähe der Verteidiger. Doch ihre Schreie waren deutlich zu hören. So viel Lärm sie machten, so sehr sie dafür sorgen wollten, dass die Grazer Angst bekamen, so wenig gelang ihnen das.

Als der Sturm nach einer halben Stunde abebbte, kam es Matthäus vor, als hole er zum ersten Mal seit einer Ewigkeit wieder Luft. Zitternd hockte er inmitten der anderen. Niemand sagte etwas in dem allgemeinen Nach-Atem-Ringen. Dann hob der Lärm von Neuem an. Wieder setzten die Franzosen alles daran, irgendwo über die Mauer zu kommen, ihr wenigstens ein Loch zuzufügen. Mit rasenden Herzen starrte die Gruppe in die Finsternis, die nur stellenweise vom Licht der Fackeln unterbrochen wurde. Jeden Augenblick erwartete Matthäus einen Schatten auf sich zustürmen zu sehen. Mit beiden Händen hielt er eine fast zwei Meter lange Pike, die Oberschenkelmuskeln waren angespannt, bereit zum Sprung. Alles Mögliche ging ihm durch den Kopf.

Doch die Festung hielt und ihre Verteidiger wankten nicht. Nirgendwo gaben sie nach, kämpften verbissen darum, die drohende Niederlage hinauszuzögern. Um Atemzüge, um Stunden, vielleicht um Tage.

Und mitten im Kampflärm blickte Matthäus zum Himmel empor. Rauchschwaden gaben die Sterne zunächst nur widerwillig frei und als er sie zu Gesicht bekam, blieb er mit der Waffe in seinen Händen stehen. Er sah hinauf in die Unendlichkeit, drehte seinen Kopf und bemerkte die Feuer auf den Rücken ferner Berge. Wie schon in den Tagen zuvor loderte dort etwas in der Nacht. Als gebe ihnen jemand Zeichen. Als warne sie jemand vor zukünftigem Leid. Matthäus verharrte. Es konnten tatsächlich Kreidfeuer sein, mit denen die Bauern seit Urzeiten Unheil vertrieben.

Plötzlicher Ärger kroch in ihm hoch. Seit Tagen rumorte es in der Truppe wegen dieser Feuer. Abergläubische Geschichten machten die Runde, Legenden über Hexen und Zauberer, Blut trinkende Ungeheuer der Nacht und sonstige Wesen, die Zeichen gesetzt haben sollen. Sie würden die Schwäche der Stadt riechen, das Chaos, die Wirren des Krieges zu ihren Gunsten nutzen.

Er bemerkte den voller werdenden Mond. Schüttelte den Kopf. Niemals wollte er an Schauergeschichten glauben, niemals sich leiten lassen vom Irrglauben und dem Teufelswerk. Er beschloss im Stillen, bei nächster Gelegenheit wieder in die Kirche zu gehen. Er hatte einen Gedanken, verlor ihn wieder, und plötzlich verlor er den Halt.

Er landete mit dem Gesicht voran auf felsigem Grund, schürfte sich die Wange auf und blutete über dem Ohr. Aber er spürte gleich, dass er sich nicht ernsthaft verletzt hatte. Es wirkte, als habe ihn etwas aus dem Schlaf gerissen. Ein Schatten rollte sich über ihn weg.

„Bist du verrückt!", schrie ihn einer seiner Kameraden an. „Willst du, dass sie dich abschießen?"

„Ich hab's vergessen."

„Was hast du *vergessen*? Dass wir hier Krieg spielen?"

Matthäus kicherte. Und dann musste auch der andere kichern. Und während rundherum der Kriegslärm tobte, die Sterne über ihnen blitzten und die Schreie der Sterbenden gellten, lachten die beiden in die Nacht hinein.

Indes gab es für Albert Mohr, der immer noch in dem Lazarett der Franzosen festsaß, wenig zu lachen. Immer wieder wurden neue Verwundete durch die Tür gebracht. Am Eingang verharrten zwei finster dreinblickende, aber in ihren bunten Uniformen nicht minder beeindruckende Husaren und behielten ihn im Auge, sodass ihm nichts anderes übrig blieb, als die Verletzten zu versorgen. Er blickte in die vor Schmerz verzerrten Gesichter. Blutverschmierte Gewänder, aufgerissene Gliedmaßen, eingeschlagene Schädel. Binnen Minuten steigerte sich das Leid in dem Raum zu einem diabolischen Szenario. So stellte Mohr sich die Hölle vor. So musste das Fegefeuer sein.

Längst hatte der Apotheker aufgehört zu zählen, wie viele Männer er versorgt hatte. Und wie oft er an schreienden Menschen vorbeigegangen war und den Kopf geschüttelt hatte, weil es ihm nicht möglich gewesen war, ihnen zu helfen.

Bei einem Infanteristen blieb er schließlich stehen und verband ihm den Kopf. Viel schlimmer hatte es den Mann aber wohl an den Beinen erwischt. Ein französischer Regimentsarzt war dabei, das zu untersuchen. Er trug eine schwarze Schürze, was ihn als Chirurg kennzeichnete. An dieser dunklen Schürze waren die Blutflecken nicht gleich zu sehen. Der Feldscher, ein Mann mit aufgedunsenem Gesicht, hervorquellenden Augen und ungemein großen, abstehenden Ohren, wischte seine Hände an der Schürze ab. Sein Schweiß tropfte in die offene Wunde. Der Soldat schrie. Dann blickte der Arzt zu Mohr auf. „Eure verdammten Hurensöhne", zischte er. Mohr bemerkte, dass sein eigentümliches Zischen daher rührte, dass dem Mann Zähne fehlten. „Sie werfen mit Steinen und Brettern auf die Armee des Kaisers. Die beste Armee der Welt wird behandelt wie Bauernlümmel. Eine Schande."

Er drosch auf das Bein des Soldaten, der wieder vor Schmerz aufschrie.

Mohr hatte vor lauter Zorn darüber, was der Feldscher sagte, keine Zeit, sich darüber zu wundern, woher der Mann seine Sprache so gut sprach.

„Das Bein muss ab", schrie der Franzose jetzt. Der Soldat brüllte ihn entsetzt an, zwei Helfer drückten den Verzweifelten an den Schultern zurück auf die Tischplatte, doch der Mediziner blickte völlig unbeeindruckt auf den Verwundeten hinab. Er griff nach einem Schwamm, der noch aufgedunsen vom Blut eines anderen war, und wrang ihn über dem Boden aus. Dann drückte er ihn ohne Vorwarnung auf die blutende Wunde des Soldaten. Die Schreie erstickten, er wimmerte nur noch, flehte, doch Mohr verstand kein Wort.

„Kommen Sie schon her", schrie der Feldscher jetzt.

Die Augen des verwundeten Soldaten rollten in ihren Höhlen, er schien im Fieberdelirium. Mohr schüttelte den Kopf. Der Feldscher fuchtelte mit der Säge vor seiner Nase und brüllte: „Merde, herkommen!"

„Nein", sagte Mohr so ruhig es ging und deutete auf den Verwundeten. „Es ist nicht mehr nötig, ihm das Bein abzunehmen."

Der Arzt machte ein Geräusch, das dem eines brüllenden Tiers glich. Sein Hals schwoll an, er wurde rot und die Glatze über der Stirn zeigte tiefe Furchen. Alles in allem gab er eine durchaus bedrohliche Erscheinung ab. Mohr wich zurück und hob eine Hand zum Schutz. Er rief: „Der Mann ist tot." Der Arzt verharrte, bedachte Mohr noch mit einem Blick und wandte sich dann um. Still lag der Soldat auf dem Bett. Er atmete nicht mehr. Seine Augen blickten starr auf einen Punkt in sehr weiter Ferne. Die Kiefermuskel gaben nach, sein Mund öffnete sich leicht. Ein Schatten huschte nun über die Augen des französischen Arztes. Er atmete schwer: „Es sind die Kartätschen. Schrotladungen aus Blei, Nägel und Eisen, die sie über unsere Stellungen feuern. Wer nicht geschützt ist, wird durchsiebt. Die Verletzungen sind furchtbar, wirkungsvoller als alles, was wir mit unseren Feldhaubitzen auszurichten vermögen. Die sind viel zu klein. Wir sollten weiter. Weg von hier."

Er blickte sich um und setzte mit leiserer Stimme fort. „Ich verstehe überhaupt nicht, warum wir uns hier aufhalten. In dieser Stadt. Mit euch. Es ist doch völlig egal, ob wir diesen Berg einnehmen oder nicht."

Mohr sah ihn verwundert an. Wie der Franzose so vor ihm stand, mit der Säge, von der Blut tropfte, mit der schwarzen

Schürze und dem schwitzenden kahlen Kopf, fühlte er, wie seine Knie unter seinem Körper nachzugeben drohten.

„Sagen Sie, was ist wahr an der Geschichte mit der Hexe", fragte der Franzose plötzlich. „Nimmt sie euch wirklich die Kinder? Ich sehe kaum welche. Wo sind eure Kinder?"

Mohr schnappte nach Luft und wich einen Schritt zurück. „Margarethe", wimmerte er.

„Was?"

„Meine Tochter, Margarethe. Ich befürchte, sie ist in großer Gefahr."

Der Arzt wischte sich über die Stirn und hinterließ dort eine verschmierte Spur Blutes. Er schien ein wenig verärgert, weil Mohr offenbar nicht von Hexen sprechen wollte.

„Wenn sie hübsch ist, dann ist sie in Gefahr vor unseren Männern. Das ist auch schon alles. Andererseits: Was kann ihr dann schon passieren, als ein kaiserliches Kind im Bauch zu tragen."

Sie sahen sich an. Mohr rührte sich nicht. Und der Moment, in dem er den Mann spontan zur Rechenschaft ziehen hätte können, verflog. Der Apotheker hätte auch gar nicht gewusst, was er zu tun gehabt hätte. Ihn ohrfeigen, ihm einen Schlag in die Magengrube versetzen, einen Tritt gegen das Schienbein? Wie lange hatte er schon nicht mehr gekämpft?

„Nein", zischte Mohr und rang um Beherrschung, „wenn die Gerüchte wahr sind und diese Stadt von Gott verlassen wurde und von dunkleren Mächten heimgesucht wird, dann droht meiner Tochter Schlimmeres als ein arroganter, primitiver Franzose."

Ohne eine Reaktion abzuwarten, drehte er sich um und ging auf die Tür zu. Auf dem Weg dorthin hob er seine

Tasche auf und streifte den Blick des Buben. Er nickte ihm zu und lächelte unsicher. Mohr atmete durch die Nase und hörte sein Herz klopfen. Hinter den Schemen der Soldaten bildete der Tag ein helles Viereck. Die Tür stand offen und war doch so fern. Mohr beschloss dennoch, nicht stehenzubleiben, ging mit großen Schritten auf die Wächter zu. Es kam ihm so vor, als würde für einen Augenblick sogar das Wehklagen der Verwundeten verstummen, als beobachte ihn ein ganzes Regiment von Feinden. Beim Gehen schloss Mohr kurz die Augen, um die Panik abzuschütteln, die ihn befiel, weil er sich einbildete, jeden Moment müsse ein Schuss fallen, müsse eine Kugel seinen Brustkorb durchbohren. Mohr vermied jeden Blick, ging zwischen notdürftigen Betten, den in Blutlachen Knienden, den erschöpften Versehrten hindurch und fast wäre er auch aus der Tür gekommen, hätten die beiden Wächter nicht plötzlich ihre lässige Position verändert und ihre Flinten direkt auf Mohrs Brust gerichtet. Er blieb stehen, sah nervös in die Mündungen der Gewehre und leckte sich eine Schweißperle von der Oberlippe.

Er flüsterte: „Bitte“.

Einer der beiden sah an Mohr vorbei und der Apotheker folgte seinem Blick. Der Wundarzt stand genau dort, wo ihn Mohr hatte stehen lassen, und wischte sich mit einem Tuch seine blutverschmierten Hände trocken. Er ließ sich unendlich Zeit mit dieser Geste. Die beiden Männer betrachteten sich lange. Schließlich nickte der Franzose und die Wächter traten zögernd zur Seite. Albert Mohr nickte zurück, drehte sich um und lief wortlos ins Freie.

Xaver und Wolf

Tausende französische Soldaten befanden sich in der Stadt und weil alles länger dauerte, als sie angenommen hatten, wurden ihre Forderungen an die Bewohner immer unverschämter. Die Grazer Bäcker schufteten unentwegt für sie, die Schneider, Schmiede, Wagner, Kesselflicker und Metzger ebenso. Doch die Franzosen forderten immer mehr: 25 000 Paar Schuhe, 6 000 Paar Stiefel, Tausende Ellen Leinwand, 200 Artilleriepferde, hundert Reitpferde mit entsprechendem Sattelzeug … Die Listen waren lang. Und sie wurden beinah täglich ergänzt.

Dennoch blieben die Grazer jedesmal fast ehrfürchtig stehen, wenn die Offiziere aus Napoleons Armee auf den ansehnlichen Rössern durch die Gassen der Stadt ritten. Wie etwa Broussier selbst, der sich in der Neugasse, unweit des Zentrums der Stadt, einquartiert hatte. Er genoss einen herrlichen Sommertag und ließ sich von Einheimischen die Geschichte der Stadt erzählen, während er durch die engen Gassen flanierte, deren dicht aneinandergereihten Häuser den Gefechtslärm dämpften. Er nickte häufig, machte dazu aber auch ein angespanntes Gesicht und wischte ungeduldig mit einer Hand durch die Luft, wenn er wieder einmal einen Stadtverordneten mit einem Auftrag fortschickte. Ständig beauftragte er jemanden, in den Bürgerhäusern neue Quartiere für Soldaten einzurichten oder dringend benötigtes Material zu requirieren. Und mit der Zeit war Broussier tatsächlich ungeduldig geworden. Es dauerte alles einfach viel zu lange. Die fruchtlosen Beschießungen des Bergs, die verlustreichen Stürme. Der Oberbefehlshaber war genervt.

Das spürten die Einwohner der Stadt auch im Benehmen der Husaren, die in ihren Felljacken, den hohen Tschakos, den eng anliegenden weißen Hosen und mit den krummen Säbeln immer angespannter wirkten. Es hatte nie den Anschein, als hätten sie Zeit für irgendetwas. Stets hetzten sie auf ihren Pferden die Häuserzeilen entlang und immer, wenn sie auftauchten, wurde auch die Umgebung unruhig, weil alle das Gefühl hatten, es könne jeden Moment etwas passieren. Zu allem Überdruss waren die Husaren neuerdings auch noch dazu übergegangen, ihren Pferden Stroh um die Hufe zu wickeln. Es geschah deshalb immer häufiger, dass man die herannahenden Reiter sehr spät hörte und oft erst im letzten Augenblick zur Seite springen konnte.

Als Xaver und Wolf den Hauptwachplatz überquerten, beobachteten sie eine Rangelei zwischen Bürgern und französischen Soldaten. Ein Grazer Bürger hatte einen bewaffneten Infanteristen bespuckt. Der schlug mit dem Gewehrkolben auf das Gesicht des Mannes ein. Blut spritzte auf die Pflastersteine. Kurz darauf flog der Helm des Soldaten durch die Luft, denn drei Männer hatten sich gleichzeitig auf ihn gestürzt. Erst mit einem Schuss in die Luft konnte der Streit wieder beendet werden. Als die Leute wieder auseinander gingen, sahen die Burschen, worum es gegangen war. Ein Berg Schuhe lag in der Mitte des Platzes. Die Bürger von Graz wurden neuerdings angehalten und aufgefordert, ihre Schuhe auszuziehen und sie den Franzosen zu überlassen.

Als die Buben weitergingen, kamen sie an den Resten nächtlicher Lagerfeuer vorüber, die die Franzosen in den Straßen entzündet hatten. Sie hatten ihre Gewehre zu Pyramiden aufgeschichtet, die nur von einigen Soldaten bewacht wurden, während das Gros der Armee im Schatten der Häuserfassaden schlummerte oder in den ebenerdigen Wohnungen ein und aus ging.

Die Buben liefen über die Brücke, über den Vorstadtplatz in Richtung Lend. Auf dem Weg dorthin veränderte sich das Stadtbild. Aus einem Haus hörten sie die Schreie einer Frau, kurz darauf das Klatschen von Ohrfeigen. Sekunden später wurde eine Tür aufgerissen und ein Soldat kam aus dem Haus, sein Hemd bis zum Nabel geöffnet, das schulterlange Haar stand in wirren Strähnen unter dem Helm hervor. Er wurde von zwei Kameraden in Empfang genommen, die kicherten und schnell davonzogen. Hinter der offenen Tür sahen sie eine junge Frau. Ihr Kleid bedeckte nur noch in Fetzen den Körper. Sie weinte und schloss rasch die Tür. Ein Riegel rastete ein.

Die Buben liefen vorbei am Drechslerwirt, aus dessen offenen Fenstern das Singen von Spielmännern erklang. Das Gasthaus war gut besucht, die Stimmung ausgelassen, doch als sie zwei Gestalten in einer finsteren Ecke bemerkten, eilten sie rasch weiter. Sie erreichten den Lend. Doch erkannten sie die vertraute Umgebung kaum wieder. Statt der Flaneure und Liebespaare, der schreienden Kutscher und spielenden Kinder wimmelte es nun von Soldaten. General Emmanuel Grouchy hatte sich mit seinen Männern am rechten Murufer postiert, denn nicht weniger als drei französische Infanterieregimente stürmten seit Tagen die Festung. Es gab keinen

Ort, der nicht von Soldaten besetzt war. Die Husaren ritten pausenlos um die Stadt herum, schienen auf etwas zu warten, sich zu wappnen und wirkten gereizt und angriffslustig.

Die Burschen wussten nicht, was genau vorging, aber die Erwachsenen erzählten sich, dass ein Entsatzheer nahte. Sie berichteten aber auch, dass die Franzosen auf Verstärkung hofften.

Immer zahlreicher wurden die Kruzifixe in den Fenstern und man sah kaum noch Kinder, die allein irgendwo herumliefen. Stets befand sich ein Elternteil in der Nähe, sogar die Franzosen schienen die Kinder zu bewachen. Es war ein seltsamer Anblick. Während es auf dem Schloßberg rauchte und qualmte und bei günstigem Wind der Gefechtslärm über die Stadt brauste, spazierten am Lend die französischen Soldaten zwischen den Grazern umher. Unverhohlen hielten sie dabei auch Ausschau nach den Mädchen der Stadt, von denen es hieß, sie seien die schönsten im ganzen Land. Sogar schöner noch als die von Wien. Doch die allerschönsten Mädchen, das wussten Xaver und Wolf von ihrem Vater, dem Wirt, die wurden versteckt gehalten. In Kellerlöchern, Dachkammern, geheimen Räumen. Wie in jenem, den ihr Vater zusammen mit anderen in einem Keller eines Hauses am rechten Murufer eingerichtet hatte. Da führte eine Tür hinter einem Schrank eine steile Treppe hinab in einen Durchgang. Und dort gab es zwischen den Weinfässern und Obststeigen genug Platz für heimliche Unterkünfte, die man ausgestattet hatte mit allerlei Essenszeug, damit niemand verhungern musste. Auf Strohbetten konnten die Mädchen schlafen und um sich zu verteidigen, sollten sie doch entdeckt werden, hatten sie Messer und Hämmer dabei.

Xaver und Wolf beobachteten durch eine offene Tür, wie sich eine Gruppe Infanteristen bei einem Krämer bediente. Der Mann stand zitternd in einem Winkel, sagte kein Wort, zog nur seine Frau zu sich und tätschelte ihr die Hand. Die Kinder liefen weiter. Immer weiter hinaus.

Sie trugen keine Schuhe, aber der Lehmboden unter ihren Füßen war weich. Hätte ihr Vater gewusst, wo sie sich aufhielten, eine Tracht Prügel wäre wohl das Mindeste gewesen. *Vater*, nun eigentlich war Jacob Dampfhofer ja gar nicht ihr richtiger Vater. Xaver und Wolf hatten eigentlich keine Eltern. Als kleine Kinder hatte der Wirt beschlossen, die beiden zu behalten und sie damit zumindest vor dem Hungertod gerettet. Man hatte sie vor Jahren auf dem Hauptwachplatz zwischen Kisten und leeren Säcken gefunden. Jemand hatte ihnen Schlingen um den Hals gelegt und sie an herumliegende Wagenräder gebunden. Dampfhofer, der selbst weder Frau noch Kind hatte, nahm die beiden bei sich auf und zog sie groß wie seine eigenen Söhne. Zumindest so, wie er sich vorstellte, dass man seine Söhne großzog. Die meiste Zeit standen die beiden im Wirtshaus und bedienten die Gäste. In letzter Zeit gab es aber weniger zu tun, weil der Krieg das Geschäft störte. Es mangelte dabei nicht an Gästen, sondern an Wein, den sich die umherziehenden Armeen offenbar gleich direkt in der Untersteiermark aus den Weinkellern der Bauern holten. Die Reserven neigten sich dem Ende zu.

Die Buben nutzten ihre freie Zeit, um umherzuziehen und die vielen Fremden zu bestaunen. Nicht nur, dass ihre seltsame Sprache durch die Gassen klang wie eine fremdartige Melodie, mit den Soldaten war offenbar auch allerhand seltsames Volk in die Stadt gekommen. Sie bemerkten Frauen mit offenem, langem Haar, deren Kleider tief ausgeschnitten waren und die in jedes Geschäft starrten, als hätten sie vor, eine ganze Menge Gulden loszuwerden. Diese Frauen hielten sich immer dort auf, wo auch die Soldaten waren, und nicht selten ließen sie es sich gefallen, Hand in Hand mit einem von ihnen in einer Nische zu verschwinden. Aus den Häusern der feineren Herrschaften der Stadt drang zuweilen sogar Kammermusik, untermalt vom angeregten Geplapper einer Gästeschar. Für die Buben war das umso merkwürdiger, als die Menschen draußen immer geduckt von einer Ecke zur anderen huschten, weil sie Gefahr liefen, vom Schloßberg her beschossen zu werden. Mit großen Augen liefen die Buben umher – und fanden sich plötzlich in jener Gasse wieder, in der Matthäus, der Messerschmied, seine Schmiede hatte. Und in der ihm sein Kind geraubt worden war. Kurz darauf standen sie auch an der Stelle, an der sie der Alten begegnet waren, die das Kind im Arm getragen hatte. Sie sahen einander an – ehe sie sich in die Richtung aufmachten, in die die Frau damals verschwunden war.

Wolf sagte: „Wenn wir den Kleinen retten, sind wir Helden."

Xaver schwieg. Auch er wollte tapfer sein.

Wortlos liefen sie in Richtung Norden. Die Häuser der Stadt hatten sie längst hinter sich gelassen, als sie im Schutz der flussnahen Büsche und Sträucher von den französischen Patrouillen unbemerkt einen Bauernhof erreichten. Dort erzählten sie davon, was sie in Graz beobachtet hatten. Nicht das vom Krämer, sondern ihr Erlebnis mit der Hexe, woraufhin sich die Bauersleute bekreuzigten. Die Buben bekamen einen Becher Kuhmilch kredenzt und berichteten so genau wie möglich, beschrieben das entführte Kind so gut sie konnten, doch die einzige Reaktion war ein Kopfschütteln. Nein, weder so etwas wie eine Hexe noch den Buben hätten die Bauern zu Gesicht bekommen.

„Und nun geht fort, wenn ihr so grausige Geschichten zu erzählen habt. Ihr macht uns Angst", schimpfte der Bauer und drängte die beiden zur Stube hinaus.

Hühner stoben zur Seite, ein Schwein grunzte. Xaver bedankte sich, bevor sie gingen, noch für die Milch.

Als die Buben draußen waren, stellte der Bauer alles Mögliche ans Fenster. Das Wichtigste war aber das hölzerne Kruzifix, das weithin sichtbar war. Er bekreuzigte sich ein ums andere Mal.

Unweit vom Hof hockten die Buben sich schließlich ins Gras und blickten auf die umliegenden Berge. Sie sahen den Schöckl, betrachteten ihn eine Weile und Wolf war es schließlich, der feststellte: „Sie ist auf den Berg hinauf. Ganz sicher. Sie ist wieder da, die Hex' vom Schöckl. Ganz so, wie es der Vater prophezeit hat."

Vor allem, wenn Dampfhofer zu viel getrunken hatte, redete er gern davon. Von den Wetterhexen auf den Bergen und von *einer* ganz bestimmten. Einer besonders bösen, die es vor allem auf Kinder abgesehen hatte. Deshalb waren sie in der Stadt stets so besorgt um die Kleinen, weil es da eine Alte gab, die immer wieder auftauchte. Was sie dann mit den entführten Kindern machte, wusste keiner. Die Bauern draußen in den Gräben rund um den Berg erzählten sich allerhand. Aber wirklich wissen konnten die Wenigsten etwas, denn in der Nacht wagte sich hier niemand ins Freie. Schon allein der Wölfe und Bären wegen.

„Nein“, erwiderte sein Bruder bestimmt und fixierte den Hof vor ihnen.

„Sie ist noch dort bei den Bauersleuten.“

Wolf starrte seinen Bruder an, dann die Scheune. Und dann mussten beide kichern.

„Auf jeden Fall“, stellte Xaver fest, „bietet sich die Scheune an, um darin zu übernachten.“

„Das gibt eine Tracht Prügel zu Hause.“

„Aber wir wollten doch Helden sein.“

Und so schlichen die Buben als es dunkel wurde tatsächlich näher heran. Die Bauern, die seit Einbruch der Nacht schliefen, hatten keinen Hund und das dösende Vieh im Stall würde sie auch nicht bemerken, so leise, wie sie krochen. Im Stall aber, davon war Wolf nun immer mehr überzeugt, befand sich noch jemand. Er habe sie gerochen, diesen Geruch nach Wald und Höhle erkenne er überall wieder. Obwohl Xaver protestierte, folgte er ihm. Es war schließlich ein Abenteuer. Und von Abenteuern konnte man später berichten und in Wirtshäusern beeindrucken.

Sie kletterten in die Nähe der Stallungen, lugten durch die verzogenen Holzbretter hinein ins Dunkle und langsam wurde es den beiden kalt. Die Nächte waren noch ziemlich frisch. Die beiden schlichen um die Scheune herum, lauschten nach verdächtigen Geräuschen und eine halbe Stunde später hatten sie sogar die Kühe gestreichelt, alles gesehen, was es zu sehen gab, nur von Hexen und dergleichen war keine Spur gewesen.

„Hätt' ja sein können", verteidigte sich Xaver auf dem Nachhauseweg. Sie waren ziemlich enttäuscht.

Am nächsten Tag wurde die Leiche von Wolf gefunden.

Der leblose Körper des Buben lag mitten auf der Straße und war übel zugerichtet. Offenbar war er überfahren worden, viel genauer haben die französischen Soldaten ihn aber nicht untersucht. Auch die Leute von der Stadtverwaltung konnten nicht mehr sagen, außer, dass es der Bub des Winkelwirts Dampfhofer vom rechten Murufer sein musste. Sie schüttelten nur den Kopf über so viel Dummheit. Sich so weit weg von der Stadt aufzuhalten, war noch zu keiner Zeit ratsam gewesen.

Als sie den Wagen, auf dem der Körper des Buben lag, auf der Straße vor Dampfhofers Wirtshaus vom Pferd spannten, gingen die Magistratsleute sehr rasch weiter. Jacob Dampfhofer stand schweigend an der Türschwelle. Er starrte auf das zerschundene Gesicht seines Sohnes. Sein Kinn begann sein Gesicht in Richtung rechte Schulter zu zerren. Später, als er es über sich gebracht hatte, näherzukommen, fuhr er dem Leichnam mit zittrigen Fingern wortlos durchs Haar, streichelte seine Wangen, die Stirn. Wolfs Gesicht war eiskalt und Dampfhofer wusste, dass der Bub schon weit weg war. Er murmelte stille Gebete, dass es einen Himmel gäbe und der Bub dort aufgenommen würde. Der Wirt fragte sich aber auch, wo Xaver geblieben war, und fasste, noch während er den starren Leichnam vom Wagen hob, einen festen, grimmigen Entschluss.

Stunden später, er hatte mit den Dominikanermönchen aus der Vorstadt ein schnelles Armenbegräbnis arrangiert, humpelte Jacob Dampfhofer mit verschwollenen Augen durch die Stadt.

Es scherte ihn einen Dreck, dass es immer wieder wummerte, weil die Kanonen der Kriegführenden hin und her ballerten. Es scherte ihn auch nicht, dass immer wieder Verletzte über die Gassen gezerrt wurden, die herzzerreißend jammerten und brüllten. Und er ignorierte auch den Schmerz in seinem Mund, der nun wieder heftiger geworden war. So heftig, dass wohl nur mehr ein Chirurg helfen konnte, den Zahnwurm, der ihn quälte, abzutöten. Dieses kleine Biest selbst mit einem Brenneisen zu bekämpfen, dazu hatte er sich noch nicht durchringen können. Er saugte Luft ein und lief schwankend durchs Kriegsgetümmel.

To-Tak. To-Tak, machten seine Schritte. Auch sein Knie, das er sich vor Jahren beim Abladen von Weinfässern verletzt hatte, quälte ihn in letzter Zeit wieder zusehends. Bei jedem Schritt jagte ein wilder Schmerz durch den Körper und ließ ihn humpeln.

Dass Jacob Dampfhofer nicht angesprochen wurde, grenzte an ein kleines Wunder, denn für einen Wirt war er ungewöhnlich gekleidet. Er trug einen breitkrempigen Filzhut, wie ihn die Bauern gerne trugen. Unter einem grünen Rock mit rotem Kragen ein Leinenhemd, dessen Knöpfe ausgerissen waren und das seinen imposanten Brusthaarwuchs freigab. Über seine Schulter hatte er sich den Gurt seines Stutzens gehängt, ein Gewehr, das er seit den Schießübungen vor Jahren auf der Kühtratte nicht mehr benutzt hatte. Zwei Messer steckten in seinem Gürtel und aus der Innentasche seiner Jacke holte er alle paar Schritte eine schmale Blechbüchse hervor und nahm einen kräftigen Schluck daraus. Der Schnaps trieb ihm die Hitze in den Kopf. Seine Beine steckten in löchrigen, weißen Hosen, schwarzen Gamaschen und ausgetretenen Stiefeln. Sein massiger Körper spannte den Stoff des Rocks. Er trug die Uniform des Grazer Bürgerkorps, dem er angehört hatte, bis er sich am Knie verletzt hatte.

To-Tak.

Nach der Dämmerung setzte die Dunkelheit sehr rasch ein und Dampfhofer war stolz, daran gedacht zu haben, eine Laterne mitzunehmen. Seit mehr als 30 Jahren hatte die Stadt zwar eine ständige Nachtbeleuchtung aus Laternen, die mit Pech und Unschlitt, einem aus Rinderschlachtabfällen gewonnenen Fett, befüllt waren. Jetzt, zur Kriegszeit, brannten aber nur die Wenigsten davon.

Seine Großeltern, die mit einem Pferdefuhrwerk ihr Geld verdient hatten, hatten ihm noch von einer Zeit erzählt, als jedem Wagen Läufer mit Windlichtern vorausgeeilt waren. Damals waren die ersten Laternen aufgekommen. Alle acht Klafter lang, also etwa achtmal die Länge eines großen Mannes, waren sie aufgestellt worden und hatten aus dem finsteren Ort einigermaßen sicheres Terrain gemacht. Doch anders als in den großen Städten kümmerte sich in Graz nicht ein Nachtwächter um die Lampen. Die Hauseigentümer waren selbst dafür verantwortlich, dass es hell vor ihren Häusern war. Damit das funktionierte, mussten sie nicht nur die Laternen bezahlen, jeden Tag schickten sie auch ihre Angestellten zum Fleischer ins Kälberne Viertel, um neues Rinderfett – das Lot zu einem Pfennig – für die Lampen zu holen. Die Feuerglocke auf dem Schloßberg gab das Zeichen dafür, wann dieser Unschlitt genannte Fettpfropfen abzuholen war.

Dampfhofer folgte also dem Lichtschimmer seiner Laterne durch die Stadt. Er warf wild tanzende Schatten an die Fassaden und nachdem er nach dem ersten auch das zweite Murtor passiert hatte, polterten seine Schuhe verräterisch laut zwischen den Buden über die hölzerne Brücke in Richtung Murvorstadt. Sein Gesicht erschien in dem unheimlichen Licht verzerrt und immer wieder wischte er sich den Rotz von der Nase.

Der Fluss war ungewöhnlich still an diesem Abend. Er fragte sich, während er ihn überquerte, wie viele Augen ihm nun wohl folgen mochten. Die Franzosen, die in den Häusern hockten und auf alles zielten, was sich auf dem Schloßberg bewegte? Die Bürger, die nun im Schutz der Finsternis knarrende Dielen lösten, um darunter ihre Töchter zu versorgen oder sich Essen aus geheimen Vorratskammern zu holen? Oder beobachteten ihn noch ganz andere Augen? Gelbe vielleicht, oder rot schimmernde? Er nahm einen weiteren Schluck aus seiner Blechbüchse und ballte seine Faust um den Griff eines seiner Messer, bis die Knöchel weiß wurden, und dachte an den Verlauf einer Geschichte, die er später allzu gerne verändert hätte …

„… hinter meiner, vorder meiner, links, rechts gilt's nix, ich komme“.

Bei Alberts letzten Worten duckte er sich tiefer hinter die Kisten. Die anderen waren Richtung Fluss davongelaufen und wenn Albert sich von ihren davoneilenden Schritten beirren ließ, dann hatte er eine Zeit lang Ruhe. Er beobachtete, wie Albert mit einer Frau zusammenstieß, und dann – Gott sei Dank – tatsächlich in die andere Richtung davonlief. Jacob kicherte erleichtert, drehte sich um und ließ sich – den Rücken den Kisten zugewandt – ganz auf den Boden fallen. Nun, gerade das hätte er nicht tun sollen. Der etwas mollig und schwerfällig wirkende Jacob Dampfhofer war nicht besonders geschickt. Er stolperte über Stufen, schlug sich den Kopf an niedrigen Balken und verschüttete den Wein in den Bechern. Die Kisten fielen jetzt also polternd und scheppernd um, gaben die Sicht auf ihn frei und alle drehten sich aufgeschreckt zu ihm herum – und lachten. Auch Albert drehte sich um und strahlte. „Hab dich“, rief er kichernd und kam auf ihn zu.

Jacob bekam eine so tiefrote Farbe im Gesicht wie die Paradeiser, die aus den umgestoßenen Kisten über den Boden kollerten. Auch er musste jetzt lachen und hob dabei entschuldigend die Arme. Danach liefen die beiden davon, um den drohenden Ohrfeigen des Bauern zu entkommen, der gerade fluchend aus der Weinstube herausgelaufen kam.

Gemeinsam suchten Albert und Jacob schließlich nach den anderen beiden, doch als sie um die Ecke in Richtung Brücke bogen, hielten sie inne. Nicht nur, weil gerade die Glocken den Beginn des Herbstmarkts ankündigten, sondern auch, weil es beide ganz deutlich gesehen haben: Die Frau, mit der Albert zuvor zusammengestoßen war, hatte soeben einem Passanten, einem steifen Herren mit Hut und Hohlkreuz und feinen roten Äderchen auf der knolligen Nase, einen Beutel aus der Jacke gezogen. Hinter dem Rücken reichte sie diesen ihrem Mann, der ihn seinerseits schnell in den Tiefen seiner Jacke verschwinden ließ.

Jacob und Albert nickten einander zu, vergaßen das Spiel und folgten den Dieben hinein ins Gedränge des Jahrmarkts.

Sie hatten keine Ahnung, dass sich an diesem Tag ihr Leben verändern würde …

… Als Jacob Dampfhofer vor dem Haustor ankam und den schweren Messingring sah, blieb er stehen. Wie lange war er nicht mehr hier gewesen? Ein paar Jahre? Meistens kamen die Leute zu ihm, standen an der Schank und erzählten ihm alles. Dass er irgendwo hinging, um jemanden zu besuchen, kam praktisch nicht vor. Er war Wirt, zwar nur ein Winkelwirt, aber da er sich an Preise und Sperrstunden hielt und es auch selten Prügeleien gab, hielt er sich schon recht lange in dem Gewerbe. Und Dirnen verkehrten in seinem Wirtshaus auch nicht (obwohl manche böse Zungen behaupteten, sein Schankmädchen Therese sei eine). Er hatte sogar einen kleinen Stall für zwei, drei Pferde neben der Gaststätte. Sein Traum war, einmal im oberen Stock, dort, wo sich jetzt nur der Dachboden befand und die kleine Kammer, in der er wohnte, einmal ein paar Zimmer herzurichten. Er wollte Tafelwirt werden, sein Wirtshaus mit einem lustigen Namen benennen und im ganzen Land berühmt werden, so wie der „Hasenwirt“ oder der „Goldene Hirsch“.

Ein Stich im Herzen schreckte ihn aus den Gedanken. Er hatte sich auch oft ausgemalt, wie er den Dachboden ausbaute, damit seine beiden Buben einmal ein schönes Zuhause hatten. Bislang hatten sie alle zusammen in der Kammer gewohnt, manchmal auch gleich in der Schank geschlafen. Der Gedanke an die Kleinen schnürte seine Brust ein und er brauchte ein paar Minuten, bis er sich wieder im Griff hatte.

Er nahm neuerlich einen Schluck aus dem Fläschchen in seiner Jacke und schmetterte dann den Messingring gegen die Holztür, sodass das Echo über den Murvorstadtplatz rollte. Gleichzeitig löschte er das Licht in der Laterne und während er im Dunkeln wartete, bis die Tür geöffnet wurde, fand er, dass es höchst an der Zeit war, den Geschichten von früher ein Ende zu setzen.

Allein, er musste feststellen, dass er dazu viel zu langsam geworden war. Eine eiskalte Hand schloss sich um seine Schulter und ließ ihn erstarren.

Auf dem Jahrmarkt einer anderen Zeit

Hinter den dicken Mauern, die auch im Sommer beinah den ganzen Tag im Schatten lagen, war es kühl. So kühl, dass der Wirt fror. Er rieb sich die Hände, achtete aber darauf, dass dies unbemerkt blieb. Manchmal zitterten die Fenster unter dem Dröhnen einschlagender Kanonenkugeln, manchmal hatte er auch den Eindruck, als scheppere Geschirr ganz in der Nähe. Im Großen und Ganzen war es in den Räumen des Klosters der Elisabethinen aber sehr ruhig.

Ruhig genug, um sich zu erholen. Immerhin war der Schreck vorhin, als sich lange Finger um seine Schulter schlossen, groß genug gewesen, um fast mausetot umzufallen. Andererseits war er im Nachhinein auch froh darüber, nicht schneller reagiert zu haben. Der Wirt hätte mit einer seiner zahlreichen Waffen etwas tun können, das er später bereut hätte. Denn es stimmte tatsächlich, was die Leute sich erzählten: Die Hände des Kapuzinermönchs Antonius, den er selbst als Peter Lautenbach von Kindheit an kannte, waren eiskalt.

Ihn schauderte immer noch.

Der Mönch hatte ihn vor Albert Mohrs Haus an der Schulter gepackt. Als er sich zu ihm umdrehte, erkannte er aber wenig von dem Freund alter Tage wieder. Der beteuerte zwar, dass er ihn nicht erschrecken hatte wollen, in seinem Gesicht war aber keine Regung zu erkennen, um herauszufinden, was der Gottesmann wirklich dachte. Während ihm Lautenbach alles erzählte – von Mohrs unfreiwilligem Einsatz bei den Franzosen im Lazarett und dass die Nonnen

Margarethe weggebracht hatten – machten sie sich auf den Weg ins Kloster.

Die Schritte Albert Mohrs klackten auf dem harten Steinboden. Ab und zu steckte er sich das Monokel ans rechte Auge, schob seinen schwarzen Gehrock zur Seite, um aus der Westentasche eine goldene Taschenuhr hervorzuziehen, und steckte sie dann wieder zurück. Er schnaubte nervös. Ein Geräusch aus dem Zimmer nebenan ließ Mohr innehalten. Er lauschte kurz und fuhr dann kopfschüttelnd fort, den Raum abzuschreiten.

Die Einrichtung bestand nur aus einem Tisch, zwei Schemeln und zwei Bildern an der Wand. Eines zeigte ein Haus und einen Baum. Die Zeichnung stammte von einem Kind. Das andere Bild war eine sehr genaue Skizze eines Vogels. Die Bilder passten weder zueinander noch in diesen Raum. Es war kalt.

Doch Mohr wusste, dass es zur Zeit kaum einen Ort gab, an dem sein Kind besser aufgehoben war. Er hatte davon gehört, dass selbst in Paris, der Stadt Napoleons, die Kranken sich zu viert ein Bett teilen mussten. Hier hatte seine Tochter nicht nur ein eigenes Bett, sie erhielt sogar das Privileg, in einem eigenen Zimmer zu schlafen.

Kurz bevor der Wirt mit dem Mönch gekommen war, war Mohr bei Margarethe gewesen. Sie lag blass, fiebernd und vor Schmerzen stöhnend im Bett. Er erinnerte sich, wie er am Beginn ihrer Krankheit geglaubt hatte, dass sie schwanger sei. Er hatte sie an der Schulter gepackt und angebrüllt, ob sie sich etwa mit einem Lehrbuben eingelassen hatte, oder, noch schlimmer, mit einem Fratschler oder Bader, der dann wieder weitergezogen war. Womöglich nichts ahnend.

Aber natürlich war Margarethe nicht schwanger. Nach Übelkeit und Schwindel kamen später heftige Gelenksschmerzen hinzu. Und sie wurden immer schlimmer. Er konsultierte Ärzte, hatte beim Gubernium sogar um einen richtigen Garnisonsarzt des Erzherzogs angefragt, aber auch der konnte nicht wirklich etwas tun.

Mohr gab nicht auf. Er hätte es selbst seinem ältesten Freund Lautenbach niemals erzählt – aber sogar einen Medicus aus der Untersteiermark hatte er kommen lassen. Doch die Salben und Gebräue, die dieser ihr verabreicht hatte, hatten allesamt nichts geholfen. Nicht einmal die so berühmten Mariazeller Arzneien hatten Margarethes Zustand verändern können und selbst der Theriak-Brei, eine uralte Universalmedizin mit Hunderten eigentümlichen Ingredienzien, wie etwa zerstoßenem Elfenbein und pulverisierten Edelsteinen, half nichts. Anfangs reichte er ihr davon einen Löffel voll am Tag, zuletzt waren es schon fünf gewesen und er hatte dem Gemisch auch selbst gesammelte Kräuter und etwas Rotwein beigemengt. Doch nichts. Was jahrhundertelang als Allheilmittel gegolten hatte, das im alten Rom vom Leibarzt des verrückten Nero erfunden worden war, half hier nichts. Margarethes Zustand wurde immer schlechter. Nichts half. Und dass Lautenbachs frommes Getue etwas ändern würde, hatte Mohr ohnehin niemals ernsthaft in Erwägung gezogen.

Es war zum Verzweifeln. Dass er mit seinem Wissen als Apotheker ausgerechnet bei seiner eigenen Tochter an seine Grenzen gestoßen war … Er stieß wieder hörbar Luft aus. Diesmal war auch ein Pfeifton nicht zu überhören. Er räusperte sich. Doch der Ton, der aus der Lunge kam, blieb. … *Hieee* … *Hieee* … Bei jedem Atemzug. Er räusperte sich wieder. Der Spuk war vorbei. Als er verstohlen um sich blickte, stellte er fest, dass es offenbar niemandem aufgefallen war.

Zu Hause war ihm das schon einige Male widerfahren. Er fürchtete so sehr um seine Tochter, dass er manchmal von Panik geschüttelt wurde. Er stellte sich dann vor, wie Margarethe in den Narrenturm von Wien gesteckt würde, wo die Leute Eintritt zahlten, um die Verrückten zu beobachten. Sie ergötzten sich am Anblick der Wahnsinnigen, die um sich schlugen, mit Schaum vor dem Mund irgendwelche Namen brüllend sich selbst verletzten. Die meiste Zeit hatte sich der Apotheker deshalb in seiner Bibliothek verkrochen, gelesen und studiert. Doch er hatte nichts gefunden. Als er schweißgebadet vom Lazarett der Franzosen nach Hause gekommen war, hatte er eine Entscheidung getroffen. Er hatte nach den Nonnen rufen lassen. Mit einer Kutsche hatten sie das Kind hierher ins Kloster gebracht.

Er schnalzte mit der Zunge und sagte gereizt: „Was machen sie denn nur so lange da drinnen?“

Der Mönch, der die ganze Zeit an der Wand gestanden hatte, versuchte ihn zu beruhigen: „Mein Freund, bitte beruhige dich. Margarethe geht es gut, die Nonnen kümmern sich um sie.“

Ehe jemand etwas erwidern konnte, öffnete sich die Tür. Es war kein energisches Öffnen, vielmehr ein behutsames, als spüre die Person dahinter, dass man den Insassen des Zimmers Zeit geben müsse, sich auf eine veränderte Situation einzustellen. Die Art, wie sich die Tür öffnete, energisch aber nicht zu rasch, ließ aber auch den Schluss zu, als wünsche die Person, die sie öffnete, entsprechend beachtet zu werden. Es war eine Nonne, die ins Zimmer trat.

Die Ordensschwester war ganz in Weiß gekleidet. Der Schleier zeigte nur den Ansatz ihres streng zurückgekämmten, dunklen Haars. Ihre Haut war blass und voller Sommersprossen, die Lippen schmal unter einer spitzen, gebogenen Nase. Ihr Gesicht war übersät von kurzen, feinen Fältchen und über der Oberlippe sprossen dünne, dunkle Härchen.

Bruder Antonius war der Erste, den sie ins Auge fasste. Die beiden sahen sich kurz an und nickten einander zu. Der Ansatz eines nervösen Lächelns huschte über das Gesicht des Kapuziners, doch er senkte rasch seinen Kopf, damit es niemand bemerkte.

Die Nonne behielt ein schmales Lächeln, als sie sich dem Wirt zuwandte: „Mein Herr, all diese Waffen brauchen Sie hier bei uns nicht. Wir heilen Kranke, mehr nicht. Macht es Ihnen etwas aus, wenn Sie sie also ablegen und hier liegen lassen?“

Dampfhofer wurde rot, murmelte eine Entschuldigung und begann, die Waffen abzulegen.

Ungeduldig schnalzte Mohr wieder mit der Zunge. Eine Marotte, die langsam unangenehm wurde, wie Bruder Antonius feststellte. Doch dabei blieb es nicht. Als Mohr rief, er wolle nun endlich zu seiner Tochter, schnitt seine Stimme unangenehm kalt durch den Raum. Der Tonfall des Freundes missfiel ihm. Der Blick der Nonne streifte ihn. Sie musterte ihn, als erwarte sie, dass er reagierte.

Weil Bruder Antonius aber offensichtlich keine Anstalten dazu machte, wandte sie sich Mohr zu, spannte ihre Schultern ein wenig und sah ihm geradewegs in die Augen. Sie war kleiner als er, wahrscheinlich auch älter, aber sie wirkte in ihrer Tracht sehr würdevoll. Mohr bemerkte, dass das unverbindliche Lächeln aus dem Gesicht der Nonne verschwunden war.

„Wir werden unser Möglichstes tun, um Ihrer Tochter zu helfen, mein Herr. Seit mehr als hundert Jahren tun wir das, haben Tausenden Menschen geholfen, wir …“

„Gut, gut“, unterbrach Mohr sie ungeduldig.

„… vor allem aber, werden wir für sie beten“, fuhr die Nonne fort. Sie blickte in die Runde. Fixierte Bruder Antonius. „Für sie alle.“

Als sie das Zimmer der Kranken betraten, stand das Mädchen am Fenster. Es roch nach Skorpionöl, eine exotische Mischung aus der Krain, die den Juckreiz von Insektenstichen lindern sollte. Lebende Skorpione wurden zu diesem Zweck in Mandelöl getunkt. Bevor sie verendeten, versprühten sie ihr Gift. Es war also eigentlich der Mandelgeruch, der den Raum erfüllte.

Es gab zwei Krankenstationen bei den Klosterschwestern des dritten Ordens des heiligen Franziskus, wie man die Elisabethinen auch nannte. Eine mit 24 Betten, die andere mit sechs. Für Margarethe allerdings war ein dritter Raum geöffnet worden. Die Schwester Oberin hatte angeordnet, dass die junge Dame gesondert von den anderen unterzubringen sei.

Dieser Raum war schmucklos. Nur ein Bett und ein Tisch ohne Sessel standen darin. An der Wand stapelten sich Kisten, Latten und Stangen, die offenbar Teile eines unergründlichen Ganzen waren, das hier zuvor den Raum beherrscht hatte. Ein Lager, ein Abstellraum, dachte Mohr und schürzte verächtlich die Lippen. An der Wand hing ein hölzernes Kreuz.

Auf der Straße vor dem Spital schlurften bemitleidenswerte Gestalten vorüber, die an ihrer linken Brustseite Schilder tragen mussten, die sie als Pfleglinge des Siechenhauses ganz in der Nähe kennzeichneten. Menschen mit unheilbaren Krankheiten, vor denen den anderen Menschen ekelte. Die Verachteten hatten zwar einen eigenen Chirurgen, der in der Anstalt wohnte, wie die Menschen an diesem Ort aber wirklich versorgt wurden, wusste niemand so genau. Sie waren am Sterben, litten an Pocken, Wechselfieber oder Faulfieber, vielleicht hatte sie auch die Ruhr zu ausgemergelten, klapprigen, geschwächten Kreaturen gemacht, die halb wahnsinnig vor Schmerz und Leid und Einsamkeit vor sich hin vegetierten.

Mohr schauderte. Wenn er seine Tochter so betrachtete, ähnelte sie den Gestalten aus dem Siechenhaus immer mehr. Er schluckte nur mit Mühe den Drang zu weinen hinunter.

Margarethes Nachthemd klebte an ihrem dürren Körper, bleich wippte sie gedankenverloren vor dem Fenster auf ihren Zehenballen vor und zurück. Sie blickte hinab auf den großzügigen Vorplatz, an dessen Ende man auch die Straße sehen konnte. Ein Trupp Husaren ritt soeben in Richtung Süden vorüber.

Als Bruder Antonius als Letzter in den Raum trat, vernahm er aus dem offenen Fenster den Lärm der Reiter. Er schob sich am Wirt vorbei, näherte sich dem Fenster, schaute aber nicht hinaus, sondern betrachtete Margarethe, die in graues und weißes Tuch gehüllt wie eine gespenstische Erscheinung im Mondlicht vor ihm stand. Sie drehte sich um, und in diesem Augenblick blitzte ein Bild der Vergangenheit in ihm auf. Als hätte die Düsternis des Augenblicks eine Tür in sein Innerstes geöffnet …

… Er erinnerte sich an einen Jahrmarkt. Alle wirkten aufgekratzt, denn mit dem Markt kamen auch die ausländischen Händler in die Stadt. Da waren die Mehlverkäufer, die sogenannten Melbler, die Greißler, Leinwandkrämer, Fratschler, Haarpuder- und Stärkemacher, Tandler und viele, viele mehr. Bader aus Norddeutschland boten Mittel an, die die Manneskraft gleich über mehrere Tage lang erhalten sollten. Dazwischen schritten stolze, ernst blickende Warenbeschauer durch die engen Gassen zwischen den Standlern und musterten skeptisch, aber mit Interesse die bunten Werbezettel der Wunderheiler. „Hochgeneigte Gönner", stand da ganz unterwürfig, um Kunden anzulocken, und Soldaten wurde versprochen, dass sie umsonst behandelt würden.

Die Lärmkulisse schwoll an, je näher die Buben in Richtung Hauptwachplatz kamen. Sie beobachteten, wie die Händler aufgekratzt in die Menge riefen, die Leute mögen nur näher kommen und ihr blaues Wunder erleben. So etwas hätten sie noch nie gesehen. Doch die Burschen hatten anderes zu tun, liefen weiter durch die mächtigen steinernen Tore hinter der Brücke, rutschten auf dem Unrat aus, den die Fuhrwerke auf dem Weg zum Marktplatz verloren hatten, und jetzt lag der Duft nach allem möglichen Zauber schon sehr schwer in der Luft. Der Duft der weiten Welt. Der Duft der Abenteuer. Der Geschichten.

Seit Tagen redeten die Leute von Stoffen, die in Graz noch nie jemand gesehen hatte, von Gewürzen, die aus Ländern stammten, die man hier nicht einmal aussprechen konnte. Und doch hatte Peter im Moment ganz andere Sorgen. Er war ein bisschen älter als die anderen und hätte es wissen müssen. Mit denen konnte man nicht spielen. Seine Eltern hätten ihn verprügelt, wenn sie wüssten, mit wem er sich herumtrieb. Der kleine, pummelige Jacob war das Kind eines Tagelöhners. Das Kind eines Mannes, der nie etwas gelernt hatte, außer, schwere Dinge von einer Stelle zur anderen zu tragen. Und seine Mutter … Du meine Güte, von seiner Mutter wollten die Leute erst gar nicht laut sprechen. Jedenfalls nicht die, die er kannte.

Albert war wenigstens der Sohn einer angesehenen Familie. Sein Vater war Soldat gewesen, hatte sogar einmal die Kaiserin in Wien gesehen. Später hatte er eine Apotheke eröffnet, was ihm große Achtung eingebracht hatte, zumal es nicht einfach für einen Erwachsenen war, in die Zunft zu gelangen. Aber man sagte sich auch, er nehme es außerhalb der zünftigen Pflichten mit dem Glauben nicht allzu ernst. Und solche Leute musste man meiden. Auch deren Kinder.

Verärgert trat Peter nun aus seinem Versteck hinter einer der Brückenbuden hervor. Zwischen all den Leuten, den Karren und Viechern, die in alle Richtungen drängelten, hätte er sie beinahe übersehen. Er holte sie nur mühsam ein, zwängte sich schließlich zwischen Albert und Jacob und meckerte: „Und warum hören wir jetzt auf zu spielen, hä? Könnt ihr mir das sagen?"

„Weil wir ein neues Spiel entdeckt haben", zischte Albert angespannt.

„Ja, ein viel aufregenderes", gab ihm auch Jacob zu verstehen und kicherte verschwörerisch.

Die beiden waren nicht nur zwei Jahre jünger als er, sie konnten ihm auch nicht einmal über die Schultern schauen. Peter war zehn und für sein Alter ziemlich groß.

„Was tun wir?"

„Wir verfolgen Diebe", raunte Albert. „Wir haben sie dabei beobachtet, wie sie einem Mann den Geldbeutel abgenommen haben."

Das nun wieder regte die Aufmerksamkeit des jungen Peter Lautenbach schon viel eher an. Richtige Diebe, Menschen, die in Sünde lebten …

„Ehrlich? Und was machen wir dann?"

„Wann dann?"

„Na, wenn wir aufhören, sie zu verfolgen."

„Dann schreien wir", lachte Jacob.

Die beiden anderen lachten auch. Obwohl sich Peter auch an die Worte seines Vaters erinnerte, der ihm ständig eintrichterte, womit man für welches Vergehen zu rechnen hatte. Und auf Diebstahl stand Schlimmes.

Sie hatten sich gerade weit genug hinter die Diebe zurückfallen lassen, um nicht gehört zu werden. Sie durchquerten soeben die Tore, pfeifend und unschuldig in die Luft schauend. Peter ging einmal in die Knie, um seine Knöchel zu betasten, Albert tat so, als interessiere er sich sehr für die in diesem Jahr mäßig reißende Mur. Aber alle hatten sie genau gesehen, wie die Frau auf eine Gruppe älterer Damen und Herren zusteuerte. Die beiden Ehepaare, wahrscheinlich Offiziere in Rente, die sich in Graz mit ihren Frauen zur Ruhe gesetzt hatten, schlenderten arglos auf den Jahrmarkt zu. Die Frauen trugen weite, ausladende Kleider, aus mehreren Stofflagen. Ihre Hüte hatten, wie es gerade modern war, schmale, aufgestellte Krempen. Die Männer dagegen hatten die Wangen mit langem Barthaar bedeckt und schritten steif mit erhobenem Kinn an der Seite ihrer Frauen, die sich bei ihnen untergehakt hatten. Fast so, als wären sie alle 40 Jahre jünger. Sie lachten über eine Bemerkung, die einer von ihnen gemacht hatte. Plötzlich stolperte die Diebin und rempelte scheinbar ungewollt eine der Frauen an, die daraufhin dem Griff ihres Mannes entglitt. Beide Damen stürzten, ein Herr rutschte beim Versuch, die Damen aufzufangen, ebenfalls aus und fiel mit ihnen zu Boden. Die allgemeine Aufregung wurde noch durch den Mann der Diebin erhöht, der herbeigeeilt kam, um seiner Frau und den feinen Leuten aufzuhelfen. Niemand hatte sich verletzt, alles, was den Boden berührt hatte, konnte mit ein wenig Abklopfen wieder sauber gemacht werden, doch niemand tastete seine Taschen danach ab, ob nicht etwas fehlte. Und es fehlte eine Menge: Peter glaubte das Blitzen einer Taschenuhr gesehen zu haben, die kurz darauf in die Hand des Kindes glitt, das plötzlich auch daneben stand. Albert bemerkte Schmuck in der Hand der Diebin und auch die Taschen des Diebs wölbten sich verdächtig. Verdutzt standen die Buben da und sahen zu, wie die Diebsfamilie schon um die nächste Ecke eilte, noch ehe die beiden Paare recht verstanden, was passiert war.

Und da hörten sie auch schon den Schrei.

Matthäus plärrte wie von Sinnen von hinten kommend „Diebe, Diebe“, und eine Sekunde lang blickten Albert, Jacob und Peter einander an – ehe sie mit in das Geheul einstimmten.

Zu viert hetzten sie den Dieben bis zum Hauptwachplatz hinterher, warfen sich ins Gewühl des Jahrmarktrummels und kamen langsam näher. Das fremde Kind hatte sie bemerkt, zupfte am Ärmel des Vaters, der sich umdrehte, das Kind in seine Arme hob, seine Frau packte und losrannte. Es dauerte nicht lange, bis die ersten Kisten und Steigen fielen, bis Angerempelte schimpften und weitere ältere Herrschaften zu Boden fielen. Und bis sich der Familie die ersten Menschen in den Weg stellten.

Es kam zur Rangelei, bei der der Diebsvater eine Menge Schläge austeilte. Doch auch seine Jackentasche platzte dabei auf und ein allgemeines Raunen setzte ein, als plötzlich eine Taschenuhr daraus hervorquoll, und eine Kette, und jede Menge Guldenstücke über den Boden rollten. Immer mehr Menschen warfen sich den Dieben entgegen und just vor dem Rathaus wurden sie endgültig gestellt. Der Mann stürzte und aus seiner Jacke fiel weiteres Diebsgut. Die Frau wurde im Kreis gestoßen, bespuckt und beschimpft und dann kam auch schon der Platzaufseher herbeigeeilt. An seiner Seite befanden sich kräftige Kerle, die auch mit einem Pallasch ausgerüstet waren. Diese kurzen einschneidigen Stichwaffen mit gerader Klinge sahen überaus bedrohlich aus, und als die Ersten der magistratlichen Schützen den Pallasch tatsächlich zogen, wich die Menge erschrocken zurück. Nur die beiden Diebe hockten auf dem Boden. Einer der Schützen hechtete vor, wirbelte den Pallasch über seinem Kopf und schnitt bedrohliche Grimassen. Er übertrieb es ein wenig und schien die plötzliche Ehrfurcht vor seiner Erscheinung zu genießen, bis ihn der Platzaufseher zurechtwies und ihn aufforderte, lieber die Arme der Diebe zu verbinden, als mit dem Messer herumzufuchteln.

Die Buben bekamen ein paar anerkennende Schulterklopfer für ihre Wachsamkeit und standen da und beobachteten, wie die beiden abgeführt wurden. Das Diebspaar versuchte zusammenzubleiben, wurde aber auseinandergedrängt. Die Frau rief den Namen ihres Begleiters, keiner der Buben konnte sich später aber daran erinnern, wie er gelautet hatte.

Anfangs war Peter stolz. Sie hatten geholfen, Diebe zu fangen. Richtige Diebe. Doch dann kroch die Gänsehaut über seinen Rücken. Das war nun kein Spaß mehr, und er versuchte sich in Erinnerung zu rufen, was mit Leuten geschah, die man beim Stehlen erwischt hatte. Als er aufblickte, bemerkte er, wie das Kind des Pärchens zwischen den Menschen verschwand. Es drehte sich im Davonlaufen noch einmal zu ihnen um …

… Und genau die Erinnerung an diesen Blick aus grünen, verzweifelten Augen vermochte Peter Lautenbach jetzt nur mit Mühe abzuschütteln, und blickte geradewegs in die unruhigen Augen Margarethes.

Albert nahm seine Tochter in den Arm und führte sie zurück ins Bett. Jacob, der Wirt, stand hilflos im Türrahmen und wagte sich keinen Schritt weiter ins Zimmer. Hinter Antonius wehte eine Prise kühle Abendluft durch das Fenster herein, auf dem Nachttisch flackerte wieder die Kerze. Margarethe murmelte unverständliches Zeug, zeigte manchmal auf den Mönch und schließlich, Antonius war immer noch sehr in Gedanken versunken, der Wirt konzentriert, entstand plötzlich ein Tumult. Albert Mohr konnte seine Tochter, die sich offensichtlich wehrte, nicht mehr halten. Sie drehte sich um, zeigte wieder auf Antonius und schrie: „Da steht sie. Seht! Ich sehe sie. Sie ist hier. Die Hexe ist da!"

Der Mönch erstarrte zunächst, fuhr dann aber herum und blickte über seine Schulter hinter sich. Er machte dabei einen Satz weg vom wehenden Vorhang. Er zitterte und kramte in den Tiefen seiner Kutte nach seinem Kruzifix. Es hörte sich auch so an, als murmle er dabei Gebete. Mohr wurde das zu viel.

„Genug", schrie er, ging auf den Vorhang zu und riss ihn zur Seite. „Das ist der Wind, keine Hexerei. Margarethe hör auf damit. Und Peter", er wischte mit einer energischen Geste seiner Hand durch die Luft, als stünde er auf einer Theaterbühne, „weg mit dem Kreuz in meiner Gegenwart, hörst du", wieder die Armbewegung.

Mohr spürte, wie ihn der Zorn überwältigte. Der Zorn auf alles Fromme, Heilige – der Zorn auf sich selbst, auf seine eigene Ängstlichkeit. Er fühlte, dass der Glaube eine der wenigen Möglichkeiten war, sich vor dem Bösen in Deckung zu bringen. Er fühlte … *Hieee* … *Hieee* … wie er selbst kurz davor war, ein stilles Gebet zu flüstern.

„Und du, Jacob, steh nicht herum, sondern hilf mir." Seine Stimme war mühsam beherrscht.

Sie brachten Margarethe zu Bett und Albert Mohr redete auf sie ein. Niemand sei hier, keine Hexe, kein Teufel, kein Ungeheuer, nichts Böses. Alles werde gut. Und dann, wenn alles vorüber sei, werde er mit ihr fortfahren. Nach Gleichenberg vielleicht. Dem Wasser aus der dortigen Klausner Stahlquelle wurde heilende Wirkung nachgesagt. Er lächelte gedankenverloren. „Während du dir Gurken und Erdbeeren aufs Gesicht legen lassen kannst, werde ich Eselsmilchumschläge verlangen, gegen das Altern der Haut. Wir baden in Molke und Honig, reiben unsere Hände mit Buttermilch ein und tauchen unser Haar in Kamillentee." Seine Augen schwammen in Tränen. „Du wirst sehen, wir werden uns großartig unterhalten." Danach verlor sich seine Stimme in einem stummen Schluchzen.

Betreten schaute Bruder Antonius zu Boden. Und erst nach Minuten wurde das allgemeine Schweigen am Krankenbett unterbrochen. Es war der Wirt, der rief: „Es reicht. Wir müssen Matthäus holen, bevor diese Hexe noch mehr Kinder mordet."

Er hatte kaum ausgesprochen, als das Fenster zuflog und der Luftzug die Kerze auslöschte. Atemlos lauschten die Männer in die Dunkelheit. Mohr zündete die Kerze erneut an, und im wiederkehrenden Kerzenschein bemerkten die anderen, wie sich sein Gesicht unter dem flackernden, rotgelben Licht verfärbte. Er starrte auf den Hals seiner Tochter. Margarethes Wunde blutete wieder und Mohr bemühte sich, den Verband zu wechseln, ohne dabei von Neuem zu weinen.

Da trat die Oberin ins Zimmer, schob Mohr zur Seite und wies alle aus dem Raum. In ihrem Gefolge war der Klosterpfarrer, der mit krummem Rücken hinter ihr her schlich. Der Mann war sehr alt, und es hatte den Anschein, als mache die Haut seiner zitternden Hände Geräusche, wie wenn ein Wind über welke Blätter streicht.

Mit glasigen, aber hellen Augen musterte der greise Geistliche das Mädchen. Mit zitterndem Finger strich er ihr das Haar hinters Ohr und hatte kaum noch die Kraft für seine Stimme: „Sag mir Kind", hauchte er, „was ist das für eine Wunde?"

Die Oberin rief den anderen abermals zu: „Fort mit Ihnen! Der Ordinarius wird bald hier sein." Und auf den Gang hinaus rief sie, „Hyazintha, Bernadette, ich brauche eure Hilfe."

Ihr kantiger Tiroler Akzent verlieh den Befehlen der Oberin noch ein wenig mehr Eindringlichkeit. Ihre Stimme hallte als spitzes Echo in den Gängen wider. Was allerdings niemand wusste, war, was ihr gerade durch den Kopf ging: Sie musste an ihre Vorgängerin denken, die Oberin Bernardina. Die Frau war, wie man das nannte, an *innerlicher Faulung* gestorben, und sie hatte bis zum letzten Atemzug an ihrer Seite gesessen. Es war ein entsetzlicher Anblick gewesen, einen Menschen derart dahinwelken zu sehen, ein furchtbarer Gestank, und – auch damals hatte sie um Hilfe gerufen. Bis die ersten Schwestern herbeigeeilt waren, hatte Bernadina allerdings schon aufgehört zu atmen.

„Jemand hat mich gebissen", lächelte Margarethe plötzlich in den Tumult hinein. Die Oberin brauchte ein paar Sekunden, um zu verstehen. „Aber Sie wollen gar nicht hören, wer, nicht wahr?"

„Heilige Mutter Gottes", die Oberin, die mit einem weißen Laken versuchte, die Blutung zu stillen, war nun selbst voller Blut. Versehentlich war sie mit ihrem weißen Schleier an die Wunde gestoßen. Dennoch schien sie der Blutung langsam Herr zu werden. Sie blickte immer noch schweigend auf das Mädchen hinab. Die beiden Frauen blickten sich an und die Nonne spürte, dass das Mädchen Recht hatte. Sie wollte nicht wissen, wer ihr das angetan hatte.

Endlich kamen auch die beiden Nonnen zur Tür herein. Jacob Dampfhofer schälte sich beschämt hinaus, Lautenbach dagegen rührte sich nicht. Margarethe hatte ihn wieder ins Auge gefasst.

„Ihr Gottesleute wollt es nicht hören, weil ihr Angst habt, euer Gott ist nichts wert und …"

Doch Margarethe sprach nicht mehr weiter. Das blasse Mädchen landete, von der Ohrfeige des Vaters getroffen, schluchzend im Kissen.

„Genug", brüllte Mohr. „Genug, hörst du."

Entsetzt blickten die Schwestern auf, doch Mohr ignorierte sie. „Jacob, kannst du es arrangieren, dass Matthäus zu uns stößt? Es ist Zeit."

Dampfhofer nickte betreten aus dem Flur herein.

„Peter", wieder die theatralische Geste mit der Hand, „ich bitte dich, kümmere dich um Margarethe."

Er zitterte. Und während er weitersprach, wurde ihm bewusst, dass er all das, woran er jahrelang geglaubt hatte, was er gelernt und gelebt hatte, in diesem Zimmer zurücklassen würde.

All seine Vernunft.

„Margarethe, dein Vater macht sich auf den Weg, dir den bösen Geist auszutreiben", rief er schluchzend. „Und ich verspreche dir: Es wird ein Ende haben."

Die Männer eilten hinaus und ließen das schluchzende Mädchen und die verstörten Schwestern zurück.

Mohr drehte sich im Gehen nicht mehr zu seiner Tochter um.

Er drehte sich nicht mehr um.

Das Echo

Matthäus, der Schmied, wusste nichts von dem, was in der Stadt vor sich ging. Nur ab und zu trug die Nachtluft so manches Geräusch hinauf auf den Schloßberg und erzählte vom Fortgang der merkwürdigen Ereignisse. Immer wieder klapperten Pferdehufe, drang auch das Echo von geräuschvoll durch die Nacht gezogenen Karren zu ihm hinauf, und ab und zu fiel ein Schuss. Manchmal war auch ein Schrei zu vernehmen. Ein einzelner. Und in die Finsternis hinein versuchte der Schmied sich vorzustellen, was es mit diesen Schreien auf sich hatte. Was mochte dem Menschen, der da geschrien hatte, wohl soeben widerfahren sein? Hatte ihn ein tödliches Geschoß getroffen? War es der Schrei eines Hinabstürzenden?

Matthäus stellte sich vor, wie lange es dauern würde, bis er die Schreie würde unterscheiden können. Welche Art von Schreien zu welcher Art von Todeskampf gehörte.

Sein Kopf brummte. Wenn nur Hilda und Theo in Sicherheit waren. Einmal mehr haderte er mit dem Schicksal, wie er nur so töricht hatte sein können, sich so weit in Schulden zu begeben, dass er jetzt auf diesem Berg kämpfen musste, um seine Ehre wiederherzustellen.

Das lange Warten ließ ihn nachdenken. Allein die Tatsache, dass seine Werkstatt geschlossen war, musste für Hilda zum Problem werden. Sie würden misstrauisch werden, nach ihm fragen, und die Wahrheit käme ans Licht. Dann würden sie sie aus dem Haus zerren, ihr Theo wegnehmen und sie vor den Festungsmauern erschießen, sodass es alle auf dem Berg sehen könnten. Matthäus sprang auf und jemand schoss auch auf ihn. Er fiel.

Und er schrie.

Sein Leinenhemd klebte an der Brust, als er schwer atmend aufblickte. Hatte er wirklich geschrien? Verschämt blickte er sich um, doch niemand rührte sich. Dicht aneinandergekauert hatte sich seine kleine Mannschaft vor der Mauer postiert und döste vor sich hin, so, wie sie es seit Tagen schon machte. Die meisten schnarchten und murmelten im Schlaf. Auch die Wachposten flüsterten nicht, sondern starrten nur müde hinaus in die Nacht und erwarteten stumm den nächsten Sturm.

Matthäus massierte sein Gesicht und setzte sich auf. Sein Magen knurrte. Seit Tagen hielten sie hier jetzt schon die Stellung und sie konnten es kaum glauben, als sie es hörten. Für alles hatten die feinen Herrn Offiziere gesorgt: Die letzten Gewehre hatten sie ausgegraben, Löcher in den Fels zu schlagen befohlen, Erde herankarren und Mauern errichten lassen, nur eines hatten sie völlig vergessen: Essen. Es war zu wenig Essen da.

Die Nachricht rollte über den Berg und verbreitete mehr Schaudern als die Anwesenheit der Franzosen. Zuerst mussten sie die Weinration mindern, dann das Brot reduzieren. An einer der anderen Bastionen soll sich jemand darüber beschwert haben. Es wurde erzählt, dass der Mann einem Unteroffizier gehörig seine Meinung über die gähnende Leere bei den Essensvorräten gesagt habe. Der Soldat habe sich die Tirade einige Zeit angehört und dann zugeschlagen. Ein einziger Stockhieb soll ausgereicht haben, um den Mann auf die Knie zu zwingen. Die folgenden Schläge auf den

Rücken und das Hinterteil des Mannes zählte niemand. Die Geschichte endete damit, dass der Mann zurück auf seinen Posten kroch und niemand mehr murrte. Und es kam schlimmer. Die Fleischrationen wurden gesenkt, das Trinkwasser war schlecht.

Wenigstens hielten sich aber auch die Offiziere an die kleineren Rationen. Denn auch wenn sie noch so viel prügelten, hätten sie den Zorn der Mannschaft nicht für lange Zeit zu bremsen vermocht. Nicht einmal Hackhers gefürchteter Jähzorn, seine einschüchternde Art einen anzusehen – mit stechenden, bohrenden Vogelaugen – hätte etwas daran ändern können. Die Situation wurde immer unerträglicher. Vor allem auch deshalb, weil sich ein schrecklicher Verwesungsgeruch über dem Schloßberg ausbreitete, da es auf dem felsigen Untergrund nicht möglich war, die Gefallenen zu begraben.

Das alles ahnten die Franzosen natürlich und wurden nicht müde, Geschenkskörbe auf den Berg zu schicken. Die Körbe beinhalteten Kaffee und Zucker, feinsten Rum – und dazu stets überaus höflich formulierte Begleitschreiben, in denen Hackher und seine Männer aufgefordert wurden, den Berg freizugeben. Einem Korb lag auch eine Ausgabe der Wiener Zeitung vom 14. Juni bei. Sie enthielt die Meldung, dass Johann in Ungarn bei Györ verloren hatte.

Doch all das vermochte nicht die Moral der Österreicher, schon gar nicht jene Hackhers, zu untergraben. Die tapferen Männer gaben den Berg nicht auf und verharrten weiterhin stur in ihren Stellungen.

Als Matthäus zum Himmel blickte, verfinsterte sich dieser plötzlich. Ein Schatten bewegte sich auf ihn zu. Hastig tastete er nach dem Stutzen seines Nachbarn, fand ihn nicht, und schon stand er mit dem Rücken an den kalten Stein der Mauer gedrängt. Er fluchte, denn er hatte seine Stange liegen lassen, eine Lanze mit scharfer Spitze. Immer noch sah er nicht, mit wem er es zu tun hatte, tastete nach seinem Messer im Gürtel, fand es auch nicht schnell genug, ballte dann verzweifelt bereit zum Kampf die riesigen Fäuste und wollte schon ausholen, als ihn eine gepresste Stimme zurückhielt.

„Hör auf Matthäus, verdammt."

Er konnte die Gestalt mehr riechen als erkennen.

Der Schatten zischte: „Dein Bub ist fort."

Und zum zweiten Mal innerhalb weniger Stunden schien die Umgebung zu versinken. Er bildete sich ein, den Satz in seinem Inneren wie ein Echo mehrmals zu hören. *Dein Bub ist fort … ist fort … fort … fort.* Die Haut an seinen Unterarmen zog sich zu einer Gänsehaut zusammen.

„Sie sagen, eine Hexe hat ihn."

Eine Hexe.

Der Schatten klopfte ihm auf die Schulter: „Komm mit."

Er überlegte nicht. Er hatte keine Gewissensbisse, die Stellung auf dem Berg und damit seine Kameraden zu verlassen. Es hieß ohnehin, dass eine Armee von Kroatien heraufkam, um sie zu befreien. Matthäus machte sich aber auch keine Gedanken darüber, ob es für ihn Konsequenzen haben könnte, wenn er mitten in einer Belagerung desertierte.

Denn in jener Nacht, als er das Schlachtfeld hinter sich ließ, zog Matthäus, der Messerschmied, in den Krieg.

Die Strafe

Auch im Chaos gab es eine Ordnung. Schon in der ersten Nacht auf dem Schloßberg hatte Matthäus mehr gefühlt als gewusst, wann er aufstehen durfte und wann nicht. Mit jeder Stunde feuerten die Franzosen wilder und er glaubte zu spüren, wie in jedem Schuss der blanke Zorn darüber lag, immer noch nicht als Sieger aus der Schlacht hervorgegangen zu sein. Die Belagerer bündelten minutenlang alle Kräfte, feuerten aus allen Rohren, verursachten einen Höllenlärm, ehe sich entmutigtes Schweigen über das Tal legte.

Eine dieser Pausen nützten Matthäus und der Schatten, um sich zu verstecken. Ihm war sehr schnell klar geworden, dass es nicht nur galt, sich nicht erschießen zu lassen, auch von den Verteidigern, von seinen Kameraden, durfte sie keiner bemerken. Sie kauerten hinter einem Stapel Fässer und Kisten und immer dann, wenn das Getöse der Belagerer anhob, wagten sie sich vor, hetzten geduckt zwischen Steinwällen und Holzstapeln über die Befestigungsanlage. Sie krochen durch den Staub, hörten das Zischen durch die Luft sausender Kugeln, das Heulen von Querschlägern.

Sie liefen eine steinerne Treppe hinab, die in eine Holztür mündete, die in der Dunkelheit kaum zu erkennen war. Matthäus' Begleiter zog einen schweren Schlüssel hervor, öffnete die Tür und dahinter tat sich eine Finsternis auf, die jene der Nacht um ein Vielfaches übertraf. Es war stockdunkel. Matthäus hielt inne und zog so langsam und geräuschlos es ihm möglich war sein Messer aus dem Gürtel. Sein Herz hämmerte und er versuchte angestrengt in die

Dunkelheit zu lauschen. Doch er hörte nichts, außer sich selbst.

Er erschrak, als eine Stimme dicht an seinem Ohr wisperte: „Lass das Messer und geh. Wir haben nicht viel Zeit."

Matthäus torkelte über unebenen Lehmboden, die Hände tastend ausgestreckt, um sich nicht den Kopf anzuschlagen.

Es war feucht und kalt im Berg, und obwohl er anfangs gedacht hatte, von absoluter Dunkelheit umgeben zu sein, bemerkte er plötzlich Umrisse. Schatten. Konturen. Die mysteriöse Welt einer unbekannten Höhle entpuppte sich zusehends als ungeschmückter Verbindungsgang. Kalter, nasser Fels. Am Ende des Hohlraumes schien eine Lichtquelle zu sein, denn es fiel Matthäus immer leichter zu marschieren. Seine Schritte wurden rascher, bis er schließlich wagte zu laufen, obwohl ihn schnell so heftiges Seitenstechen plagte, dass er kaum noch atmen konnte. Tatsächlich, in einer Halterung steckte eine Fackel und warf flackerndes Licht in den Durchgang. Als er sie erreicht hatte, wurde der Schmerz zu schlimm. Er blieb röchelnd stehen und versuchte seinen Atem zu beruhigen. Der Schatten hinter ihm schloss auf, wurde länger, dann kürzer und stand schließlich neben ihm. Matthäus blickte auf, erkannte aber das Gesicht unter der Kapuze nicht.

„Wer bist du?", keuchte er.

Die Gestalt blickte nach vorne und dann nach hinten. Sie hob eine Hand, als fürchte sie, verfolgt zu werden.

Matthäus erkannte, dass etwas an dem Gang nicht stimmen konnte. Er blickte in die Richtung aus der sie gekommen waren. Ausgehöhlter Stein, der in ein finsteres Loch mündete. Dann blickte er in die Richtung, in die sie liefen.

Nichts als eine Felswand. Keine Tür, kein Fenster, nichts, was andeutete, dass es hier weiterging.

Matthäus richtete sich auf und spürte die Gänsehaut auf seinen Unterarmen.

„Was hat das zu bedeuten?"

Als der Fremde nichts erwiderte, ihm offenbar auch gar nicht zugehört hatte, reagierte er blitzschnell. Er fühlte, dass er nur eine einzige Chance haben würde. Blitzschnell zog er sein Messer, packte den Fremden am Hals und hielt ihm die Klinge an die Kehle. Als er keine Gegenwehr spürte, riss er ihm mit der anderen Hand die Kapuze vom Kopf – und wich sogleich verdutzt zurück.

Blondes Haar quoll hervor und schien in dieser Umgebung so vollkommen unpassend, dass Matthäus vor Verwirrung zunächst nichts hervorbrachte als ein tonloses „Du?"

Die Frau drehte sich langsam um. Sie war viel kleiner als Matthäus, hatte schmale Lippen und so grüne Augen, dass sie fast unnatürlich aussahen. Im Kerzenlicht schien ihre Gesichtsfarbe dunkler, frischer und gesünder als sie tatsächlich war. Sommersprossen eroberten von ihrer Nase aus das Gesicht bis unter den Haaransatz. Ihre Augen waren gerötet, als hätte sie soeben geweint. Aber Matthäus wusste, dass sie immer so aussah und doch nie weinte. Vor ihm stand Therese, ein Schankmädchen, das in einigen Wirtshäusern aushalf. Manche sagten auch, sie sei mehr als nur eine Hilfskraft – oder weniger, je nachdem, welche Erfahrungen sie angaben, mit Therese gemacht zu haben.

Matthäus jedenfalls kannte sie aus dem Wirtshaus, in das es ihn ab und zu verschlug, wenn er Material an die beiden Sporer ablieferte, die im Zentrum der Stadt werkten. Diese

Sporer, denen die Gasse schon von Anfang an ihren Namen verdankte, galten als sehr gesellige Leute, die Besucher gern über die Kunst der Herstellung von Sporen, Steigbügeln und dergleichen fein geschmiedetem Zeug aufklärten. Manchmal wurde es so spät, dass Matthäus erst abends hinauskam. Vor ein paar Wochen war er ins Wirtshaus gegangen und dort auch länger geblieben. So lange, dass er der letzte Gast in der Schankstube gewesen war. Auch der Wirt hatte Feierabend gemacht, im Vertrauen darauf, dass Therese mit Matthäus kein Problem haben würde. Hatte sie auch nicht. Sie hatte die Tür geschlossen, das Licht gelöscht und im Hinterzimmer so lange an Matthäus' Hose gezogen, bis sie ihm über die Knöchel gerutscht war und er mühelos hatte herausschlüpfen können. Dann hatte er sie an den Hüften gepackt, sie auf jenen Tisch gehoben, auf dem sie tagsüber die Speisen anrichtete, ihr Kleid hochgeschoben und es schließlich auch nach einigem Hin und Her geschafft, seinen Schrei der Erleichterung zu einem Grunzen zu dämpfen.

Therese hatte den warmen Körpersaft in sich gefühlt und war enttäuscht gewesen, weil es gar so schnell gegangen war und sie selbst nicht viel mehr davon gehabt hatte als einen blauen Fleck am Oberschenkel, weil er sie so fest gestoßen hatte. Er hatte schließlich zu ihrem Leidwesen ganz von ihr abgelassen und sie hatte sich ihr Kleid verlegen zurechtgestrichen. Matthäus war immer noch ohne Hose vor ihr gestanden und hatte sie mit einem seltsamen Lächeln betrachtet. Dann hatte er plötzlich etwas getan, was sie noch nie bei einem Mann erlebt hatte. Er war in die Knie gegangen, hatte ihr Kleid abermals hochgehoben und sein Kopf war zwischen ihren Schenkeln verschwunden.

Sie hatten nie wieder darüber gesprochen. Tagelang hatte Matthäus Herzklopfen aus Angst, seine Frau könnte davon erfahren. Es war eine Sache, die nur in jener Nacht passiert war. Sie hätte nicht vorher und nicht nachher passieren können. Er sah sie jetzt an. Ausgerechnet sie war geschickt worden, ihn zu holen.

Sie lächelte und sagte: „Servus, Matthäus."

Er nickte nur, erinnerte sich wieder an den Grund für ihr Zusammensein und deutete dann auf die Umgebung.

„Und was machen wir jetzt?"

Diesmal verschwand ihr Lächeln, stattdessen forschte sie in seinem Gesicht, nickte dann, als bestätigte sich ein Gedanke, und zischte plötzlich unwirsch: „Sei still. Sie könnten uns hören, und dann ist es nicht nur um uns beide geschehen."

Erst als er ihr versicherte, sich beruhigt zu haben, griff sie in die Mauer, und erst jetzt bemerkte er dort eine Art Griff. Die Tür, die mit schweren Steinen getarnt war, öffnete sich beinahe geräuschlos. Sie steckte ihren Kopf durch die Öffnung, schob den Körper nach und zog Matthäus hinter sich her. Die Haut ihrer Hand war weich und warm, die Finger kräftig. Es war stockdunkel. Er spürte ihren Körper an seinem. Der Raum war sehr eng. Offenbar befanden sie sich in einer Speisekammer, denn überall stieß er an Regale. Er konnte nicht einmal die Arme heben. Er neigte seinen Kopf ein wenig und spürte ihr Haar in seiner Nase. Würde es wieder geschehen? Jetzt?

Das Blut stieg ihm in den Kopf. Er strich sich mit der Zunge über die trockenen Lippen. Ein tiefer Atemzug. Und plötzlich wurde es hell. Und klar.

Sie hatte eine Kerze angezündet. Sie befanden sich nicht in einer Speisekammer, sondern in der Küche. Ausgerechnet in jenem Raum, in dem sie sich damals nähergekommen waren. Wieder trafen sich ihre Blicke und zum zweiten Mal dachte er, es werde etwas Ungeheuerliches geschehen.

Doch es kam nicht dazu. Therese sah ihn an und schüttelte den Kopf.

Dann sagte sie: „Komm mit."

Es klang ein wenig vorwurfsvoll.

Während Matthäus ihr durch die Gassen folgte, wuchs seine Unruhe. Sein Sohn Theo war keine acht Jahre alt, konnte sich kaum wehren. Er verdrängte den Gedanken, was wohl mit ihm geschehen war. Er verfluchte sich dafür, ihm keinen Hund besorgt zu haben. So sehr hatte er sich immer einen Hund gewünscht, einen möglichst großen, mit dichtem Fell. Aber Matthäus hatte abgelehnt, denn in der Stadt gab es nur Probleme mit den Kötern. Er war selbst noch ein Bub gewesen, als ein Bürger an Hundswut gestorben war. Das hatte in Graz eine beispiellose Hetzjagd ausgelöst. Der Mann war mitten in der Schörgelgasse zusammengebrochen mit Schaum vor dem Mund und wild zitternd. Er hatte geschrien und um sich geschlagen. Entsetzt und hilflos hatten die Leute ihn an Ort und Stelle liegen gelassen, bis sich endlich jemand des Mannes angenommen hatte. Er hatte nur immer wieder wiederholt, ein Hund habe ihn gebissen. Seitdem gehe es ihm schlecht. Er hatte gestottert und gewimmert. Und es hatte nicht lange gedauert, da war er gestorben.

Die Folgen waren verheerend gewesen. Der Abdecker des Magistrats war mit seinem Pritschenwagen tagelang durch die Stadt gejagt und hatte aus frei laufenden Hunden alles Leben herausgeprügelt. Mit zwei langen, glatten, schmiedeeisernen Stangen hatte er auf die Tiere eingeschlagen, die er, hatte er sie erst einmal gesehen, *immer* einholte. Für jedes tote Tier hatte er sieben Kronen erhalten.

Der Regen hatte das Blut auf den Straßen fortgespült. Das Winseln der Hunde hatte den Leuten aber noch tagelang in den Ohren geklungen.

Das war damals eine Riesensache gewesen, und es hatte eine Menge Geschrei und Geschimpfe gegeben, denn schließlich war nicht jeder frei herumlaufende Hund auch gemeingefährlich. Und schließlich hatten die meisten frei laufenden Hunde auch Besitzer. Kinder hatten geweint, Väter hatten dem Pritschenwagen des Abdeckers Schimpfwörter hinterhergerufen. Nein, Matthäus hatte sich erst gar nicht darauf einlassen wollen, seinem Sohn einen Hund zu schenken, der dann vielleicht wegen einer magistratlichen Verordnung zu Tode geprügelt wurde.

Therese und Matthäus liefen aus der Hintertür der Gaststätte hinaus, zwängten sich durch den Schlurf zwischen zwei Häusern und gelangten in die Sporgasse. Sie liefen an den Handwerksstuben der Sporer vorbei am Südfuß des Schloßbergs entlang. Sie passierten die dunklen Tore und wandten sich geradeaus in Richtung Vorstadt. Ausnahmsweise war es sicherer, sich außerhalb der Stadtmauern zusammenzurotten.

Sich stets dicht an die Hausmauern drückend versuchten sie, so gut es ging den Blicken der Franzosen auszuweichen. Doch die Soldaten waren nicht die einzige Sorge, die sie hatten. Die Kanonen des Schloßbergs hatten plötzlich angefangen in ihre Richtung zu feuern. Dumpf schlugen die Kugeln ganz in der Nähe ein, und immer wieder warfen sie sich flach auf den Boden oder kauerten sich an Hausmauern. Das Ziel der Kugeln waren die französischen Pioniere, die versuchten, die Brücke abzutragen. Sie wollten die Stadt von der rechten Seite des Flusses abschneiden. Matthäus und Therese sahen sich an und stürmten los. Während Matthäus lief, spürte er, wie ihm die Knie nachzugeben drohten. Französische Husaren tauchten vor ihnen auf und schauten sie argwöhnisch an. Sie hielten kurze Kavalleriegewehre in Händen. Einer schwang einen Säbel und rief ihnen etwas zu, was sie nicht verstanden. Sein Pferd bäumte sich auf, sah dabei so elegant und kräftig wie auf einem Gemälde aus, doch dann schien die Truppe jegliches Interesse an ihnen verloren zu haben und hetzte in Richtung Lend davon.

Er spürte wieder Thereses Hand in der seinen, wie sie ihn mit sich fortzog, über die Brücke, nach links die Böschung hinab, am anderen Ufer entlang immer tiefer hinein in die Vorstadt, die auf dieser Seite Gries genannt wurde.

Sie liefen durch finstere Gassen, in einen Innenhof, steile Treppen hinab, über die er beinah gestolpert wäre, in einen finsteren Raum hinein, in dem es nach Erdäpfeln roch und nach Schweiß. Und dann sanken sie keuchend nieder.

Jeder Atemzug ein heftiger Schmerz und ein furchtbares, pfeifendes Geräusch. Übelkeit stieg in ihm hoch. Er hatte tatsächlich Thereses Hände gespürt. Trotz all der Angst um seine Familie, trotz all der Gefahr, in der er sich befand. Er hatte die weiche Haut gespürt und einmal hatte er sogar fester zugegriffen, als es notwendig gewesen war, und sie hatte den Druck erwidert.

Wieder eine Welle der Übelkeit. Ekelte ihn vor sich selbst? Wie konnte er gerade jetzt solche Gefühle haben?

Als er sich an das dämmrige Licht gewöhnt hatte und sich umsah, bemerkte er, dass sie nicht allein waren. Therese hob den Zeigefinger an ihre Lippen und bedeutete ihm zu schweigen, und Matthäus tat, wie ihm geheißen wurde.

Es mussten gut vierzig, fünfzig Leute sein, die sich da in dem dunklen Kellergewölbe eingefunden hatten. Die meisten kauerten auf dem Boden, manche hatten einen Schemel, einige stapelten Kisten und machten es sich so gut es ging auf ihnen bequem. Manche kannte Matthäus vom Sehen, einige seiner Kunden waren auch dabei – nur Hilda nicht. Seine Frau fehlte. Er drehte sich zu Therese um, doch ehe er etwas sagen konnte, wurde er mit Fragen überhäuft. Wie es auf dem Berg sei, wollten die Leute wissen, ob es ihnen gut gehe und wie lange der Krieg noch andauern würde.

Er wiederum bekam von den Anwesenden furchtbare Dinge zu hören. Von Bauern, denen alles Hab und Gut genommen worden war, von Mädchen, die ihre Unschuld verloren hatten, von Bürgern, denen Schuhe und Kleidung vom Leib gerissen worden waren. Und als sich eine alte Frau aus dem Schatten schälte und nahe an ihn herantrat, vergaß Matthäus selbst, dass er es eilig hatte. Sie berichtete von einer groß gewachsenen Gestalt, eingehüllt in allerlei Tuch und Fetzen, von einer Gestalt, die alle nur aus den Legenden vom Umland kannten. Sie erzählte von der alten Frau vom Schöckl, der Hexe.

„Sie ist in der Stadt, Matthäus, hörst du“, krächzte die Alte. „Bisher hat sie lediglich den Radegundern und Semriachern und Statteggern Angst gemacht“ – sie sagte: *Aungst gmocht* –

„es reichte ihr, sich an fahrende Händler und andere Durchreisenden zu halten. Nach Graz kam sie nur selten. Doch nun hat sie es auf die Stadt abgesehen. Auf unsere Kinder."

Sie genoss es ganz offensichtlich, dass man ihr zuhörte, denn ihre Augen blitzten beim Sprechen. Es hatte sogar den Anschein, als würde sie ein wenig Lächeln vor lauter Aufregung darüber, dass sie im Mittelpunkt stand.

Bei ihren Worten ging ein Raunen durch die Menge.

Die Kreatur sei schnell und lautlos, fuhr sie fort, „und wer sich ihr in den Weg stellt, der ist verloren. Sie hat Zauberkräfte, sie ist stark wie zehn Männer" – ihre Stimme wurde eindringlich – „Matthäus, hör auf mich und lass es sein! Dein Bub ist verloren. Sie ist eine Kreatur der Finsternis. Ihre Kutsche wird von Fledermäusen gezogen. Ihr Blick wird dich versteinern oder sonst etwas anrichten. Keiner weiß das. Vielleicht reicht eine Berührung und du bist verloren. Matthäus! Bleib hier."

Doch Matthäus war längst aufgestanden, hatte Therese am Arm gepackt und diesmal war er es, der sie mit sich fortzog. Er hörte, wie die Stimme der Alten hinter ihm verebbte, wie sie in einen wilden Dialekt verfiel, ohne dass er ein Wort verstanden hätte. Nicht einmal Thereses Protest – „Hör auf, was tust du, wir sollen hier warten!" – konnte ihn daran hindern, weiterzugehen. Er schüttelte nur den Kopf, öffnete die Tür und lief mit der Frau, die nun weinte, in die Nacht hinaus.

Draußen packte er sie an den Schultern und drückte sie gegen die Hausmauer. Ihre Nase war keine zwei Handbreit von seiner entfernt. Er spürte ihren heißen Atem auf seinen Lippen.

„Wer hat dich geschickt?“

„Matthäus …“

Sie versuchte, seinem Griff zu entkommen, doch er rührte sich nicht.

„Wer?“, beharrte er.

„Jacob und die anderen.“

Sie hatte ihn angesehen. Zuerst direkt in die Augen. Dann auf den Mund. Dann wieder in die Augen.

„Wer sind die: Die anderen? Ich bitte dich, so red’ schon.“

Sein Griff war stärker geworden, verzweifelter. Aber nicht, weil er ihr wehtun wollte, sondern weil er wollte, dass es vorbei war. Dass dieses Verlangen vorüber zog.

„Mach schnell, rede“, wiederholte er jetzt fast ein wenig flehend.

Wieder ihr Blick. Diesmal nur in die Augen. Sie machte die Augen schmal und fixierte ihn.

„Der Mönch, Bruder Antonius, und Mohr, Albert Mohr, der Apotheker“, sagte sie endlich. „Sie wollten dich treffen. Unter keinen Umständen sollst du aber allein durch die Nacht ziehen.“

Sie wartete.

Wieder ging der Blick zwischen Augen und Mund hin und her. Sie starrte auf seine Lippen und sagte kaum hörbar: „Ich bitte dich auch: Warte auf die anderen.“

Er bewegte sich nicht, doch er spürte, wie sich der Abstand zwischen ihren Nasenspitzen verringerte.

„Ich *muss* nach Hause, Therese.“

Die Zeit stand still.

Diesmal bat er: „Bitte, lass mich gehen.“

Als er fortlief, rasten seine Gedanken. Er rannte mit brennenden Lungen. Kurze, kräftige Atemstöße. Er zwang sich, an seinen Sohn zu denken und nicht an den heißen Kuss, den er soeben erhalten hatte. Allmählich fiel er in einen schnellen Trab, ehe ihn seine Gedanken endlich weit weg in eine Zeit trugen, als er selbst so alt wie sein verschwundenes Kind war …

… Du meine Güte, was machte ihnen doch der Peter für Angst. Auf dem Nachhauseweg berichtete er, was ihm sein Vater von Leuten erzählt hatte, die hingerichtet worden waren.

„Also einem alten Brauch zufolge wird dem Verurteilten exakt am Mittwoch um acht Uhr in der Früh mitgeteilt, dass er hingerichtet wird. Ein Jesuitenmönch hat dann bis Freitag Zeit, ihn auf den Tod vorzubereiten. Das machen immer die Jesuiten, ich weiß auch nicht wieso. Also am Mittwoch bekommen sie ganz normal vom Magistrat zu essen. Am Donnerstagvormittag aber nichts, weil sie fasten müssen, um zu beichten. Aber die Leute dürfen zu ihnen vor, und natürlich bringen die immer etwas mit. Ein Stück Brot, Käse, Fleisch. Und Wein und Bier, jede Menge von dem Zeug. Wenn die Verbrecher dann am Freitag hingerichtet werden, sind sie oft so betrunken, dass sie kaum noch etwas mitbekommen."

„Geh."

„Wirklich! Sie werden mit dem Armesünderkarren zum Hauptwachplatz gebracht. So nennt man den. Und dort hängt man sie dann auf."

„Wie die Neukircherin?"

„Ja, genau."

Die Geschichte der Dirne Katharina Neukircher, die vor mehr als 60 Jahren im Stadtzentrum aufgehängt worden war, kannte jeder. Es hatte die Leute damals schon ein bisschen erschüttert. Sie war nicht sehr hübsch gewesen, aber sie hatte sich nicht unterkriegen lassen. Von den Sitten, von den Männern, vom Leben. Und es hatte ja auch eine ganze Menge Männer gegeben, denen sie durchaus genug war. Trotz mehrmaliger Aufforderung, damit aufzuhören, ihren Körper feilzubieten, war sie immer wieder in die Stadt zurückgekommen. Die Geschichten der Freier in den Wirtshäusern waren Legende. Irgendwann hatte der Stadtrichter entschieden, dass man dem Treiben ein Ende setzen müsste. Ein für alle Mal. Und der ehrenhafte Bürger hatte endgültig entschieden. Der sündhafte Körper der Neukircherin hatte am Hauptwachplatz so lange hängen müssen, bis er aufgehört hatte zu zappeln und zu ächzen. So lange eben, bis alles Leben draußen war aus dem Luder.

Sie schwiegen ein paar Minuten, bis Peter aussprach, was alle dachten. „Ob sie die beiden auch aufhängen werden?“

Keiner sagte etwas, ehe Jacob wissen wollte, „wie man eigentlich etwas abkriegt, von einem, den sie aufhängen?“

Bestürzt wandten sich die anderen ihm zu.

„Was soll *das* nun wieder heißen?“

„Na so ein Mitbringsel bringt Glück. Das weiß doch jeder.“

Albert lachte verärgert auf. „Jetzt hör aber auf. Gar nichts bringt da Glück, und überhaupt wird niemand gleich aufgehängt, nur weil er ein bisschen gestohlen hat.“

Matthäus ging die ganze Zeit über schweigend mit und hing schweren Gedanken nach. Immerhin war er es ja gewesen, der die Diebe mit seinem Schreien gestellt hatte. Die anderen hatten nur mitgemacht, weil er damit begonnen hatte. Er war überzeugt davon, dass sie nichts unternommen hätten vor lauter Aufregung.

Seine Gedanken gingen im Kreis. Diese Leute hatten ehrlichen Menschen Geld gestohlen. Und er wusste aus eigener Erfahrung, wie hart ein Gulden verdient war. Und er wusste auch ganz genau, was für eine Strafe auf Diebstahl stand.

Er hatte auf den Schultern seines Vaters gesessen, als er es gesehen hatte. Damals hatten ein paar Burschen Straßenlaternen eingeschlagen. Weil sie es bereits einmal getan hatten, waren sie an den Pranger gestellt worden. In der Hand hatten sie eine Laterne halten müssen, während ihr Kopf in einem Holzloch gesteckt hatte. Mit gekrümmtem Rücken hatten sie so lange dagestanden, bis sich jeder der vielen hundert Menschen ihr Gesicht eingeprägt hatte. Zumindest für diesen Tag. Matthäus' Vater war damals ganz nah zu einem von ihnen hingegangen, einem jungen Burschen, dem das Blut aus der Nase gelaufen war. Er hatte Matthäus von den Schultern genommen und ihn neben sich auf den Boden gestellt. Er hatte dem Scharfrichter zugenickt, einem rotbärtigen Mann mit rotem Flor am Hut, einer großen Halskrause und einem breiten Scharfrichterschwert an seinem Gürtel. Der Mann hatte zurückgenickt.

Der Vater hatte gesagt: „Hör genau zu, was ich jetzt sage, mein Sohn."

Dann hatte er sich dem Laternenzerstörer zugewandt und ihm mit einem Tuch das Blut von der Nase gewischt.

„Du weißt, was dir blüht, wenn sie dich noch einmal erwischen? Zuerst hast du zwei Taler gezahlt, jetzt stehst du am Pranger und beim nächsten Mal", er hatte eine Pause gemacht, „beim nächsten Mal hacken sie dir die Hand ab. Das geht schnell, weißt du. Sie legen sie auf einen Richtscheit, der Scharfrichter holt aus, das Schwert surrt durch die Luft und dann liegt deine Hand auf dem Boden. Die Wahrscheinlichkeit, dass du überlebst, ist nicht hoch. Und wenn doch, dann wirst du ein Krüppel sein. Und warum? Weil du ein Dummkopf bist."

Er hatte sich zu Matthäus umgedreht und gelächelt. „Also mein Sohn: Sei kein Dummkopf und mach' keine dummen Sachen, dann verlierst du auch deine Hand nicht."

Sei kein Dummkopf und mach' keine dummen Sachen.

Nicht einmal ein Jahr später war sein Vater tot gewesen. Er hatte das Hufeisen eines kräftigen Ackergauls angepasst. Wie es so seine Art gewesen war, hatte er sich dabei lebhaft mit der Kundschaft unterhalten, sein gelocktes Haar hatte auf der schweißnassen Stirn geklebt und bei jeder Bewegung hatten seine kräftigen Schultermuskeln gezuckt. Matthäus stellte sich seinen Vater immer gerne sehr stark vor. Er wusste aus Erzählungen, dass er mehr als zehn schwere Pferde am Tag hatte beschlagen können. Aber obwohl er so außerordentlich kräftig gewesen war, überlebte er den Hufschlag des Rosses nicht. Keiner hatte verstanden, warum in Gottes Namen er sich damals dem Tier von hinten genähert hatte.

Matthäus hatten die Jahre danach schnell hart gemacht. Ein Mann war an Vaters statt in die Werkstatt gezogen. Er hatte ihnen nichts getan, hatte auch seine Mutter in Ruhe gelassen, aber Matthäus hatte von früh bis spät arbeiten müssen, damit sie etwas zu essen bekamen und im Haus bleiben durften.

Manchmal kramte Matthäus verzweifelt in seinen Erinnerungen. Er versuchte sich daran zu erinnern, was ihm sein Vater alles gesagt hatte, wie sein Gesicht ausgesehen und wie er sich bewegt hatte, doch zu seiner Bestürzung stellte Matthäus fest, dass es ihm immer seltener gelang, sich die Züge seines eigenen Vaters in Erinnerung zu rufen.

Er fand, das war schlimmer als Handabhacken.

Als Matthäus sich die Tränen aus den Augen wischte, blieben auch die anderen stehen. Albert legte die Hand um seine Schulter und sagte: „Wir haben die Diebe alle gesehen. Aber verraten hätten wir sie nicht."

„Ja, das warst du mit deinem Geschrei, du ganz allein", bekräftigte Jacob.

„Genau", pflichtete Peter unsicher bei, als ihn die beiden anderen böse anstarrten. „Genau, wir hätten sie nicht verraten." …

Er hatte ein furchtbares Geräusch vernommen und schon von Weitem war unübersehbar, was geschehen war. Eine verirrte Kanonenkugel hatte sein Haus getroffen.

Aus dem Dach ragten Holzbalken wie die dünnen Finger einer Spinne in den nachtgrauen Himmel hinein. Aus den Fensteröffnungen schlug ihm eine Staubwolke entgegen. Vergeblich drückte er mit aller Kraft gegen die Holztür, also kletterte er durch das aufgerissene Mauerwerk.

Das Geschoß hatte sich seinen Weg durchs Dach ins Innere seines Hauses gebahnt, ehe es in seiner Werkstatt zu liegen gekommen war. Auf seinem Weg durch das kleine Gebäude hatte es alles mitgerissenen. Möbel, Holzplanken, den Fußboden, Teile des Gemäuers. Und als Matthäus zwischen dem Geröll, den gespreizten Holzlatten, dem zerstörten Ofen, dem umgekippten Amboss, dem eingedrückten Blasbalg und Kisten und Stoffen und Schutt und Staub ein schuhloses Bein bemerkte, stieg eine Hitze in ihm hoch, die ihn seine Müdigkeit vergessen ließ.

„Hilda", schrie er und kämpfte sich durch die Staubwolke immer tiefer in den Geröllhaufen hinein.

Er riss an den Trümmern, zerrte an den Resten seines bisherigen Lebens, so lange, bis er seine Frau befreit hatte. Er nahm mit zitternden Händen ihren Kopf in den Schoß und weinte. Sie starrte ihn an. Ihr Gesicht war zerkratzt, die Lippen blau, eine Seite ihres Kopfes war derart zerschunden, dass er nicht zu sagen vermochte, ob etwas fehlte oder nicht. In ihrem Blick war nur noch wenig Leben. Er musste sich zusammenreißen. Er hatte vielleicht nur noch Sekunden.

Ihre Lippen zitterten. Er wischte sich die Tränen aus dem Gesicht, streichelte ihre Wangen, zwang sich zu einem Lächeln, das ihn fast schmerzte, und flüsterte: „Ich werde Theo finden. Ich verspreche es. Mach dir keine Sorgen, hörst du. Mach dir keine Sorgen, Hilda."

Doch als er den Satz beendete, hatte sich ihr Blick verändert. Sie blickte hastig über seine Schulter und hauchte aufgeregt.

„Pass auf …"

Ein kalter Schauer fuhr ihm durch den Körper. So behutsam es ihm möglich war, legte er den Kopf zurück auf den Boden. Er atmete kurz aus, dann fuhr er mit einem Satz herum und zog noch in der Bewegung beide Messer gleichzeitig aus seinem Gürtel.

Doch er war eine Spur zu langsam gewesen.

Aus der Staubwolke sprang eine Gestalt auf ihn zu. Etwas, vielleicht der Absatz eines Stiefels, traf ihn hart am

Kinn. Die Wucht des Aufpralls zog ihm die Füße unter dem Körper weg, er verlor das Gleichgewicht und stolperte rücklings über den Körper seiner Frau. Bei dem Sturz entglitt ihm eines der Messer, das zweite spürte er zwar noch in seinen Fingern, doch etwas umfasste sein Handgelenk so brutal, dass er Mühe hatte, einen Schrei zu unterdrücken. In seinen Augen brannte Staub und das raubte ihm nun auch noch die Sicht. Er holte mit der freien Hand aus und traf etwas Weiches. Es musste der Bauch seines Gegners gewesen sein. Der Schraubstock-Griff um sein Handgelenk löste sich nur ein wenig. Auch das zweite Messer war Matthäus entglitten.

Mühsam kam er wieder auf die Beine. Mit gesenktem Kopf suchte er die Umgebung ab. Immer noch machte es ihm der Staub in den Augen unmöglich, klar zu sehen.

„Wo bist du, Feigling!“, brüllte er. „Stell dich, damit ich dich erledigen kann.“

Der Hieb traf ihn unverhofft von hinten. Zwei, drei Mal holte er Luft, bekam aber keine, als hätte er seine Zunge verschluckt. Er wankte, fiel jedoch nicht um. Mit einer Hand nestelte er verzweifelt an seinem Hüftgurt herum. Er hatte noch eine Waffe. Ein Schlageisen, das er in die Faust stecken konnte, sodass die Spitze zwischen Mittel- und Ringfinger herausragte. Er hatte es so gehärtet wie alle seine Waffen: Nachdem die Klinge rotglühend erhitzt und in Wasser abgeschreckt worden war, hatte er sie auf einen heißen Stahlblock gelegt. Die Klinge leuchtete in allen Farben, gelb, braun, blau, wie ein Apfel, eine Birne, eine Zwetschke. Erinnerte sie in ihrem Farbton aber an Honig, schreckte er sie in Öl ab. Diese Klinge rostete nicht. Diese Klinge wurde nicht stumpf. Diese Klinge hatte er noch nie ernsthaft im Kampf eingesetzt und doch war er überzeugt davon: Würde er damit einen Treffer landen, wären die Folgen für seinen Gegner fatal. Vor Erleichterung hätte er beinah aufgelacht, als er nun das Schlageisen fand. Er spürte Blut zwischen den Zähnen. Dann holte er mit der Waffe in der Hand wieder aus. Sein Hieb wischte durch die Luft. Einmal, zweimal. Er drehte sich im Kreis. Dreimal. Die Umgebung wurde langsam klarer, aber immer noch sah es so aus, als würde er alles durch ein Glas Wasser sehen.

Er nahm einen Schatten wahr, holte wieder aus und schlug mit fürchterlicher Härte zu. Als seine bewaffnete Faust auf den Widerstand traf, schrie er vor Schmerz auf und ging jammernd in die Knie. Er hatte mit voller Wucht auf einen Holzbalken eingedroschen. Das Schlageisen steckte nun im Holz und seine Finger schmerzten so sehr, dass er fürchten musste, sie allesamt gebrochen zu haben. Unmittelbar danach traf ihn ein weiterer Hieb.

Diesmal grunzte Matthäus nur noch wie ein Tier.

Vor Zorn. Vor Schmerz.

Auf allen vieren kroch er nun über den Trümmerhaufen seiner Werkstatt auf den wieder schemenhaft vor ihm auftauchenden Körper seiner Frau zu.

Er spürte unter sich eine Diele, die nachgab, und wusste, dass sich darunter die Treppe in den Keller befand. Dorthin, wo er noch mehr Waffen hatte, dorthin, wo seine Frau mit Theo gehen hätte sollen, um sich und den Buben zu schützen. Er kroch weiter, schüttelte Hildas Leib. Er versuchte, ihr Gesicht zu ertasten. Nahm ihre Finger in seine. Doch er spürte gleich, dass alles aus war. Ihr Körper war bereits erkaltet. Nach so kurzer Zeit. Oder war es sein eigener, der kalt wurde?

Es blitzte zwischen seinen Augen und einem furchtbaren Lärm folgte absolute Stille.

Und er ärgerte sich, denn er bemerkte auch einen Gedanken an Therese aufflackern. Ausgerechnet jetzt. Ihre Augen, wie sie ihn ansah. In seine Augen blickte. Auf seinen Mund. Und wieder zurück.

Aus seinem Kopf schwand die Gegenwart dahin.

Dass Therese tatsächlich nicht weit weg war, konnte er nicht wissen. Sie war ihm bis zu seinem Haus gefolgt und hatte sich in einer Nische auf der gegenüberliegenden Straßenseite versteckt. Sie wagte nicht, sich zu bewegen. Ihre Lungen protestierten, blähten sich verzweifelt auf, doch sie zwang sich, ruhig zu atmen. Therese wusste, wenn sie sich jetzt zu erkennen gab, würde sie sterben. So wie Hilda. So wie vielleicht auch Matthäus.

Ihr Brustkorb hob sich, bis die Rippen schmerzten, beim Ausatmen zitterte ihr ganzer Oberkörper. Es kostete sie große Anstrengung, nicht laut zu schnaufen.

Die Gestalt beugte sich jetzt über die beiden Körper, zerrte an dem schweren Leib des Messerschmieds und hob ihn hoch. Das sah beeindruckend aus, denn Matthäus war immerhin ein beachtlich großer Mann, und die verhüllte Kreatur schien sich kein bisschen mit dem Gewicht zu quälen.

Matthäus sah furchtbar aus. Sein Kopf blutete. Aber sie bemerkte auch, dass er noch lebte. Sein Stöhnen war ein furchtbar klagender Laut und er griff sich an seinen Kopf. Gegenwehr zeigte er aber keine mehr.

Die mit einem weiten Mantel und einem Kopftuch verhüllte Gestalt schritt mit mächtigen Schritten durch das Chaos aus Balken und allerlei Gerätschaften und gab dabei seltsame Laute von sich, die nicht klangen, als kämen sie von einem Menschen. Die Schuhe waren mit Lumpen umhüllt. Unter den Schritten knirschten Holztrümmer und Scherben.

Als die Gestalt mit Matthäus auf den Schultern die Gasse vor dem Haus erreichte, griff sie nach einem Holzstab, der an der Mauer lehnte. Dann hielt sie kurz inne.

Der Brustkorb spannte sich. Therese drückte sich tiefer in den Schatten der Nische. Sie hörte wieder die sonderbare Stimme, die klang, als würde jemand in einer fremden Sprache zornig durch Zahnlücken fluchen. Die Gestalt machte zwei Schritte in Thereses Richtung und das Mädchen befürchtete schon, dass seine Knie nachgeben würden.

Zwei Herzschläge.

Im letzten Augenblick änderte die Kreatur dann doch die Richtung und ihre schweren Schritte verhallten in der Finsternis der Nacht.

Therese wartete eine Minute, sank dann in die Knie und weinte.

Sie hatte in die düsteren Albträume ihrer zukünftigen Nächte geschaut. Davon war sie überzeugt. Absolut überzeugt.

Plappernde Schatten

Im Minoritenkloster betrachtete ein teigbleicher Mönch die nächtlichen Feuer in der Stadt aus sicherer Entfernung. Er beobachtete die vorüberhuschenden Schatten mit fast teilnahmslosem Interesse. Er sah, wie sich die Franzosen hastig der Zivilkleidung entledigten, die sie sich tagsüber übergezogen hatten, um nicht vom Schloßberg aus beschossen zu werden. Haufen von Mänteln und Hüten bildeten sich in staubigen Straßenecken. Für den Mönch, einen Mann von kleinem Wuchs mit kurzen Gliedmaßen und dicken, kurzen Fingern mit abgebissenen Fingernägeln, ein Bild, das sich seit Tagen wiederholte. Er stellte mit Bestürzung fest, dass man sich schnell an den Krieg und sein Drumherum gewöhnte.

Es dauerte nicht lange, da drangen auch schon die klagenden Schreie der ersten Getroffenen durch die Gassen der Stadt. Unter seinem Kinn bewegte sich die weiche Haut. Er hatte begonnen, sich in ein Gebet zu flüstern. Aber das Gebet vereinnahmte ihn nicht, denn er lauschte über sein eigenes Wispern hinweg immer noch auf die Schmerzensschreie. Manchmal glaubte er darin auch einen Ausdruck des Erschreckens mitzuhören. So stellte er es sich auch vor, wenn man von einer Kugel getroffen wurde.

Er schloss die kleinen Augen, die sein Gesicht in zwei sehr ungleiche Hälften teilten. Der kleinere Teil davon war jener darunter, und es sah fast so aus, als bringe er es fertig, mit der Nasenspitze sein Kinn zu berühren. Er stellte sich vor, wie die Kugel in den Körper eindrang und wie man dabei erschrak, denn man wusste plötzlich, dass man nur noch wenige Sekunden zu leben hatte. Diese schockierende Gewissheit drang dann mit einem Schrei nach außen, der einen selbst in der Ferne beinah zu Tränen rührte. So, wie ihn die Schreie jetzt fast zu Tränen rührten.

Der Mönch schlug mit seiner rechten Hand das Kreuzzeichen, verlagerte sein Gewicht, um vom Fenster weg hinein ins Innere des Gebäudes zu gehen, als ihn ein Schmerz durchfuhr, wie er ihn noch nie zuvor gespürt hatte. Er wusste nicht recht, woher er kam, denn sein ganzer Körper schien zu explodieren. Er riss die Augen auf, öffnete den Mund, doch es kam nur noch ein kehliger Laut. Wenn man genau hinhörte, hätte man auch bemerkt, wie viel Überraschung im Todesschrei eines Sterbenden mitklingen kann. Und er hätte einen Zuhörer vielleicht zu Tränen gerührt.

Aber es gab keine Zuhörer. Eine verirrte Kugel war dem Mönch unter der Kinnlade eingedrungen und blieb in der Halswirbelsäule stecken. Im Grunde war er schon tot, bevor er bemerkte, was geschehen war.

Weil Geschichten wie diese rasch die Runde in der Stadt machten, hielten sich die meisten Menschen in ihren Wohnungen auf. Alles brach in diesen Tagen zusammen. Es wurde kein Handel mehr getrieben, niemand ging in die Kirche, es wurde nicht gefeiert oder getanzt. Nur noch gelaufen, geflüstert, gehadert und gehofft. Sehr viel gehofft vor allem.

Auf dem Schloßberg hatte der Major seinen engsten Vertrauten Durchhalteparolen eingeimpft. Und es war ab und zu sogar ein Lächeln auf seinem steifen Gesicht zu bemerken, denn durchs Fernrohr hatte er auf dem Schöckl, dem Berg im Norden der Stadt, mehrere Feuer entdeckt. Hackher war immer noch überzeugt, dass dies ein Zeichen seiner Leute war, ein Zeichen, welches baldige Verstärkung für die belagerte Festung ankündigte. Doch bis die Nachricht zu den Männern an den Stellungen durchgedrungen war, dorthin, wo die Steine unaufhörlich über den Abhang gerollt und die Haubitzen gefüttert wurden, löste Hackhers Beobachtung eine ganz andere Stimmung aus. Er konnte es ja nicht wissen, aber für die Grazer bedeuteten Feuer auf dem flachen Gipfelplateau des Schöckls alles andere als Hoffnungsschimmer.

Sie taten wortlos weiter ihre Pflicht, obgleich sie längst nicht mehr wussten, welcher Feind nun eher zu fürchten war. Der Franzose, der, sein Bajonett aufgesteckt, nach ihrem Leben trachtete oder die Geister des Bergs, die nach ihren Seelen lechzten. Denn nichts anderes konnten die Feuer auf dem Bergplateau bedeuten.

Unterdessen herrschte in dem Keller auf der anderen Seite der Mur helle Aufregung. Die Schatten plapperten aufgeregt durcheinander, schubsten sich gegenseitig beim Reden und stießen einander die Ellenbogen in die Seiten. Das Halbdunkel machte aus den Menschen fratzenhafte Geschöpfe.

„Sie kam in diesem Zustand zu uns“, presste einer hervor.

„Wir haben Spinnweben aufgelegt, um die Blutung zu stillen“, ereiferte sich ein anderer.

Eine Frauenstimme von weiter hinten: „Es geht ihr schon besser.“

Dampfhofer musste sie von hier fortbringen, sich um sie kümmern. In diesem Zustand konnte er das Mädchen unmöglich allein bei diesen Leuten lassen. Er hielt es ja selbst kaum aus hier unten.

Therese schien zu fiebern. Er strich ihr über die Stirn und flüsterte ihr beruhigende Worte ins Ohr, während er überlegte, was zu tun sei. Der Plan war ein ganz anderer gewesen. Jacob Dampfhofer hätte Therese mit Matthäus hier im Keller auffinden müssen, dann wären die Männer gemeinsam in die Schlacht gegen das Monster gezogen.

Er kratzte sich an den Brusthaaren und griff nach der Flasche in der Jacke. Jetzt lag das Stubenmädchen in seinen Armen und sprach wirres Zeug. Von Matthäus keine Spur. Alles lief schief. Der Schnaps brannte durch die Speiseröhre.

„Sie muss beim Zurücklaufen gestolpert sein."

Ein anderer sagte: „Oder die Franzosen haben sie geschändet."

„Ach, sei still", schimpfte ein Dritter, „das sind Soldaten, keine Banditen".

Jemand lachte gequält. Dampfhofer blickte nervös auf und versuchte in der Dunkelheit zu schätzen, wie viele Menschen wohl hier unten waren. Er hatte das dumpfe Gefühl, dass er sich hier nicht länger sicher fühlen konnte. Die Enge des Raums, die sich ausbreitende Furcht, machte die Menschen unberechenbar. Niemals zuvor kam ihm der Gestank nach feuchter Schwüle, nach verdorbenen Lebensmitteln – nach Angst – durchdringender vor. In diesem Kellerloch, das er den Menschen, die untertauchen wollten, zur Verfügung gestellt hatte, war es wirklich nicht lange auszuhalten. Wer weiß, wie lange es dauerte, bis der Erste krank wurde.

„Niemand hat mir etwas getan", hauchte Therese jetzt plötzlich.

Sie schaute Jacob Dampfhofer aus rot geränderten Augen an. Ihre Lippen waren so gespannt, dass sie nur noch als weiße schmale Linien unter der Nase zu erkennen waren. Der Ansatz ihres Haars wurde von grauen Strähnen durchzogen. Aus der Nähe bemerkte er, dass sie auch an den Ohren Sommersprossen hatte. Ihre Fingernägel bohrten sich in seinen weichen Oberarm. Er roch seinen eigenen schnapsigen Atem.

Sie erzählte stockend, was passiert war, bis zu dem Augenblick, als die Kreatur Matthäus fortgetragen hatte. Nur das Brennen in ihrem Herzen verschwieg sie, die Angst um den Mann, den sie … Nun, der Schmerz fühlte sich tatsächlich so an, als habe sie ihn geliebt. Sie weinte wieder.

Wenig später – Jacob Dampfhofer hatte aus dem mitgebrachten Korb Schwarzbrot und Eier und Wein ausgeteilt, auch einen Tiegel Schmalz mit einem Holzlöffel darin und eine Kanne Milch verteilte er unter den Männern und Frauen und ein allgemeines Schmatzen und Schlürfen war aus der Dunkelheit zu vernehmen – wenig später also ging er zusammen mit Therese über den kalten Lehmboden und die steile Holztreppe wieder hinaus ins Freie. Das Mädchen hatte sich überraschend schnell erholt, griff sich nur ab und an in die Seite, weil sie offenbar immer noch schmerzhaftes Seitenstechen quälte. Die Schmerzen der offenen Fußsohlen und blutig geschlagenen Knöchel ließ sie sich nicht anmerken. Auch die Stirn, die sie sich bei einem Sturz aufgeschlagen hatte, tat kaum noch weh.

Sie war froh, heil aus dem Keller gekommen zu sein, denn die Reaktion auf ihren Bericht hatte sie verstört. Sie hatte niemals so etwas wie Hexe gesagt, oder gar Teufel. Aber es reichte das Wort „Kreatur". Sie hatte „Kreatur" gesagt und schon hatten sich die ersten die Hand vor den Mund geschlagen, sich gegenseitig umarmt, mit der Hand Kreuze geschlagen oder hemmungslos zu wimmern angefangen. Einige waren auf die Knie gefallen, andere hatten gedrängt, geschubst und ihre Nachbarn gestoßen, um sich vorzudrängen, begierig nach jedem Wort.

Die Situation war zunehmend bedrohlich geworden und hätte der stämmige Wirt nicht mit herrischer Stimme begonnen, auf seine mitgebrachten Speisen aufmerksam zu machen, wer weiß, was passiert wäre. Therese hatte das Gefühl, als kreiere der Krieg in seinen düstersten Ecken seine ganz persönlichen Dämonen.

„Hör mir gut zu", flüsterte der Wirt, als sie oben angekommen waren.

„Du gehst in meine Stube und riegelst die Tür hinter dir ab. Hast du das verstanden? Du lässt niemanden hinein! Wenn die Franzosen kommen, saufen sie alles leer und bezahlen nicht. Es ist wichtig, dass die Schank finster bleibt. Ich gehe zurück zu den anderen. Wir werden diese Bestie schon finden."

Sie zerrte an seinem Rock. „Glaubst du wirklich, es ist die Hexe? Gibt es denn keine andere Möglichkeit?"

Jacob Dampfhofer nahm einen Schluck aus dem Fläschchen, fuhr sich mit dem Handrücken über die Lippen und schaute dem Mädchen finster ins Gesicht.

„In dieser Stadt gibt es so viele Legenden um dunkle Wesen, dass ich mir nicht ausmalen will, wer sonst Matthäus und die Kinder auf dem Gewissen haben könnte. Die Leute erzählen sich von Kreaturen, die einem das Blut aus dem Körper saugen. Margarethe, Mohrs Tochter, hat solche Wunden am Hals. Und die Bauern, die zu den Märkten hereinkommen, hören nicht auf mit ihren Schauergeschichten von Menschen, die zu Wölfen werden. Als ob die wilden Tiere allein nicht reichen würde. Ich weiß also nicht, ob eine einfache Hexe schlimmer ist als alles andere. Ich weiß nur: Die Franzosen sind bei Weitem nicht das schlimmste Übel in diesen Tagen."

„Aber der Wirbel, den sie machen, ist der Grund, warum das Böse unsere Stadt zum Tollhaus gemacht hat", zischte Therese mit plötzlichem Zorn in den Augen. „Wären sie nicht hier, könnten wir mehr Obacht geben. Dann wär' das alles nicht passiert."

„Ich befürchte, der Grund, warum sie hier ist, ist ein anderer", erwiderte Dampfhofer fast gedankenverloren. „Deshalb müssen wir dem ein Ende machen."

Das Mädchen zerrte noch einmal an seinem Ärmel: „Was soll das heißen, Jacob? Ich bitte dich, hol' Matthäus zurück und dann kommt zurück."

Dampfhofer starrte auf seinen Ärmel, dann auf das Mädchen. In seinen Augen lag etwas Trauriges. Dann nickte er und lief in die Dunkelheit hinein.

Das Mädchen sah ihm nach, wie er mit großen, ungleichen Schritten rasch verschwand. Als er fort war, vernahm sie eine Zeit lang nur noch das Geräusch seiner Schritte in der Nacht.

To-Tak.

Als versuche er allen Ernstes, der Finsternis zu trotzen.

Weißglut

Sieben Tage lang wurde der Berg in der Mitte der Stadt beschossen, bis sich endlich ein stundenlanges Schweigen über die Stadt legte. Niemand wollte glauben, was man sich hastig weitererzählte: Die Franzosen zogen ab. Doch als dann tatsächlich das letzte französische Pferd im Schatten der Nacht verschwand, brandete hemmungsloser Jubel auf. Hinter den Mauern waren in die Luft geworfene Hüte zu sehen, vereinzelt erklangen Schüsse und als sich die Tore zum Schloßberg öffneten, lagen sich Männer und Frauen in den Armen.

Zuvor hatten die Franzosen den Berg so lange mit Haubitzen beschossen, bis ihnen die Munition ausgegangen war. Wie so oft waren ihre Stiefel durch die steinernen Hallen des Rathauses gedonnert. Sie hatten vom Bürgermeister Unterstützung durch die Bevölkerung gefordert. Dieser hatte schwitzend nach dem Trommler gerufen und der war mit hängenden Schultern hinausgeeilt auf den Hauptwachplatz, um sich dem wütenden Volk zu stellen.

Er wusste, was ihn dort erwartete. Er würde hinauseilen und laut rufend seine Nachricht übermitteln, doch böse Zwischenrufe würden ihn unterbrechen. Die Leute hatten nichts mehr, was sie zu geben imstande waren.

Besonders die Geduld der Handwerker war in diesen Tagen gefragt, denn als die Soldaten ihre Werkstätten betraten, nahmen sie alles mit, woraus sich Munition herstellen ließ. Nicht selten wurden die Grazer unter vorgehaltener Waffe sogar aufgefordert, selbst dergleichen herzustellen,

Steigeisen zu biegen oder einfach Leitern zusammenzunageln. Natürlich gehorchte jeder, denn die Nachrichten aus Wien hatten sich herumgesprochen. Die Franzosen ließen dort immer wieder Menschen erschießen, die ihren Befehlen nicht folgten.

Unterdessen waren die Kämpfe im Grazer Süden intensiver geworden. Die französischen Husaren wurden beherzt zurückgedrängt, die Rettung für die Garnison auf dem Schloßberg rückte immer näher. Zur selben Zeit setzten die Truppen Napoleons noch einmal zum Sturm auf den Schloßberg an. Mitten in der Nacht rannten sie los. Zwölf Mineure versuchten fieberhaft, Sprengladungen unterhalb der Mauern anzubringen. Doch im letzten Augenblick wurden sie entdeckt und mit Geschrei und Steinen, *ordinären Steinen*, in die Flucht geschlagen. Mit aufgepflanztem Bajonett kletterten danach vor Zorn brüllende Infanteristen über die Felsen. Sie schulterten die Gewehre, krallten sich mit den Fingern im Fels fest – und stürzten wenig später schreiend in die Tiefe. Unentwegt donnerten nun auch wieder die Haubitzen, doch sie richteten nur wenig Schaden an.

Auch die Situation in den Spitälern wurde immer schlimmer. Das Geschrei der Verletzten war mittlerweile für die Bürger der Stadt unerträglicher als der Lärm der Gefechte. In so mancher Stube wurde das Geschirr in aller Eile vom Tisch gewischt und noch während die Krüge und Kannen über den Boden polterten, hievten Soldaten ihren vor Schmerz schreienden Kameraden auf den Esstisch. Mit Bettlaken verbanden sie verzweifelt die Wunden, zwangen die Bewohner zu helfen, doch die Laken waren bald vom

Blut durchtränkt, und über die Kanten der Holztische tropfte es auch schon auf den Boden. Und noch im Flehen nach einem Schluck Wasser verließen die Getroffenen von einem Moment auf den anderen diese Welt.

Und endlich, am 21. Juni, blieb Divisionsgeneral Graf Jean-Baptiste Broussier nichts anderes übrig, als um vier Uhr in der Früh, im Schutze einer finsteren Nacht, die Stadt zu verlassen.

Wie die Verteidiger auf Hilfe, hatte auch der französische Offizier seinerseits tagelang auf Unterstützung gewartet, und da diese nicht erfolgte, musste er nun fürchten, eingekeilt zu werden, beschossen einerseits vom Schloßberg und andererseits von den Truppen Graf Gyulays, die aus dem Süden heranmarschierten. Broussier hatte in seinem 43-jährigen Leben bereits viele Schlachten geschlagen, inmitten der wüstesten Schießereien gestanden und eine Menge Armeen besiegt, doch hier in Graz trieb ihn das Hin und Her zur Weißglut.

Niemand durfte es nun wagen, ihm zu nahe zu treten. Die Franzosen hatten exakt 1 060 Granaten auf den Berg abgefeuert und ihn dennoch nicht eingenommen. Als die Sonne aufging und ihr Licht über das Tal warf, hasste Broussier nicht nur diese Gegend. Er hasste den gesamten Krieg. Und hinter ihm brandete immer wieder neuer Jubel auf. *Diese verdammten Grazer.*

Fieberträume

Wie lange das Mädchen schon im Raum war, wusste sie nicht. Margarethe hatte geschlafen und dabei schlecht geträumt. Sie wachte mit einem stummen Schrei auf, saugte gierig Luft ein und setzte sich auf, um den Schlaf vollends abzuschütteln. Da bemerkte sie das Kind.

Es war vielleicht vier, fünf Jahre alt, trug ein zerrissenes Kleid, doch sein Haar war gekämmt und auch Gesicht und Hände waren sauber.

Das Kind schaute Margarethe aus ängstlichen Augen an und nagte dabei an einem Daumen. Aus dem Flur floss ein Lichtstrahl ins Zimmer und beleuchtete das Kind von hinten, sodass die Ränder seines Kleides unwirklich schimmerten. Es bewegte sich nicht. Sagte nichts.

Margarethe zog unwillkürlich die Decke bis zum Hals hoch und fragte: „Wer bist du?"

Das Mädchen neigte den Kopf ein wenig zur Seite, als betrachte es ein Gemälde. Es gab aber keine Antwort.

Margarethe fragte: „Suchst du jemanden?"

Das Kind schüttelte den Kopf und lächelte plötzlich.

Margarethe fragte: „Hast du deine Mutter verloren?"

Wieder schüttelte das Kind seinen Kopf. Ein Windstoß presste sich zwischen die Fensterritzen und machte ein seufzendes Geräusch.

Margarethe überlegte, was zu tun sei. Sie fühlte sich schwach. Und hilflos. Selbst diesem Kind gegenüber kam sie sich unendlich hilflos vor. Sie wünschte sich eine der Nonnen herbei. In diesem Moment machte das Kind einen

Schritt auf Margarethe zu. Margarethe spürte, wie sie blass wurde. Das Mädchen machte ihr Angst.

Margarethe sagte: „Ich bin krank. Möchtest du bitte hinausgehen?“

Wieder neigte das Kind seinen Kopf und betrachtete die junge Frau im Bett. Jetzt veränderte sich jedoch sein Blick. Die Augen funkelten Margarethe an und die Hand, an der es gerade noch schüchtern am Daumen gelutscht hatte, war zur Faust geballt.

„Du sollst gehen“, knurrte das Kind. „Das ist mein Zimmer.“

Fassungslos starrte Margarethe auf das zornige Wesen. Sie wusste nicht, was sie sagen sollte, fürchtete schon, dass es sich auf sie stürzen würde.

Doch dann machte das Kind plötzlich auf dem Absatz kehrt und lief aus dem Zimmer.

Mit pochendem Herzen saß Margarethe noch lange wach im Bett.

Aufbruch

Auf einem Sims neben dem Eingang lagen die Hüte übereinandergerstapelt. Auf der einen Seite des Kirchenschiffs standen die Männer, auf der anderen die Frauen. „Amen" hallte es wie aus einem Mund durch den Saal und das Orgelspiel setzte dröhnend ein. Es klang, als käme die Musik direkt aus den Steinsäulen, aus dem Marmorboden, aus der Luft.

Als sich nach der Messe die Tür öffnete, schnitt ein Lichtrechteck in den düsteren Raum und nach und nach lichteten sich die Reihen in der Kirche. Die Menschen nickten sich zu, als würden sie einander erst jetzt wahrnehmen, manche begannen sich, zunächst noch schüchtern, leise zu unterhalten, doch je näher sie dem Ausgang kamen, desto lauter und ungenierter wurden die Gespräche. Jeder Mann schnappte sich im Vorbeigehen seinen Hut, die Frauen strichen ihre Röcke glatt.

Es waren viele Menschen in der Kirche, denn die meisten hatten seit Tagen nicht gewagt, Gotteshäuser aufzusuchen. Viele erkundigten sich nach dem Verbleib von Bekannten und Verwandten. Nicht selten schlichen manche Kirchgänger aber auch schweigend nach Hause, mit Tränen in den Augen und bebenden Lippen. Viele Menschen hatten in den vergangenen Tagen ihr Leben lassen müssen.

Doch unter all diese Gefühle mischte sich noch eine andere Empfindung. Eine, die man nicht aussprechen wollte. Die man besser verschwieg: Die bodenlose Angst vor den Schatten.

Viele hatten deshalb Kruzifixe eingesteckt, Fremden wurde mit gesenktem Blick begegnet, denn vor finster dreinblickenden Augen fürchtete man sich. Und immer noch, und das war wirklich auffällig, immer noch waren kaum Kinder zu sehen.

Zwei Männer saßen in der nun stillen Kirche. Der Klang der Orgel hallte nach. Erst, als sich eine Tür im Seitenschiff neben den Beichtstühlen öffnete, richteten sie sich auf, bekreuzigten sich mit einem halbherzigen Kniefall vor dem Altar und huschten schweigend hinaus.

Peter Lautenbach blickte seine Freunde ernst an. Er trug wieder seine braune Kutte, aus der sein schmaler Hals und ein fahles Gesicht herausschauten. Eine tiefe Furche verlängerte seinen Nasenrücken und sein Kinn schob er weit nach vor. Dass er sich unwohl fühlte und von tiefschürfenden Gedanken gequält wurde, war leicht zu erkennen, er konnte nicht aufhören, seine Hände zu massieren.

„Seid ihr euch sicher, dass ihr das tun wollt?“

Es klang weniger nach einer Frage als nach einer anklagenden Feststellung.

„Du weißt, dass wir das sind“, erwiderte Mohr gepresst, während er die seitlichen Knöpfe seiner Hose überprüfte.

„Aber“, der Mönch rang nach Worten, „ihr könnt mich nicht hier zurücklassen. Ich muss mit euch mit.“

Die beiden Männer musterten ihn. Wieder antwortete der Apotheker: „Du weißt ganz genau, dass sie wiederkommen wird, um dann wer weiß was noch alles zu tun. Wir müssen ihr nach. Entweder sie stirbt, oder wir. Anders wird es nie zu Ende sein. Doch du hilfst mir mehr, wenn ich dich in der Nähe meiner Tochter weiß.“

Lautenbach nickte lange und plötzlich geschah etwas, was bisher nicht viele Menschen beobachten durften. Der Mönch lächelte. „Du warst in der Kirche, mein Freund. Das vergesse ich dir nicht.“

Jacob, dem das Lächeln des Mönchs entgangen war, tastete nach der Ausbuchtung in seiner Brusttasche, wischte sich mit dem Handrücken über die Lippen und drängte: „Wir müssen los.“

Schweigend verfolgte der Mönch, wie sich die Freunde in ihre Waffengurte zwängten. Für beide war es schon einige Zeit her, seit sie bei der Bürgergarde gewesen waren, zur von Erzherzog Johann ausgerufenen Landwehr waren sie im Vorjahr wegen ihrer Geschäfte zum Glück nicht eingezogen worden. Jacob Dampfhofer wäre mit seinem lädierten Knie ohnehin keine große Hilfe gewesen. Immerhin war der Wirt einst ein guter Schütze gewesen, zumindest hatte er zu später Stunde immer gern davon berichtet, wie er früher die Damen auf der Kühtratte beim Schauschießen beeindruckt hätte. Jetzt wischte er sich den Schweiß von der Stirn. Man sah ihm an, dass die bevorstehende Aufgabe ihn alle Kraft und Überwindung kostete.

Der Apotheker Albert Mohr dagegen wirkte fast gelassen. Mit undurchdringlicher Miene zog er an seinem Spazierstab. Der Griff löste sich und eine blitzende Klinge kam zum Vorschein. Er murmelte so etwas wie: „Sehr gut für dicht bewachsenes oder bevölkertes Gelände“. Lautenbach schauderte. Er schätzte Mohr als unberechenbaren Menschen ein. Manchmal sagte der Dinge, einfach so und ohne Vorwarnung, die einem zu denken geben müssten. Wäre er nicht bekannt als der bedächtige Apotheker, als Respektsperson und wichtiger Bürger der Stadt, man müsste sich Sorgen machen – geradezu etwas unternehmen.

Mohr streifte sich schwarze Lederhandschuhe über und griff nach dem Stutzen, der an der Wand lehnte. Es war ein verhältnismäßig kleines Gewehr mit kurzem Lauf. Er hängte es sich über die Schulter wie ein Jäger, der auf die Pirsch ging. Dann setzte er seinen hohen schwarzen Hut auf, nahm seinen Gehstock an sich, drehte den Griff in seiner Hand und klopfte auf den Boden, was offenbar das Zeichen dafür war, dass er bereit war.

„Gott möge mit euch sein …“, sagte Lautenbach noch. Aber die zweite Hälfte des Satzes war nicht mehr zu hören, denn ihm versagte die Stimme, als Mohr ihn plötzlich umarmte und auf die Schulter klopfte.

… *und mir den Teufel vom Leibe halten*, dachte er den Satz zu Ende.

Bald darauf marschierten der Apotheker und der Wirt schweigend durch die Stadt. Immer noch konnte der Wirt kaum fassen, was sein Freund im Begriff war zu tun. Eine Apotheke zuzusperren, war schon zu normalen Zeiten eine Seltenheit, aber im Krieg? Er konnte von Glück sagen, wenn er jemals wieder in sein Geschäft zurückkehren durfte. Aber das schien Albert Mohr nicht zu kümmern, in seinen Augen blitzte eine Entschlossenheit, wie er sie noch nie an ihm bemerkt hatte.

Sie durchmaßen die gedeckte Hauptbrücke, die nun – nach Abzug der Franzosen – wieder von ein paar Dutzend Soldaten der Schloßberggarnison besetzt wurde. Sogar die ersten Brückenkrämer hatten sich wieder eingefunden und handelten mit allerlei Waren. Sie duldeten sogar eine Strickerin und ein paar Winkelverkäufer, die Samthauben und Strümpfe anboten. Es war eine eigenartige Geschäftigkeit zu spüren, so als ahne jeder, dass nicht viel Zeit zum Handeln blieb.

Die beiden passierten auch die Bürgerwehrwachen, während sie über den belebten Hauptwachplatz schritten. Es war ein merkwürdiger Anblick, wieder so viel unbewaffnetes Volk auf den Straßen zu sehen. Sogar die Bauern durften ihre Waren außerhalb der Wochenmärkte, die üblicherweise nur am Mittwoch und am Samstag stattfanden, feilbieten. Sie taten es, obwohl sie nach all den Plünderungen kaum noch etwas besitzen konnten. Viel schlimmer mussten aber die nächsten Monate für sie sein, denn in der Vorstadt, draußen auf dem Land, da trampelten Tausende und Abertausende Soldaten des Franzosenkaisers immer noch querfeldein über ihre Felder. Im Umkreis von zehn Meilen konnte heuer unmöglich noch etwas wachsen.

Und zwei bewaffnete Männer konnten ebenso unmöglich auf dieser Route unbemerkt an den Soldaten vorbeiziehen. Mohr und Dampfhofer wählten deshalb den nicht minder riskanten Weg durch die Stadt auf der ungarischen Straße in Richtung Osten, um sie dann später in einem Bogen über das Dorf Mariatrost nach Norden zu umgehen.

Sie schritten die schmale Sporgasse hinauf und kamen nun das erste Mal ins Schwitzen. Jemand rief „Schaut euch die an, die haben noch nicht genug vom Krieg“, und am Schloßberg tauchten ein paar Köpfe hinter den Mauern auf. Major Hackher hatte die Tore zwar öffnen lassen, die Stellung auf dem Berg aber freilich noch besetzt. Und weil er wusste, dass der Krieg jederzeit wieder in die Stadt zurückkehren konnte, hatte er seine Leute ausgeschickt, sämtliche Geschützstellungen, die die Franzosen während der vergangenen Tage mühsam angelegt hatten, zu zerstören. Außerdem wurden alle Leitern zersägt und die Steigeisen auf den Berg geschleppt sowie ganze Wagenladungen voller Nahrungsmittel und Wein herangekarrt. Es herrschte geschäftiges Treiben in der Stadt.

Da das Burgtor geschlossen war, mussten Mohr und Dampfhofer die Sporgasse bis zu deren Ende hinaufgehen, und sie hatten auch schon beinah das Bürgerspital passiert – als sie aufgehalten wurden. Eine Gruppe zerlumpter Landwehrsoldaten stellte sich ihnen in den Weg. Als es offensichtlich wurde, dass sie nicht an ihnen vorbeikommen würden, beschloss Mohr, einfach die Wahrheit zu sagen.

„Wir sind auf dem Weg zum Schöckl", sagte er. „Wir holen uns eine Hexe."

Er hatte versucht, seiner Stimme dabei einen beiläufigen Ton zu geben und hoffte, dass nur er selbst bemerkte, wie nervös er in Wahrheit war. Doch die Soldaten waren so überrascht darüber, dass sie es mit Hexenjägern zu tun hatten, dass sie die beiden wortlos weitergehen ließen.

Der Wirt grinste und flüsterte: „Die macht sogar Soldaten Angst."

Als die beiden schließlich am Bürgerspital vorüberkamen, hörten sie die Schreie der Verwundeten aus dem Inneren des Gebäudes. Mohr erinnerte sich an sein Erlebnis mit dem französischen Wundarzt, schloss die Augen und huschte geduckt an dem Lazarett vorüber, ohne einen Blick hineinzuwerfen.

Dampfhofer dagegen schaute sich sehr genau um. Er bemerkte, dass in vielen Fensterläden Kerzen standen und Kruzifixe. Und obwohl die Erleichterung über das Ende der Kämpfe überall zu spüren war, schienen nicht alle dem Frieden zu trauen. Auch wenn aus den Schenken da und dort Musik erklang, auf der Straße huschten die meisten Menschen so verschreckt durch die Gassen, wie Mohr es nun tat.

Dampfhofer schloss zu ihm auf und sagte nach Luft schnappend: „Hast du das vom Erzherzog gehört? Er schlägt allen Ernstes vor, die Bauern sollten ihre Pferde nach Ungarn runterjagen, um sie vor den Franzosen zu schützen. Die österreichischen Offiziere würden sie dann einfangen und ankaufen."

Mohr ließ sich fast zu lange mit einer Antwort Zeit: „Und? Was sagen die Bauern?"

„Natürlich macht so etwas niemand."

Nach einer Weile sagte Dampfhofer noch etwas: „Was glaubst du? Werden wir den ganzen Weg zum Schöckl zu Fuß gehen müssen?"

Wieder ließ Mohr sich Zeit: „Und wenn ich mir die Füße wund laufe, ich jage diese Bestie bis ans Ende der Welt."

Er balancierte seinen Gehstock im Takt seiner Schritte.

Dampfhofer blickte ihn von der Seite an. Sein Knie tat ausnahmsweise einmal nicht weh. Er bildete sich ein, nicht einmal zu humpeln, und lächelte sogar voller Zuversicht, das Abenteuer zu bewältigen. Er wollte gerade sagen: *Wenn nur der Berg nicht unser Ende der Welt ist.* Doch dann kreuzte plötzlich wieder einer der Landwehrsoldaten von vorhin ihren Weg.

Offenbar war er ihnen nachgelaufen. Er baute sich nun vor ihnen auf und deutete auf den Schloßberg. „Alles, was schießen kann, kräftig und gesund ist, kann uns helfen. Ich bitte euch also, umzudrehen."

Trotz seines Barts, der ihm über die Wangen wucherte, war zu erkennen, dass der Mann jung war, gerade einmal 20 Jahre alt vielleicht. Er war groß, schlank, hatte ein schönes Gesicht mit dunklen Augen und die grüne Uniform war so sauber, als habe er sie soeben von einer Wäscherin erhalten.

Mohr kratzte sich an seiner Wange, seufzte schwermütig, als habe er ernsthaft über den Vorschlag nachgedacht, und konterte, dass er dieser Bitte leider nicht nachkommen könne. Denn … – „Ja, ihr müsst eine Hexe jagen gehen", unterbrach ihn der Landwehrsoldat und funkelte ihn angriffslustig an.

Zwei weitere Soldaten waren nun aufgetaucht. Sie hatten ihre Säbel gezogen.

Einer sagte. „Ihr seid Grazer und verlasst die Stadt? In diesen Zeiten?"

Er spuckte auf den Boden.

„Banditen seid ihr."

Dampfhofers Herz hämmerte.

„Ich bin Apotheker", erwiderte Mohr nun mit drohendem Unterton. Er hatte sich kaum noch unter Kontrolle. „Mein Freund hier ist Wirt. Wir sind keine Soldaten. Außerdem ist sein Knie kaputt."

Seine Backenzähne mahlten und sein Kinn begann zu zucken. Dampfhofer beobachtete, wie seine Hände langsam an seinen Gürtel wanderten. Wollte er sich etwa ernsthaft auf eine Auseinandersetzung mit den Soldaten einlassen?

Dampfhofer wog ihre Chancen ab. Mit einem schnellen Schlag konnte jeder von ihnen einen Gegner für kurze Zeit unschädlich machen. Dampfhofer hielt sich selbst für stark genug, mit bloßen Händen auf einen loszugehen. Andererseits – die Soldaten hatten ihre Säbel bereits gezogen. Bevor sie irgendetwas tun konnten, würden sie getroffen werden.

Die beiden Soldaten lachten, als hätten sie seine Gedanken erraten, und riefen: „Aber für Hexen seid ihr stark genug, oder was?"

Dampfhofer drehte sich nun langsam um und fixierte einen der beiden, einen buckeligen, gedrungenen, aber kräftig wirkenden Mann. Er überlegte fieberhaft, wie sie aus dieser Situation herauskommen könnten. Alles, was er wollte, war raus aus dieser Stadt.

Seine Stimme zitterte: „Ich sag' dir was, Bürschchen. Diese Bestie hat einen meiner Söhne ermordet, den anderen vielleicht auch. Ja, ich bin stark genug, ihr den Kopf abzureißen." Er atmete geräuschvoll aus. „Und jedem, der sich mir in den Weg stellt."

Er dachte: *Verdammt, das war zu viel.* Dennoch baute er sich so breitbeinig wie möglich vor seinem Gegenüber auf. Er blickte auf die Spitze seines Gewehrs und stellte verblüfft fest, dass es auf die Brust des Soldaten zeigte. *Was geschieht hier?* Sein Herz hämmerte immer wilder.

Plötzlich packte Mohr seinen Spazierstock mit beiden Händen und zog daran. Aus der harmlosen Gehhilfe wurde jetzt eine gefährlich lange Stichwaffe. Der Soldat mit dem hübschen Gesicht schrie erschrocken auf und stolperte zurück. Mohr hatte ihn mit einer schnellen Bewegung am Handgelenk erwischt. Die Wunde begann sofort zu bluten.

„Geht jetzt", sagte Mohr kurzatmig. „Wir wollen niemanden mehr verletzen."

„Ja, geht", stieß auch Dampfhofer mit letzter Kraft hervor. Er war überzeugt davon, bald keine Luft mehr zu bekommen.

Die Soldaten blickten einander an und man konnte an ihren Gesichtern ablesen, wie sie die Situation einschätzten. Ein dicklicher, bis an die Zähne bewaffneter Wirt mit irrem Blick und einer Flinte in der Hand. Der andere, unberechenbar, mit einer merkwürdigen Waffe, die er offenbar beherrschte. Blicke huschten von einem zum anderen. Die Schlacht war zu Ende, Verletzungen bei Raufereien waren immer wahrscheinlich und die wenigen Ärzte hatten anderes zu tun, als Raufbolde zu versorgen.

Sie fassten einen Entschluss. Sich jetzt verletzen zu lassen, wo alles fast überstanden war? *Nein.* Als sie dann zögernd, wie Dampfhofer schien, unendlich langsam ihre Waffen in die Gurte zurücksteckten, sich umdrehten und wortlos davongingen, konnte der Wirt es kaum fassen. Er wollte etwas sagen, den Burschen noch etwas hinterherbrüllen, so ein gewaltiges Triumphgefühl überkam ihn, doch ehe er den Mund aufmachen konnte, hatte Mohr ihn gepackt und gemeinsam verschwanden sie in die andere Richtung, hinaus aus der befestigten Stadt, auf dem Weg in die Stille der Felder und Dörfer im Osten. Dorthin, wo am Horizont die Berge aufragten, die sie zu erreichen gedachten.

To-Tack, To-Tack, das verdammte Knie machte wieder Probleme.

Sie gingen lange, ohne ein Wort zu sagen. Und es dauerte auch eine Weile, bis Dampfhofer nicht mehr das Prickeln zwischen den Schulterblättern spürte, das Gefühl, als würde ihm jemand jeden Moment eine Kugel hinterherjagen. Als sie das letzte Stadttor, das Paulustor, und die Holzbrücke dahinter passiert hatten, mussten sie eine Ebene durchqueren, auf der sie ein perfektes Ziel abgaben. Andererseits kamen allerhand Pferdefuhrwerke des Weges, sogar Kinder liefen umher und ein Priester verbreitete laut betend Weihrauchnebel aus einem Kessel, den er scheppernd vor sich her schwang. Die beiden wären auch einfach weitergegangen, hätten sie nicht einen Trupp weiterer Soldaten ausgemacht, die von Geidorf her direkt auf sie zuhielten. Ein Dutzend lärmender Landwehrmänner, die ihre Gewehre geschultert hielten und sich pfeifend nach Frauen und Ärger umdrehten.

Mohr stieß den Wirt mit dem Ellbogen und zog die Krempe seines Hutes tiefer ins Gesicht. Dampfhofer tat es ihm mit seinem Filzhut gleich. Beide bogen daraufhin nach rechts ab und schritten, ohne weiter behelligt zu werden, querfeldein ins Glacis, vorbei an der Wirtshauszeile in der Zinsendorfgasse in Richtung ungarischer Straße, auch Leonhardstraße genannt, weil sie nach ein paar Hundert Metern durch das Dorf Sankt Leonhard führte. Von dort weg wollten die beiden sich links halten, über die Hügel setzen, das Dorf Mariatrost durchqueren, um noch bis Tagesende raschen Schrittes den Schöckl zu erreichen.

Allein, es kam ganz anders.

Je weiter die beiden marschierten, desto größer wurde die Gewissheit, dass ihnen niemand folgte. Auch der Schlachtlärm der vergangenen Tage blieb aus. Nur manchmal war ein Brummen zu hören, als zöge ein Gewitter auf, doch die Kanonenschüsse waren weit weg. Die Kämpfe hatten sich vom Westen offenbar in den Süden verlagert, dorthin, wo die Franzosen nun den Nachschub der Österreicher attackierten, dorthin, wo das Land flach und weit wurde. Hier im Osten der Stadt war es still.

Als nach der Ebene rund um die Stadtmauern die ersten Häuser auftauchten, betrachteten Mohr und Dampfhofer schweigend die Umgebung. Manchen Gebäuden fehlte das Dach, Vorhänge hingen zerrissen von den Stangen und wehten im Wind. Dampfhofer hatte den Übergang von der Geschäftigkeit der Stadt zur Stille dieser Gegend verpasst und stellte nun verwundert fest, dass sie ganz allein waren. Als hätte Mohr soeben denselben Gedanken gehabt, blieb er plötzlich stehen und spähte durch den Zaun und die dahinterliegenden Büsche eines Parks, der sich vor einem der hier zahlreichen kleinen Schlösser ausbreitete.

„Was ist?"

Mohr hob die Hand und bedeutete ihm still zu sein. Dampfhofer ärgerte sich. Sie waren noch keine Stunde unterwegs und schon hatte der Apotheker das Kommando übernommen. Er hatte so etwas ja erwartet, hatte sich auch vorgenommen, sich unterzuordnen, schließlich traute er Mohr im Kampf letztlich doch mehr zu als sich selbst. Sich den Mund verbieten zu lassen, ging aber zu weit. Außerdem schienen sie nicht recht weiterzukommen und der Himmel verfinsterte sich jetzt auch noch, als zöge tatsächlich ein Gewitter auf. War das Brummen von vorhin also doch Donnergrollen gewesen? Wieder wummerte es, und im selben Moment zog Mohr wieder an seinem Spazierstock.

„Lauf", schnarrte er und gemeinsam rannten sie die immer noch menschenleere Leonhardstraße entlang Richtung Osten. Mohr war schneller und der Wirt hatte wieder das ungute Gefühl zwischen seinen Schulterblättern. Ob er sofort tot sein würde, wenn eine Kugel ihn traf?

Mit steigender Verzweiflung sah er sich nach einem Schlupfwinkel um, einer Scheune oder einem Verschlag, denn Sankt Leonhard, wo sie vielleicht in einem Haus unterkommen konnten, war noch viel zu weit entfernt. Mohr schien soeben denselben Gedanken gehabt zu haben und zog ihn am Ärmel von der Straße hinunter, wieder querfeldein, diesmal in Richtung Norden. Wieder begann das Knie zu stechen, hastig blickte Dampfhofer über die Schulter zurück, in der Hoffnung, ihr plötzlicher Richtungswechsel habe die Verfolger abgeschüttelt. Doch wer auch immer hinter ihnen her war, er glaubte, eine Bewegung der Verfolger wahrgenommen zu haben. Mohr war wieder vorausgeeilt und nun konnte Dampfhofer auch die auf einer kleinen Anhöhe errichtete Leechkirche sehen. Abermals schossen ihm Gedanken durch den Kopf. Wie sollte er sich verhalten? Sich irgendwo hinter einem Baum zu verstecken, wäre sinnlos, denn allein sein pfeifender Atem hätte ihn verraten. Er sammelte all seine Kraft und humpelte weiter. *To-Tack. To-Tack.* Der Lauf war endlos und als Dampfhofer gerade noch bemerkte, wie Mohr endlich hinter einer Hauswand verschwand, hatte er das Gefühl, sich todmüde hinlegen zu müssen. Er hätte jetzt zu gern gewusst, wovor sie eigentlich davongerannt waren.

„Mohr“, rief er und kam der Mauer näher. „Warte … so warte doch …“ Und als er um die Ecke bog, stürzte er über den am Boden liegenden Körper des Apothekers der Länge nach auf den Boden. Er wollte sich gerade wieder aufrappeln, als ihn ein stechender Schmerz zwischen seinen Schulterblättern daran hinderte.

„Verdammt …“

Obwohl er vor Erschöpfung nach Luft rang, schien sein Herz auszusetzen. Er rührte sich nicht, wartete ab, ob der Schmerz schlimmer wurde oder nicht.

Fühlt es sich so an? Ist das Sterben? Doch der Schmerz blieb.

Es war ihm unmöglich, sich zu bewegen. Langsam drehte er seinen Kopf zur Seite und erschrak. Vor ihm war ein Gesicht aufgetaucht. Unter dichten Augenbrauen starrten ihn finstere Augen an. Der Atem des Mannes war schlecht, die wenigen Zähne, die er noch hatte, ragten als schwarze Stummel aus dem Mund. Seine Nase war so breit, dass es einem unmöglich war, nicht darauf zu achten. Sie schien schon viele Male gebrochen worden zu sein. Unter den Augen waren dicke, braune Tränensäcke. Der Mann sagte nur: „Halt den Mund.“

Das Böse

Matthäus hatte alles kommen sehen und doch hatte er keine Möglichkeit gehabt zu helfen. Zuerst waren die fremden Stiefel in seinem Gesichtsfeld aufgetaucht, dann hörte er die geflüsterten Befehle in einer Sprache, die er zwar nicht verstand, von der er aber wusste, dass sie nicht französisch war. Es klang nach Slawen, Kroaten vielleicht. Häufige Zischlaute, ruppig gesprochene Konsonanten, die Zunge hart am Gaumen. Es klang, als beschimpften sie einander ständig.

Und dann musste Matthäus auch noch hilflos zusehen, wie Mohr und Dampfhofer von diesen Leuten überwältigt und mitgezerrt wurden. Er konnte nichts tun. Sich nicht einmal bemerkbar machen. Denn in dem Keller, in dem er sich befand und durch dessen schmutziges Fenster er alles beobachtet hatte, war er nicht allein.

Er hatte eine ganze Weile gebraucht, um zu begreifen, wo er war und in wessen Gewalt er sich befand. Sein Kopf schmerzte und er fühlte sich, als hätte ihn jemand in eine dunkle, zeitlose Höhle gesteckt.

Seine Sinne spielten völlig verrückt und er hatte das Gefühl, als verbissen sich die Zähne des Unterkiefers direkt in die Stirn; als stieße die Nase ans Kinn; als drücke die rechte Schulter ans Jochbein.

Seine Lider flatterten.

Matthäus öffnete wieder die Augen. Er erinnerte sich, wie die fremden Männer eben noch in die minutenlange Betrachtung eines Jatagans versunken waren. *Jatagan*, das waren die osmanischen krummen Messer, wie sie später die Panduren trugen, jene ungarisch-stämmigen Leibwächter des kroatischen Adels, die dann auch für den österreichischen Kaiser kämpften. Er wusste solche Sachen. Über Messer wusste er alles. Ja, er erinnerte sich jetzt. Über Messer wusste er alles. Er war Messerschmied.

Matthäus hatte zuvor versucht, sich bemerkbar zu machen, doch es gelang ihm nicht. Er war selbst von der Dunkelheit so sehr verborgen, dass ihn von draußen niemand sah. Sein Körper war so schwach, dass er nicht einmal fähig war, mit den Füßen zu scharren, und in seinem Mund steckte ein feuchtes, schmutziges Tuch, das mit einem Seil um seinen Hals festgebunden war. Matthäus lag zu einem steifen Bündel gezurrt auf dem Boden, festgebunden an einen Holzbalken. Die Bilder vor seinem Kopf verschwammen wieder, und wie so oft in den letzten Stunden stürzte er hinab in eine seelenlose Schwerelosigkeit und nur ein fürchterlicher Kopfschmerz ließ ihn manchmal aufschrecken. Dazwischen tauchten immer wieder Bilder der Vergangenheit auf, Bilder, denen er sich schon seit Langem nicht mehr entziehen konnte …

… Die Ohnmacht zerrte ihn in einen wilden Tumult, der aufbrandete, als sie die Frau durchs Blutgasserl zogen. Sie bewarfen sie mit allerlei Unrat, und die Gepeinigte blutete aus der Nase. Das Seil, das man um ihren Hals gebunden hatte, scheuerte sich so tief in die Haut, dass Matthäus auch die blutigen Stellen darunter bemerkte. Er sah die Frau immer nur einige Augenblicke lang, denn Erwachsene versperrten ihm den Weg. Jacob zwängte sich durch die schwitzende, schmutzige Masse und lief zwischen den Gaffern hindurch mit pochendem Herzen auf den Hauptwachplatz zu. Dort befand sich auch der Mann, den er beim Diebstahl erwischt hatte. Auch ihm hatten sie ein Seil um den Hals gewickelt, doch er wirkte nicht minder stolz und kräftig damit. Mit zornigem Blick starrte er auf den hölzernen Pranger und den Richtscheit, der daneben stand. Die Strafe, die sich der Marktrichter für die beiden ausgedacht hatte, war furchtbar. Der Frau, so war beschlossen worden, sollte wirklich die Hand abgehackt werden, der Mann sollte dabei zusehen und danach in den Pranger gespannt werden.

Einige Leute von der Bürgerwehr drängten nun allzu ungestüme Passanten zur Seite. Die Leute hielten Steine in der Hand und wollten die Diebe damit bewerfen. Allerhand war gestattet, aber das ließen selbst die rauen Sitten der Marktgesetze nicht zu. Nun kam auch die Frau hinter dem Scharfrichter herstolpernd auf den Platz. Ihre Wange war geschwollen, als hätte sie jemand geschlagen, ihren Körper hielt sie ebenfalls gekrümmt. Matthäus drängte sich erfolgreich in die erste Reihe der Zuseher.

Ein Trommler sorgte für Ruhe, dann wurde eine kompliziert formulierte, aber sehr kurze Anklageschrift vorgetragen. Einige Leute äfften den Vorredner nach, andere lachten „Blabla, mach schon", ehe der Scharfrichter plötzlich den Arm der Frau auf den Richtscheit legte und ihn mit schnellen Handgriffen daran festband. Sie schrie fürchterlich, bettelte und wimmerte und als der Scharfrichter den breitkrempigen Hut vom Kopf nahm, bemerkte Matthäus, dass der hartgesottene Mann schwitzte. Dennoch handelte er rasch.

Der Henker zog sein breites, besonders scharf geschliffenes Schwert aus dem Gürtel, schwang es über den Kopf und mit einem kurzen, kräftigen Schlag, der an die Geräusche bei den Fleischhauern im Kälbernen Viertel erinnerte, war die Hand der Frau abgeschlagen. Fassungslos starrte die Diebin zuerst auf den zurückbleibenden Stumpf an ihrem Arm, dann auf den Boden. Sie sah, wie die abgeschlagene Hand über den Lehmboden kollerte, und sackte schließlich wortlos in sich zusammen. Das Blut schoss aus der offenen Wunde, doch die Frau rührte sich nicht. Sie hatte im Schreck auch aufgehört zu schreien. Der Scharfrichter band den Rest des Armes rasch los, schaute aber hilflos in die Menge, als er bemerkte, dass sich die Frau nicht bewegte. Er war vieles gewohnt, schreiende Delinquenten, weinende, kreischende, fluchende Opfer seines Richtschwerts. Aber er mochte es nicht, wenn sie sich nicht mehr rührten. Er hantierte, sein Schwert immer noch in der Hand haltend, an einem Stück Stoff, das er bei sich trug, um den Arm der Frau abzubinden, doch er kam gar nicht dazu, denn plötzlich heulte hinter seinem Rücken jemand auf. Der Dieb hatte sich losgerissen, einem Bürgerwehrler die Nase eingeschlagen und stürzte sich nun brüllend wie ein Tier auf den Scharfrichter. Dieser vermochte vor Überraschung überhaupt nichts zu seiner Verteidigung zu tun, drehte sich nur immer noch am Boden kniend um und schien den Hieb des Mannes zu erwarten. Doch der Schlag blieb aus, denn als sich der Mann auf den verdutzten Scharfrichter gestürzt hatte, war er geradewegs in die scharfe Klinge des Richtschwerts gelaufen. Sie war zwar an der Spitze stumpf, doch die Wucht des massigen Körpers reichte, dass sich das Schwert durch die Weichteile bohrte, so weit, dass sich das Hemd des Unglücklichen am Rücken aufblähte und ein kleines Zelt bildete. Die Klinge war geradewegs durch den Körper gedrungen.

Ein Aufschrei des Entsetzens ging durchs Publikum. Und während die Leute noch fassungslos auf die Szene starrten, der Wächter der Bürgerwehr dabei unentwegt schrie und seine Hand an die blutende Nase hielt, der Scharfrichter zitternd den leblosen Körper von sich drückte und danach verzweifelt und unbeholfen an seinem Schwert zog, um es dem toten Körper abzuringen, die Frau weiß im Gesicht wurde und langsam auch alles Leben aus ihr floss, während all dieser Dinge, die in wenigen Augenblicken passierten, bemerkte Matthäus gar nicht, wie sein Gesicht abermals ganz feucht vor Tränen geworden war.

Sie waren beide tot. Und er war mitschuldig daran. Er zitterte, drückte sich durch die Massen zurück, weg vom Richtplatz, und wollte schon rennen, als plötzlich eine schmächtige, rothaarige Gestalt vor ihm auftauchte. Das Kind der Diebe blickte ihn mit kalten, grünen Augen an, ehe es langsam auf ihn zukam. Als es nah genug war, schlug es ihm ins Gesicht und sagte tonlos: „Eines Tages, hörst du, eines Tages wirst du dafür büßen. Und deine Freunde auch."

Das Kind war kleiner und schmächtiger als er. Es hatte verfilztes, gelocktes Haar, das bis an die Schultern reichte. Es wäre ihm ein Leichtes gewesen, es einfach beiseitezuschieben, doch er rührte sich nicht von der Stelle.

Es kam noch näher, berührte mit seiner Nase beinah die seine. Matthäus fiel auf, wie grün diese Augen waren. Grün wie Moos. Und dann sagte es: „Die ganze Stadt wird bis in alle Ewigkeit dafür büßen. Das verspreche ich."

Er schloss die Augen. Machte sich bereit für ein wildes Geschrei, für einen weiteren Schlag ins Gesicht, und er wäre auch bereit dafür gewesen, hätte die Strafe angenommen. Er hatte sie verdient. Doch nichts geschah. Als er die Augen öffnete, war das Kind fort. Stattdessen stand er plötzlich neben Albert und Jacob. Matthäus hörte, wie Albert sagte: „Er hätte nicht schreien sollen."

Jacob schien etwas sagen zu wollen, überlegte es sich dann aber und seufzte. Albert fuhr fort: „Er ist Schuld am Tod der beiden. Wenn er nicht gewesen wäre, wäre gar nichts passiert."

„Aber sie haben gestohlen", unternahm Jacob einen zaghaften Versuch, Matthäus zu verteidigen. „Und wenn schon", gab Albert mürrisch zurück. „Deshalb muss keiner sterben."

„Das stimmt."

Der Bub starrte sie beide tränenüberströmt an. Er sagte nichts, dann drehte er sich um und lief davon …

… Als Matthäus aus der Ohnmacht aufschrak, waren die Kopfschmerzen das Erste, das ihn daran erinnerte, dass er noch am Leben war. Das Zweite war der Schreck. Denn als er – immer noch benommen von seiner Erinnerung – die Augen öffnete, erschrak er so sehr, dass ihm beinahe das Herz stehen geblieben wäre.

Vor ihm hockte eine Gestalt, die bis über den Kopf in verschmutzte Lumpen aller Art gehüllt war. Sie sah aus, als sei ihr Körper vielfach umwickelt mit Decken, Tüchern und Kleidungsstücken, die ein Rock sein konnten, eine Jacke, Westen, Mäntel – es war nicht mehr zu erkennen, was und wie viel davon sie anhatte. Obwohl die Gestalt nicht einmal aufrecht stand, bemerkte Matthäus zu seiner Bestürzung, dass sie ihm an Größe und Körperkraft überlegen sein musste. Und Matthäus wusste um seine Stärke. Die Gestalt hatte ihr Gewicht auf einen langen Holzstab gelegt und hielt den Kopf so geneigt, dass er ihr Gesicht nicht erkennen konnte. Nur lange, gelockte, rote Haare, an denen Spinnweben klebten, und sonderbare Reste von Zweigen und Blättern und Ästen oder was auch immer quollen aus den Lumpen hervor.

Matthäus dachte an den Lederbeutel an seinem Hals, in den er ein Büschel der Haare seiner Frau eingewickelt hatte. Vielleicht boten sie ihm Schutz und gaben ihm Kraft, denn er war überzeugt davon, dies musste die Alte sein, vor der sich alle fürchteten. Die Alte vom Berg. Die Hexe, die ihn ein Leben lang in seinen Träumen verfolgt hatte.

Sie war zurückgekehrt.

Sie hatte seinen Sohn entführt. Seine Frau ermordet. Und sie hatte ihn in ihrer Gewalt.

Erst an einer langsamen Bewegung ihres Kopfes in seine Richtung bemerkte Matthäus, dass er gesprochen haben musste. Er hatte gesagt: „Gib mir meinen Sohn wieder."

Doch seine Worte waren kaum zu hören gewesen. Ein Schlag musste ihn am Kiefer getroffen haben, denn es fiel ihm schwer, überhaupt den Mund zu öffnen. Auch ein Auge musste geschwollen sein, weil es ihm nicht möglich war, seinen Blick scharfzustellen. Er kämpfte gegen eine übermächtige Übelkeit an.

Offenbar hatten seine Worte aber etwas bewirkt: Die Gestalt vor ihm richtete sich auf. Die Stofffetzen raschelten, der Holzstab ächzte. Matthäus versuchte, sich ebenfalls aufzurichten, stellte nun auch überrascht fest, dass er gar nicht mehr festgebunden war, doch er war immer noch zu schwach, sich zu rühren, und blieb keuchend liegen. Der kalte Lehmboden kühlte seine Wange. Er wusste, dass sie direkt über ihm stand.

Die Hexe hatte etwas gesagt.

Seine Augenlider flatterten. Als er ihre Worte noch einmal wie ein Echo aus den Tiefen seiner Angst emporkriechen hörte. Sie hatte gesagt: „Ihr werdet alle sterben."

Doch es war gar nicht so sehr das, *was* sie gesagt hatte, sondern *wie* sie es getan hatte. Ehe er wieder in einen unruhigen Schlaf sank, wurde ihm klar, dass an der Stimme dieser Kreatur etwas ganz und gar unnatürlich war. Sie hatte nicht nach einer Frau geklungen. Auch nicht nach einem Mann.

Als stamme sie nicht von dieser Welt.

Bei den Grenzern

Der Wirt hatte sich überraschend schnell wieder erholt und da er bemerkte, wie zornig und angriffslustig Albert Mohr dreinblickte, wusste er, dass auch seinem Begleiter nicht allzu viel widerfahren war. Wie sich herausstellte, waren sie in der östlichen Vorstadt einer Gruppe kroatischer Reiter in die Hände gefallen. Eine kleine Vorhut jener Armee, die von Süden heranmarschiert war, um Graz zu befreien. Die meisten von ihnen waren Grenzer, Bauern, die am südlichen Rande des österreichischen Kaiserreichs für eine gewisse Sicherheit sorgten. Ihre Vorfahren waren dort angesiedelt worden, um die Habsburger gegen die Türken zu schützen. Oder, wie sie selbst sagten, um den Adeligen genügend Zeit zu verschaffen, im Falle eines Angriffs schnell das Weite zu suchen.

Von den Grenzern erzählte man sich, sie seien hervorragende Schützen, weil sie Zeit ihres Lebens aufs Jagdglück angewiesen waren, um ihre Familien zu ernähren. Die Männer sprachen ein wenig deutsch, und aus den wenigen Worten, die an Mohr und Dampfhofer gerichtet wurden, ging hervor, dass sie die beiden kurzerhand für den Kriegsdienst zu verpflichten gedachten. Der Wirt und der Apotheker versuchten es mit gestammelten Ausflüchten, doch was die Landwehrsoldaten in Graz akzeptiert hatten, konnte die Kroaten nun nicht mehr überzeugen. Auch Mohrs aufbrausende Art war hier nicht von Erfolg gekrönt. Ganz im Gegenteil erntete er nur eine noch schroffere Behandlung, wurde gestoßen und geschubst. Die beiden hatten das Gefühl, die Soldaten verhandelten darüber, ob sie sie aufhängen oder erschießen sollten. Doch nichts dergleichen geschah. Unter Geschimpfe und Gezerre wurden sie auf Pferde gehoben, deren Reiter offenbar getötet worden waren, und sogleich setzte sich der Tross in Bewegung.

Sie ritten eine Weile mit verbundenen Armen über die Ebene, verloren Graz aus den Augen und bewegten sich geradewegs auf Gefechtslärm zu. Verzweifelt zerrte Dampfhofer an den Stricken, die sie um seine Hände gebunden hatten, doch irgendwann gab er es auf, die Fesseln lockern zu wollen. Was hätte er auch tun sollen, wenn es ihm gelungen wäre, sich zu befreien? Grob geschätzt ritten sie mit einem Trupp von fünfzig Soldaten. Es hätte nichts gebracht, sich zu befreien. Im schlimmsten Fall würden ihn die Kroaten einfach erschießen und mitten im Krieg würde ihnen das wahrscheinlich auch gar nicht angelastet werden. Er überlegte, was er nun eigentlich für sie war. Kriegsgefangener? Oder schon Soldat im Dienste der Kroaten für Österreich? Nur ein Verrückter, den sie aufgeschnappt hatten? *Hoffentlich erwähnt Mohr nichts von Hexen.*

In Gedanken versunken, ließ er sich schweigend durch den Krieg galoppieren.

Als sie schließlich unsanft von den Pferden gezerrt wurden, fühlte Jacob Dampfhofer sich wie aus einem fernen Gedanken gerissen. Er hatte Mühe, sich zu orientieren, und erstarrte, als er eine Schar Fußsoldaten bemerkte, die sich mit eisigem Schweigen rund um sie postiert hatte. Die Reiter hatten sie wortlos übergeben und waren weitergaloppiert.

Die Männer hatten die Daumen in die Gürtel gehakt, manche lehnten an den Resten einer Hausmauer, ihre Gewehre übers Knie gelegt. Sie waren verdreckt, ausgemergelt, einige stanken stark nach Schweiß. Auch der Geruch von Leder lag in der Luft. Einer von ihnen kam langsam auf sie zu und musterte sie abschätzig. Seine dicken Augenbrauen schoben sich wie dicke Wülste über die Nasenwurzel.

„Wir werden euch jetzt losbinden", sagte der Soldat nahezu akzentfrei, „unternehmt ihr aber einen Versuch zu fliehen oder gewalttätig zu werden, dann werden wir euch erschießen und im Straßengraben liegen lassen."

Er machte eine Pause, zog kräftig durch die Nase auf und spuckte dann gelben Schleim auf den Boden.

„Habt ihr mich verstanden", setzte der Soldat nach und musterte die beiden.

Albert Mohr hob seine Brust und benötigte offensichtlich all seine Kraft, um sich zu beherrschen. Seine Stimme zitterte und wurde fast weinerlich vor Zorn, was dem Wirt aber wahrscheinlich unangenehmer war als ihm selbst.

„Und was erwartet ihr von uns?", fragte er. „Wir sind Grazer Bürger. Wir haben mit diesem Krieg nichts zu schaffen. Und ihr könnt uns nicht herumkommandieren. Lasst uns also gehen." Er atmete schwer, pfeifend. *Hieee … Hieee.* „Sofort."

Dampfhofer hatte schon den unsinnigen Gedanken, dass Mohrs Courage sie beide rettete, denn der Offizier hob nun offenbar verwundert die Augenbrauen. Die Wülste wanderten über die Stirn und bildeten kurz unterhalb des Haaransatzes die Spitze eines Dreiecks. Er stemmte auch die Hände in die Hüften und nickte, als habe er so eine Reaktion erwartet und würde sich die Argumente nun noch einmal ernsthaft durch den Kopf gehen lassen. Er hob die Wangenmuskel und spannte die Lippen. Und dann zog er plötzlich seinen Säbel.

Es war eine leicht gekrümmte Stichwaffe mit herrlich verziertem Griff und einem blechernen Fingerschutz. Die Klinge blitzte kurz in einem der letzten Sonnenstrahlen auf, die noch die Gewitterwolken durchdrangen, und strich dann gefährlich surrend durch die Luft.

„Ihr fetten, verbohrten Bürger habt ja keine Ahnung", brüllte er so laut, dass es tatsächlich in den Ohren schmerzte.

„Seit Tagen rennen sich meine Männer die Seele aus dem Leib, nur um euch vor den Franzosen zu retten, und ihr sagt, ihr wollt mit diesem Krieg nichts zu schaffen haben?"

Die Stimme wurde schrill. Sie erinnerte an die Mütter, die ihren Kindern hinterherbrüllten und ihnen Prügel androhten, wenn sie nicht auf der Stelle taten, was man ihnen sagte.

„Ich sage euch, was wir verlangen: Ihr helft uns, den besten Weg zu finden, um den Feind zu schlagen."

Der Offizier blickte atemlos in die Runde.

„Und dann sterbt ihr mit uns, ehrenvoll in der Schlacht. So einfach ist das."

Mohr wollte etwas erwidern, wollte zeigen, dass er Widerstand zu leisten imstande war, doch er unterdrückte seinen aufbrausenden Zorn. Der Kroate hatte die Spitze des Säbels auf seine Brust gerichtet. Die Augen des Offiziers verengten sich: „Wir marschieren ins Hauptquartier und dort erzählt ihr mir alles von dieser Alten, die es in eurer Stadt gibt."

Er schob sein Kinn vor.

„Von dieser Hexe."

Mohr und Dampfhofer, waren in die Gewalt einer kleinen Vorhut der Truppen des Grafen Gyulay geraten. Hartgesottene Männer, zum großen Teil sehr einfache Menschen, Bauern, Handwerker, Tagelöhner, die meisten nicht viel älter als zwanzig Jahre. An ihren unsteten Blicken war zu erkennen, dass sie viel durchgemacht hatten.

Albert Mohr wusste auch ein wenig über diesen Gyulay, zumindest so viel, wie man aus der Grätzer Zeitung, die wochentags erschien, im Laufe der letzten Jahre so nach und nach erfahren hatte können. Der Mann war nicht nur Banus von Kroatien, Slowenien und Dalmatien, er galt als regelrechte Legende auf den Schlachtfeldern Europas. Immer wieder hatte er sich erfolgreich mit Napoleons Truppen gemessen, stand in der Gunst von Kaiser Franz sehr weit oben. Wie die Soldaten berichteten, hatte er auch mit Johann, dem Bruder des Kaisers, in Italien gekämpft. Glorreich zunächst. Bis zum Rückzug.

Sie waren mit den Kroaten eine Zeit lang im Schutz einiger Häuser gelaufen und hatten sich nun am Fuße des Ruckerlbergs im Südosten der Stadt niedergelassen. In einem kleinen Anwesen ganz in der Nähe, dem Hallerschloss, hatte Gyulay selbst sein Hauptquartier eingerichtet, und wie sie erfuhren, machten die Kroaten sich bereit zu einem neuerlichen Gefecht. Als Mohr verwundert feststellte, dass sie nicht vorhatten, einfach in die Stadt zu ziehen, um die Garnison auf dem Schloßberg zu verstärken, erntete er unsichere Blicke einiger Soldaten. Ein paar hoben ihre Schultern, als wollten sie damit andeuten, darauf keine Antwort zu haben.

Doch einer sagte: „Wir wissen doch ganz genau, warum uns der Banus nicht in die Stadt ziehen lässt. Er will uns beschützen. Er will uns nicht an die dunklen Mächte verlieren."

„Ach, hör doch auf", protestierten ein paar Kameraden. In diesem Moment tauchte der Anführer der Truppe vor ihnen auf. Seine dicken Augenbrauen ließen ihn noch eine Spur grimmiger erscheinen.

Er rief: „Nun sagt schon, was ist wahr an der Geschichte mit der Alten? Wir haben es von ein paar gefangenen Franzosen gehört. Die Geschichte kursiert nun unter den Truppen. Alle Welt glaubt, dass ihr eine richtige Hexe im Ort habt, die gegen die Franzosen kämpft. Habt ihr sie gesehen. Ist sie in der Festung? Ist es überhaupt eine richtige Hexe, oder nur eine arme Seele, die ihr verbrennen wollt?"

Er lächelte und dabei kam sein lückenhaftes Gebiss zum Vorschein. Die unteren Vorderzähne hatte er sich ausgeschlagen. Aus der oberen Zahnreihe ragten überhaupt nur noch wenige ockerfarbene Stümpfe aus dem Zahnfleisch. Der Mann hatte zudem eine so stark aufgebogene Nase, dass man ihm beim Sprechen in die behaarten Nasenlöcher blickte.

Mohr und Dampfhofer wechselten einen Blick, nicht nur die groteske Erscheinung des Soldaten, auch sein Redeschwall hatte ihnen die Sprache verschlagen. Aber sie wussten auch, wie gefährlich es war, zu viel zu erzählen. Was würde geschehen, würden die Leute herausfinden, dass sie es waren, denen es zu *verdanken* war, dass es dieses Wesen gab …?

Jacob Dampfhofer holte tief Luft, um Mohr zuvorzukommen, und begann zu sprechen: „Im Norden der Stadt befindet sich ein Berg. Wir nennen ihn den Schöckl. Er hat ein flaches Plateau, ist umgeben von dichtem Wald und nur ein paar Dörfer befinden sich in seiner Nähe. Die Gegend ist gefährlich, weil es Wölfe und Bären gibt, die sich in den zahlreichen Höhlen verstecken. Und sie ist gefährlich, weil man sagt, dass sich auf der Spitze des Bergs die Hexen unseres Landes treffen. Immer schon." Er lächelte kurz auf. Sonst lachte niemand.

„Das ist eine alte Schauergeschichte, die wir Kindern gern erzählen, um ihnen ein wenig Angst zu machen."

Er schaute unsicher in die Runde. Sein Lächeln erstarb.

„Na gut. Das Dumme ist nur, dass es *eine* Hexe ganz bestimmt gibt. Sie wuchs in den Höhlen des Bergs auf. Die Frau soll darin so etwas wie seinen bösen Atem erhalten und von seinen Pflanzen gegessen haben. Sogar mit Tieren soll sie jetzt sprechen können. Und dem nicht genug, soll sie begleitet werden. Manchen Wölfen soll es möglich sein, menschliche Gestalt anzunehmen, wenn sie sich weit genug vom Berg entfernen. Aber das schlimmste Übel ist …"

Er atmete laut hörbar aus.

„ … diese Kreatur, diese Hexe, sie raubt unsere Kinder."

Er wechselte einen Blick mit Albert Mohr, der ihn aus traurigen Augen ansah.

„Ich weiß das, weil sie einen meiner Söhne erschlagen hat. Den anderen suche ich jetzt. Und genau davon habt ihr uns abgehalten: Von der Suche nach den Kindern."

„Mehrere Kinder?"

„Soweit wir wissen, hat sie auch den Sohn unseres Freundes." Dampfhofer räusperte sich. „Und unseren Freund selbst auch."

„Einen erwachsenen Mann?“

„Ja, einen recht starken noch dazu.“

„Und ihr beide wollt die Hexe fangen? Allein?“

„Nein“, diesmal ergriff Mohr das Wort. „Wir wollen sie töten.“

Der dritte Orden

Die Nonnen im Elisabethinenkloster unterhielten sich flüsternd, dennoch hallten Wortfetzen durch die Gänge. Die Klosterfrauen vom dritten Orden des heiligen Franziskus waren besorgt. Noch mehr Krieg bedeutete noch mehr Verletzte. Doch in ihrem Spital waren, wie in allen anderen Kranken- und Siechenhäusern der Stadt auch, sämtliche Betten längst belegt. Mehr noch: Sie waren selbst völlig erschöpft, weil sie seit Tagen verzweifelt versuchten, so viele Menschen wie möglich zu versorgen. Und der Krieg uferte aus.

Man erzählte sich viel vom Zorn der Franzosen. Seit General Broussier die Stadt verlassen hatte, kämpfte er im Süden gegen die Frimont-Husaren Gyulays. Es war eine absurde Situation, denn beide Seiten vermuteten, dass sie es mit der vollen Kampfstärke des Gegners zu tun hatten, stattdessen ritt bloß die jeweilige Vorhut mit todesmutiger Selbstaufgabe auf den Gegner zu. Ihre Anführer trichterten den Soldaten ein, dass man bald Heldenlieder auf sie singen würde, vielleicht erzählten sie ihnen auch etwas von den großen Schlachten der Geschichte, in denen ein kleiner Haufen gegen eine Übermacht kämpfen musste.

Immer wieder machte Broussier mit Kanonenschüssen auf sich aufmerksam, doch die erhoffte Verstärkung durch General Marmont traf nicht ein. So beschlossen die Franzosen, wieder nach Graz zurückzukehren. Und als die Grazer die schon vertraut klingende fremde Sprache vor den Stadttoren vernahmen, stellten sie entsetzt fest, dass der Krieg zurückgekehrt war.

Auch die Vermieterin des Anwesens in der Neugasse wurde mit einer Depesche rechtzeitig darüber informiert. Darin schrieb Broussier, er hoffe, sie habe noch nicht zu viele Österreicher aufgenommen, denn er gedenke, noch im Verlauf der Nacht in sein altes Zimmer einzuziehen.

Kopfschüttelnd überzog die Frau daraufhin die Betten.

Eine verworrene Situation.

Das alles erzählten einander die Nonnen.

Ihr Wispern drang durch die Ritzen der Türen. Margarethe lag mit offenen Augen in dem spartanischen Klosterzimmer und hatte alles mitgehört. Ihre Decke hatte sie sich bis zur Nasenspitze hochgezogen. Wäre jemand im Zimmer gewesen, er hätte durch die Bettdecke hindurch bemerkt, wie sehr das Mädchen zitterte.

Trübe Gedanken geisterten durch ihren Kopf. Doch gar nicht so sehr wegen der Franzosen, vielmehr wegen des Tages, der viel zu kurz gewesen war. Immer wieder war Margarethe eingeschlummert und immer wieder kehrte derselbe Traum zurück.

Darin wummerte es immer, als donnerte ihr Herzschlag ohrenbetäubend durch die Hallen. Eine Gestalt, gesichtslos, in schwarze Tücher gehüllt, schälte sich aus den schattigen Winkeln ihres Zimmers. Margarethe wollte fliehen, doch sie konnte nicht. Entsetzt blickte sie auf ihre Beine; sie rührten sich nicht von der Stelle. Die Gestalt näherte sich, hob ihre Hände, weiße, langgliedrige Finger mit schmutzigen Nägeln. Margarethe schrie, doch von ihrer Stimme war nichts zu hören. Die Gestalt beugte sich über sie, öffnete den Mund und biss ihr in den Hals. Der Schmerz schoss durch ihren

Körper und sie konnte nichts dagegen tun, dass die Gestalt sie packte und wie einen Sack über die Schultern warf. Mit dem Gesicht tauchte sie ein in die übelriechenden Kleider der Gestalt. Sie hing mit dem Kopf nach unten über den Schultern der Gestalt und sah die Welt verkehrt herum, sah, wie das Bett kleiner wurde, das Zimmer sich entfernte und stellte entsetzt fest, wie sie langsam in die unendliche Dunkelheit getragen wurde, aus der die Kreatur zuvor gekommen war.

Als Margarethe die Augen wieder öffnete, spürte sie kalten Schweiß auf ihrer Haut. Draußen trommelten die schweren Tropfen eines Platzregens auf den Lehmboden und sie stellte sich vor, wie alles wieder schmutzig wurde und kleine Rinnsale durch die Stadt flossen. Wie sich der Dreck an die Sohlen der Soldatenstiefel heften würde.

Die Wunde an ihrem Hals schmerzte. Auch ihr Körper tat ihr weh. Sie hatte keine Ahnung, wie sie sich verletzt hatte, sie hatte nur immer wieder diese Albträume. Ein unergründliches Geschöpf spielte ihr darin übel mit. Manchmal biss es sie, manchmal trug es sie davon. Erschöpft griff sie nach einem Becher Wasser. Ihre Fingerspitzen tasteten sich langsam suchend in der Dunkelheit vor. Sie spürte den Kerzenhalter, den Wasserkrug und – die kalte Hand, die sich plötzlich um ihre Finger schloss.

Bevor sie schreien konnte, legte sich eine zweite Hand auf ihren Mund und eine vertraute Stimme drang an ihr Ohr: „Psst! Sei still! Du musst nicht schreien, mein Kind. Ich bin es, Bruder Antonius. Ich habe den Auftrag, auf dich aufzupassen. Und wir sind jetzt ganz allein, niemand wird uns stören. Nichts kann passieren, hörst du. Gar nichts.“

Er ließ den Satz wispernd ausklingen …

„Gar nichtsssss."

Margarethes Nasenflügel blähten sich und die Augen suchten verzweifelt in der Dunkelheit nach dem Gesicht zur Stimme.

Er hatte die Kerze angezündet und im flackernden Lichtschein musste sein unter der Kapuze halb verborgenes Gesicht wie eine dämonische Fratze wirken. Als wollte er diesen Eindruck noch verstärken, rückte der Mann ein wenig näher, so weit, dass der Lichtschein ihn nahezu von unten traf und die Umrisse seines Gesichts verzerrte. Aus dem Gesicht des Mädchens war die Verachtung gewichen, mit der sie ihm stets begegnet war, stattdessen hatte sich nun ein Anflug von Ängstlichkeit ausgebreitet. Der Kapuzinermönch Antonius war sehr zufrieden darüber.

Ohne sie aus den Augen zu lassen, nestelte er in seiner Innentasche und zog schließlich ein kleines, goldenes Kruzifix hervor, das er auf den Nachttisch neben die Kerze stellte. Dann schlug er die Bibel auf und blickte das Mädchen neuerlich an: „Dies ist der Codex Gigas."

Er wartete auf eine Reaktion. Die Teufelsbibel in Gegenwart des Bösen zu erwähnen, löste, so sagte man, dankbares Gewimmer bei den Betroffenen aus – sofern sie besessen waren. Doch hier geschah nichts dergleichen. Das Mädchen hob nur verständnislos die Augenbrauen.

„Der Codex Gigas", wiederholte der Mönch ungeduldig, „ist eine Bibel, die vom Teufel in nur einer Nacht geschrieben wurde, weil sich ein Mönch versündigt hat. Macht dich das nicht gierig?"

„Ich habe nie davon gehört“, stöhnte das Mädchen. Es schien immer noch verängstigt zu sein.

Enttäuscht blätterte Lautenbach in dem Buch, das in Wahrheit eine ganz gewöhnliche, in Leder gebundene Bibel war. Er hatte nur von der Teufelsbibel gesprochen, weil er Margarethe Angst machen wollte, doch es war ihm nicht gelungen. Er zupfte jetzt so heftig an den Seiten, dass zu befürchten war, sie würden bald reißen, doch nichts dergleichen geschah.

Der Mönch begann schließlich zu lesen, wobei er sich zu einem Flüstern zwang: „*Und sie kamen jenseits des Meers in die Gegend der Gadarener. Und als er aus dem Schiff trat, lief ihm alsbald entgegen aus den Gräbern ein besessener Mensch mit einem unsaubern Geist, der seine Wohnung in den Gräbern hatte; und niemand konnte ihn binden, auch nicht mit Ketten. Denn er war oft mit Fesseln und Ketten gebunden gewesen, und hatte die Ketten abgerissen und die Fesseln zerrieben; und niemand konnte ihn zähmen. Und er war allezeit, Tag und Nacht, auf den Bergen und in den Gräbern, schrie und schlug sich mit Steinen …*“

Margarethe schaute den Mann an und fragte sich, wie er hier hereingekommen war und was er hier eigentlich tat? Was glaubte er damit zu erreichen, wenn er ihr aus dem Markus-Evangelium vorlas, wie Jesus den Gadarenern die Besessenheit austreibt. Nahm er etwa an, sie sei *besessen*? Aber wusste er denn nichts von den Kreaturen, die durch ihre Träume wanderten, als sei nur dort die Wirklichkeit zu Hause? Hatte *er* denn keine Angst vor der Dunkelheit?

Als sie aufblickte, hatte der Mönch sich über sie gebeugt. Er musterte die Wunde an ihrem Hals und drückte dann sein

Kruzifix darauf. Es war kalt und sie erschrak leicht. Er tat ihr weh. Lautenbach lächelte dabei und seine Augen blitzten angriffslustig.

„Na“, sagte er, „treibt dir das deine Spielchen aus?“

„Was …“

Doch Margarethe kam nicht weiter. Lautenbach hatte sie geohrfeigt, und zwar so fest, dass ihre Lippe aufplatzte. Sie schmeckte Blut auf ihrer Zunge und versuchte aufzustehen, doch wie dicke Seile legten sich die langen Finger Lautenbachs um ihren Hals und drückten zu.

Mit dem ersten Versuch, sich dagegen zu wehren, hatte sie alle Kräfte verbraucht. Die Zunge quoll ihr aus dem Mund, eine unbändige Angst kroch in ihr hoch, doch so sehr sie um sich schlug, Lautenbachs Griff lockerte sich nicht. Sie sah, dass das Kerzenlicht schwächer wurde, spürte das Stechen im Brustkorb und mit einem verzweifelten Versuch, sich zu befreien, trat sie um sich – bis plötzlich wieder Luft wie ein Sturzbach durch ihren Körper rollte.

Doch so sehr sie sich danach gesehnt hatte, so sehr schmerzte das jetzt. Jeder Atemzug brannte und sie atmete so schnell, dass sie nicht liegen bleiben wollte. Jemand hatte ihre Decke zurückgeschlagen und ihr aufgeholfen, und als sie aufblickte, erkannte sie die Ordensschwestern in ihren weißen Schleiern wieder. Eine von ihnen lächelte besorgt, erkundigte sich nach ihrem Befinden, und weil Margarethe nur den Kopf schüttelte, nahm die Nonne sie in den Arm, drückte sie an den großen Busen und streichelte ihren Kopf. Als sie zu weinen begann, glaubte sie zu spüren, dass die Schwester mit ihr weinte. Das war tröstlich.

Über der Stadt

Lautenbach griff sich an den Kopf und ärgerte sich immer noch.

„Sie hätten mich mit so einem Schlag töten können", schimpfte er. Jemand hatte ihm einen nassen Fetzen in die Hand gedrückt, den er sich nun auf die blutende Wunde über dem rechten Ohr hielt. Die Oberin hatte ihm einen Schlag mit einem Holzprügel verpasst, zwei weitere Nonnen hatten ihn vom Bett gezerrt. Ehe der Mönch reagieren konnte, wimmelte es rundherum von Ordensschwestern, die ihn aus dem Krankenzimmer drängten. Nun saß er in einer kargen Kammer auf einem Schemel und wartete darauf, dass der Schmerz abklang.

„Ich würde sagen, Bruder Antonius, *Ihr* Vergehen war schlimmer."

Der harte Tiroler Akzent der Oberin machte ihre dunkle Stimme noch anklagender. „Ich kann Ihnen auch versichern, das wird ein Nachspiel haben. Trotz unserer langen Bekanntschaft muss ich das dem Fürstbischof melden." Ihre Stimme bebte immer noch. „Sagen Sie mir nur eines: Warum in Gottes Namen haben Sie das arme, wehrlose Mädchen angegriffen?"

„Warum", schrie Lautenbach jetzt. „Sie wollen wissen *warum*?" Fassungslos starrte er die Frau an. „Ja sehen sie denn die Zeichen nicht, Schwester Oberin? Sehen Sie denn nicht, wer sich seit Tagen versucht, dieser Stadt zu bemächtigen? Alle Welt fürchtet sich vor dem Krieg, vor den Franzosen. Aber was sind schon ein paar Soldaten gegen das Unheil, das sich über uns zusammenzieht? Überall werden die Kinder geraubt, im Dunkeln bilden sich die Schatten, und dieses Mädchen", er zeigte auf die Wand, eine weiße, nackte Wand, hinter der er das Krankenzimmer vermutete – „*dieses* Mädchen ist schon lange außer sich. Etwas hat von ihm Besitz ergriffen. Oder was denken Sie, haben die Wunden an ihrem Hals zu bedeuten und der leere Blick und die blutleere Haut? Sehen Sie denn nicht, dass nur *einer* so etwas vollbringen kann? Merken Sie nicht, dass der *Teufel* selbst sich in ihrem Haus eingenistet hat, und das im Leib eines unschuldigen, reizenden Mädchens? Der Teufel selbst, ja, Schwester Oberin, da können Sie noch so ungläubig schauen. Und mir wurde vom Vater dieses Kindes der Auftrag erteilt, Acht zu geben, damit ihm nichts geschieht. Nichts anderes tue ich hier: Ich gebe Acht, Schwester Oberin. Auch wenn sich das vielleicht verrückt für sie anhört."

„Verrückt?", wiederholte die Nonne, als erinnerte sie das an etwas. Er bemerkte, wie sie sich langsam rückwärts auf die Tür zu bewegte.

In diesem Moment waren Schritte von draußen zu vernehmen. Jemand rief. Kurz darauf trommelte jemand an die Tür.

Eine Nonne keuchte: „Schwester Oberin, wir konnten sie nicht aufhalten …"

In diesem Moment drängte sich eine Frau an ihr vorbei und stellte sich außer Atem zwischen die Nonne und den Mönch. Sie presste eine Hand auf die Seite ihres Bauches und stöhnte. Es war Therese.

Als ahnte sie bereits, dass ihr nicht viel Zeit bleiben würde, blickte sie Bruder Antonius flehend an und sagte rasch: „Bitte, ich habe sie überall gesucht … Sie müssen ihnen helfen … Ich habe die Hexe gesehen … Sie werden es ohne Ihren Beistand nicht schaffen. Bitte folgen Sie ihnen auf den Berg. Ich flehe Sie an. Ohne göttlichen Segen schaffen sie es nicht."

Die Ordensschwester räusperte sich hörbar: „Kind, wer bist du? Und wovon sprichst du eigentlich?"

Doch Therese nahm keine Notiz von der Nonne.

„Bitte Pater", flehte sie weiter und fiel plötzlich auf die Knie. „Rettet diese Männer. Rettet Matthäus, den Schmied."

Sie wimmerte. Ihr Kleid war zerrissen. Ihr blondes Haar hing in dicken Strähnen herab und zog einen breiten Scheitel in der Mitte des Kopfes.

„Kind", herrschte sie die Oberin nun an. „Steh auf und sag, was du weißt."

Therese tat, wie ihr befohlen wurde, wandte sich ihr zu, holte noch einmal tief Luft und berichtete so schnell sie konnte. Als sie ihre Erzählung damit beendete, wie Matthäus von der Kreatur fortgetragen worden war, sagte eine Zeit lang niemand etwas.

Immer wieder blickte die Ordensschwester auf die Tür. Sie begann an ihrem Daumennagel zu kauen und wandte sich Bruder Antonius zu: „Ihr habt die Männer allein auf diesen Berg gehen lassen?"

Der Mönch senkte den Blick. „Ich verabscheue die Gewalt, das wussten sie und baten mich zu bleiben."

„Ihr müsst aber weg von hier", erwiderte die Nonne, als habe sie ihn gar nicht gehört.

„Aber Sie verstehen nicht. Ich kann nicht …"

„Bruder Antonius", rief die Oberin jetzt, *„Ihr* versteht nicht. Ihr müsst weg, sofort!" Und mit diesen Worten verriegelte sie plötzlich die Tür. Draußen waren wieder Schritte zu hören.

Sie blickten einander an. „Und wohin soll ich, wenn die Tür verschlossen ist?"

„Bitte, stellt keine Fragen. Ihr müsst durchs Fenster", sie begann die beiden vor sich her zu schieben. Als der Mönch jedoch seine Schultern spannte und sie steif mit zusammengepressten Lippen anblickte, fügte sie rasch hinzu: „Ich habe einen Fehler gemacht. Möglicherweise. Ich habe nach Leuten geschickt, die Euch an einen Ort bringen sollen, an dem Ihr genesen könnt. Euch erholen. Beruhigen. Ich dachte, Ihr hättet den Verstand verloren."

Sie spürte, wie sie rot wurde. „Wir hatten Angst. Ihr seid durchs Haus geschlichen, dann habt Ihr das Mädchen attackiert. Wir dachten, Ihr wolltet es töten."

„Ihr habt mich ans Siechenhaus verraten? Ihr wolltet mich zu den Aussätzigen, zu den Schwachsinnigen stecken?"

Die Nonne senkte den Blick und nickte dann. „Und wenn Ihr nicht bald geht, wird es auch geschehen."

Es klopfte an die Tür. Sie wechselten einen Blick. Bruder Antonius zischte: „Ich hätte Euch nie vertrauen dürfen."

Das Klopfen wurde energischer. Jemand riss am hölzernen Riegel. Die Oberin rief: „Folgt mir", riss die Balken eines kleinen Fensters auf, das aus fünfzehn Fuß Höhe auf die Elisabethinengasse führte, und zeigte hinunter.

„Schafft ihr es, am Sims entlangzubalancieren? Bis dort drüben, da könnt Ihr auf den Heuhaufen springen."

Der Mönch schob sie zur Seite, blickte zur besagten Stelle und wandte sich dann wieder missbilligend ihr zu. „Das ist ein Misthaufen und kein Heu."

Wie zur Bestätigung wehte der Wind eine üble Duftwolke zu ihnen hinauf. Es war Therese, die handelte. „Lieber Herr Lautenbach“, rief sie und stieg beherzt über das Fensterbrett, „es bleibt uns keine Wahl“, sie wandte sich mit dem Gesicht zur Wand nach links und balancierte entlang der Mauer. „Nun kommt schon.“

Der Mönch blickte hastig zur Tür und dann wieder zur Nonne.

Er sagte: „Passen Sie auf das Mädchen auf. Es ist besessen.“

Die Nonne versprach zu tun, was in ihrer Macht stand. „Sie wissen, dass wir auf alle Kinder achtgeben. Und nun gehen Sie schon.“

Kurz darauf fand sich Bruder Antonius in dem Misthaufen wieder. Er ruderte mit den Armen, um Halt zu finden. Seine Kutte war ihm im Weg, alles rundherum gab nach. Er versuchte mehrmals aufzustehen, fiel aber immer wieder hin. Ein beißender Geruch stieg ihm in die Nase und er bildete sich ein, mit den Händen in etwas Weiches, Warmes, Flüssiges gegriffen zu haben. Er würgte.

Als Thereses Hand die seine berührte und ihn aus dem Haufen zog, verflog die Übelkeit rasch wieder. „Jetzt müssen wir rennen, sie werden bald hier sein.“

In diesem Moment flog die Tür des Zimmers, aus dem sie gekommen waren, auf. Kurz darauf tauchten zwei rotbackige Gesichter im Fenster auf, erblickten sie und verschwanden sogleich wieder. Sie hörten die Schwester Oberin rufen, es sei alles nur ein Missverständnis, doch die Männer riefen:

„Machen Sie sich keine Sorgen. Wir werden sie schon kriegen, bevor sie noch jemanden anstecken."

Antonius runzelte die Stirn. „Anstecken?"

Nun tauchte das Gesicht der Oberin auf. „Es tut mir leid", rief sie hinab. „Aber ich denke, es ist besser, Ihr lauft und lasst Euch eine Zeit lang nicht mehr in der Vorstadt blicken."

Sie schlugen den Weg entlang des Mühlbachs Richtung Norden ein. Die Straße war hier auf der flussabwärts gesehen rechten Murseite nur spärlich von Laternen beleuchtet. Das Mondlicht füllte die Gassen mit Zwielicht. Sie hielten sich rechts, wandten sich nach Osten und setzten mit schnellen Schritten über die Brücke des Mühlgangs. Sie rannten in die Dominikanergasse, die die Leute auch gemeine Murvorstadtgasse nannten. Therese blickte im Laufen über die Schulter zurück, konnte aber nichts erkennen. Bruder Antonius keuchte: „Sieh nicht zurück, lauf!"

Sie hatten den Murvorstadtplatz noch nicht erreicht, als sie hinter sich Stimmen vernahmen.

„Haltet sie auf", schrie jemand.

„Sie sind verrückt und …"

Nervöses Hufgetrappel übertönte die Worte. Sie sahen vor sich die überdachte Murbrücke, doch auch wenn der Platz bis dorthin nicht besonders breit und weitläufig war, spürten beide, dass sie nicht mehr lange durchhielten. Unter den Laternen standen einige Leute und tratschten. Es befanden sich immer noch bedeutend weniger Menschen auf den Straßen als vor dem Krieg, die meisten nahmen keine Notiz von ihnen, nur wenige drehten sich zu ihnen um. Doch die

Aufmerksamkeit, die die beiden auf sich lenkten, war nicht nur von Nachteil: Als jemand hinter ihnen rief, „Sie sind krank, haltet sie“, wich sogar eine Gruppe französischer Soldaten zurück.

Ein beißender Gestank wehte ihnen von der Mur her entgegen. Er kam vom Kälbernen Viertel auf der anderen Seite. Liegen gelassene Schlachtabfälle und von Blut verkrustete Erde an den Ufern der Mur ließen einen den Gestank selbst in der Nacht, wenn die Luft ein wenig abkühlte, kaum ertragen. Zur Linken die Ledergasse, zur Rechten den kleinen Fischplatz erreichten sie schließlich die mit Laternenlicht vom Ufer her schwach beleuchtete Brücke über die Mur. Nun musste der Mönch daran denken, was er tun sollte, wenn das Murtor geschlossen war. Nach Norden oder nach Süden entlang der Mauer, beides war nicht die beste Wahl für eine Flucht. An der Böschung der Mur war es zu finster.

Doch das Tor war nicht zu. Hinter ihnen wurden die Schritte und das Hufgeklapper und die Schreie immer lauter. Es musste mittlerweile gut ein halbes Dutzend Leute hinter ihnen her sein und sie hatten die Brücke ebenfalls bereits erreicht. Antonius tastete im Laufen nach seinem Kruzifix, das er um den Hals hatte, und küsste es. Mit der anderen Hand hielt er Therese am Unterarm fest.

Auch das zweite Murtor stand offen und eine Kutsche rollte langsam hindurch. Die beiden huschten vorüber, setzten mit großen Schritten über den Nordspitz des Hauptwachplatzes und verschwanden im Eckhaus zur Sporgasse. Es war hier plötzlich sehr ruhig und dunkel. Sie tasteten sich zu einem Innenhof durch, wo Bruder Antonius kurz innehielt und etwas zu sagen versuchte. Es dauerte eine Weile, bis er wieder zu Atem kam.

„Du musst gehen Therese. Unsere Wege trennen sich hier.“

„Aber ich will mit Ihnen kommen. Ihnen helfen.“

„Du hast mir genug geholfen. Jetzt musst du fort und dich in Sicherheit bringen.“ Er griff nach ihrer Schulter und drückte sie sanft, um seinen Worten Nachdruck zu verleihen.

„Sag mir nur eines: Warum bist du Matthäus bis zu seinem Haus gefolgt?“

Sie erwiderte nichts und er musterte den Schatten, der ihr Gesicht sein musste. Seine Augen hatten sich noch nicht an die Dunkelheit gewöhnt.

„Gut. Du musst es mir nicht sagen. Weißt du, welche Richtung die beiden eingeschlagen haben?“

„Sie wollten übers rechte Murufer nach Norden und dort bei Weinzödl übersetzen, aber das war zu gefährlich. Die Franzosen reiten auf der Westseite der Stadt ständig auf und ab. Deshalb haben sie den Weg durch die Stadt gewählt. In Richtung Osten und dann irgendwann nach Norden.“

„Gut, das ist auch mein Wissensstand. Aber woher weißt *du* das alles? Und wie hast du mich gefunden?“

„Jacob hat einen Keller, da halten sich viele versteckt. Und da entstehen eine Menge Gerüchte.“

„Gerüchte“, murmelte der Kapuziner, sprach aber nicht weiter.

Einen Augenblick schwiegen sie, dann vernahmen sie plötzlich aufgeregte Schreie, die durch den ersten Sack, wie die schmale Gasse im Westen des Schloßbergs bis zum ersten Sacktor genannt wurde, hallten.

Antonius zischte: „Geh“, und Augenblicke später war Therese verschwunden.

Sie huschte hinaus, faltete sich im Gehen das Halstuch zu einem Kopftuch, legte es über ihr Haar und knotete die Enden unterm Kinn fest. Draußen auf der Straße zwang sie sich, langsam zu gehen. Zum Laternenlicht gesellte sich nun der tanzende Schein vieler Fackelträger. Jemand packte sie plötzlich an der Schulter und zerrte sie herum. Der Schein einer Fackel blendete sie. Der Fremde plärrte sie an, ob sie einen Mönch habe vorüberlaufen sehen. Sie sagte kein Wort, schüttelte nur den Kopf. Der Fremde wandte sich ab und rannte weiter. Therese ging betont langsam zurück in Richtung Vorstadt.

Bruder Antonius würde das Mädchen nie mehr wiedersehen.

Als der Mönch begann, die Mauer hochzuklettern, hatte er den Entschluss bereits gefasst, auch wenn ihm noch nicht klar war, wie er es auf diese Weise jemals zu seinen Freunden schaffen sollte. Er stieg über das gusseiserne Geländer eines Hinterhofbalkons. Schon nach den ersten Bewegungen wurde ihm klar, wie schwer es ihm fallen würde, das Gewicht seines Körpers mit den bloßen Armen über irgendwelche Hindernisse zu ziehen.

Die Tür zum Balkon war nur angelehnt, der Raum dahinter lag in Finsternis. Er trat ein. Niemand schien hier zu sein. Er durchquerte das Zimmer, das offenbar ein Schlafzimmer war, denn ein breites rechteckiges Möbelstück füllte den Raum fast zur Gänze aus. Er sah nicht hinein, sondern machte, dass er hier wieder herauskam. Antonius schlich in einen Vorraum und entdeckte eine schmale Treppe, die hinauf auf den Dachboden führen musste. Er nützte die Gunst, dass er niemanden antraf, und stieg hinauf.

Die Stufen knarrten. Oben angekommen schlich er durch eine schmale Holztür in eine winzige Dachkammer. Die Luft hier drinnen war schwül. Er hörte das Atmen eines Menschen. Auf dem Bett unter einem Stück Leinen bemerkte er eine Gestalt. Doch sie schlief nicht, sie versteckte sich vielmehr vor dem, was da über sie kommen mochte. Er musste sich in der Kammer einer Dienstbotin befinden. Viele Bürgerfamilien ließen die Angestellten unterm Dach hausen. Im Winter war es bitterkalt. Im Sommer unerträglich heiß. Vögel nisteten häufig in diesen Kammern.

Antonius richtete seine Worte an die unter der Decke kauernde Gestalt: „Keine Angst, ich tue dir nichts."

Trotz der Finsternis glaubte er zu erkennen, dass das Bündel zitterte. Ohne sich noch einmal umzudrehen, tastete er sich deshalb rasch bis zu einer winzigen Dachluke weiter, zwängte sich durch die Öffnung und suchte mit zitternden Fingern nach Halt. Es war ein steiles Dach, doch das Licht reichte aus, um sich einigermaßen zurechtzufinden. Auf allen vieren kroch er so weit, bis er endlich den First erreichte. Er zog sich hoch. Rittlings sammelte er dort seine Kräfte und versuchte, sich zu orientieren.

Er konnte von Glück reden, dass es finster war, denn tagsüber wäre es vor allem den Wachen am Schloßberg ein Leichtes gewesen, ihn zu bemerken. Die Höhe hätte ihn ebenfalls zaudern lassen. Er blickte hinunter und konnte nicht abschätzen, in welcher Höhe er sich hier bewegte. Vier

Stockwerke in jedem Fall. Keine Frage jedenfalls, dass er den Sturz niemals überleben würde.

Er saß auf dem First des ersten Hauses in Blickrichtung Sporgasse. Zu seiner Linken befand sich die steile, kahle Flanke des Schloßbergs. Zur Rechten breitete sich der Hauptwachplatz aus. Wie viele Leute ihn mittlerweile suchten, war schwer abzuschätzen.

Selbst bei Dunkelheit war jedenfalls klar, dass er schleunigst hier wegmusste. Es war außerdem nur eine Frage der Zeit, bis die Franzosen wieder versuchen würden, den Berg zu stürmen. Und das Letzte, was er wollte, war, zwischen die Fronten zu geraten. Alles in allem steckte er also in einer ziemlich verzwickten Lage.

Hastig robbte er vorwärts. Seine Handflächen wurden feucht und mehrmals schlug er sich seine Knie an. Er spürte den Schmerz und die Höhenangst und versuchte sich abzulenken, stellte sich immer wieder vor, wie es weitergehen sollte.

Der First des nächsten Hauses baute sich im rechten Winkel als dunkler Schatten vor ihm auf, doch immerhin waren die Dächer miteinander verbunden. Er hatte vor, die Schräge rasant zu nehmen, als ihm schon beim ersten Schritt klar wurde, was das Problem sein würde. Manche Ziegel bewegten sich. Jederzeit konnte sich einer lösen und in die Tiefe gleiten, wo er scheppernd zerbersten würde. Die halbe Stadt würde dann wissen, wo er sich aufhielt.

Doch auch diese Hürde zu nehmen gelang. Wie lange er dafür brauchte, wusste er nicht, und als er den zweiten First erreichte, war er völlig außer Atem. Seine Finger schmerzten und seine Arme zitterten vor Anstrengung. In diesem Moment bemerkte er den Soldaten, der oben auf dem Schloßberg genau in seine Richtung blickte.

Antonius erstarrte. Da der Landwehrmann aber nicht reagierte, kletterte er weiter, als sei das das Normalste der Welt. Der Wachposten reagierte immer noch nicht, was entweder bedeutete, dass er im Stehen schlief, oder aber der Mann hatte selbst solche Angst wegen all der Schauergeschichten. Vermutlich war er sich nicht sicher, ob er nicht soeben einer von diesen Nachtkreaturen begegnet war, von denen sich die Leute immer erzählten. Vielleicht sogar der Alten vom Berg persönlich.

Antonius blickte an sich herab. Die Kutte ließ ihn in der Nacht vielleicht tatsächlich unheimlich erscheinen, und derlei Vorstellungen waren dem Kapuziner in diesem Fall gar nicht so unrecht.

Er sprang von Grat zu First und über die vorstehenden Sättel der Dachfenster. Immer wieder waren von unten Rufe zu vernehmen, aber sie wurden seltener. Seine Verfolger hatten es offenbar aufgegeben, ihn zu suchen. Und auf dem Dach vermutete ihn niemand.

Antonius war im Begriff, das waghalsige Unternehmen einer Flucht über die Dächer der Stadt zu Ende zu bringen – als plötzlich über der Mauer der Schloßbergbastion abermals ein Soldat auftauchte. Er konnte nicht sagen, ob es sich um denselben Mann handelte, hatte auch gar keine Zeit, sich darüber Gedanken zu machen, denn auch ein Gewehrlauf tauchte nun über der Brüstung auf.

Der Soldat rief: „Was machst du da, Kerl? Bleib stehen, sonst schieß ich dich ab.“

„Bei der Gnade des Herren, du versündigst dich", gab Antonius keuchend zurück, doch der andere hob das Gewehr und zielte auf ihn.

Der Mönch wankte. Er hatte abermals einen First erreicht, konnte die Sporgasse unter ihm aber nicht sehen. Dennoch war die Neigung des Daches groß genug, dass er spüren konnte, wie ihn die Tiefe anzog. Er blickte in die Mündung des Gewehrlaufs und wieder hinab in die unergründliche Tiefe. Er war unschlüssig: Sollte er sich ergeben oder weiterrennen? – Und in diesem Moment rutschte er ab.

Im Fallen hörte er seinen eigenen Schrei, doch da war noch ein Geräusch. Der Schuss war gefallen und zerschmetterte ein paar Ziegel unmittelbar neben seinem Kopf. Mit den Beinen voraus raste der Mönch nun auf der dem Schützen abgewandten Seite auf den Abgrund zu, schlitterte ungebremst über die Dachziegel und sah bereits unter sich die Pflastersteine der Sporgasse, als den Fall ein jäher Ruck abbremste.

Seine Kutte hatte sich in einem aufstehenden Ziegel verheddert und ließ den Mönch nun über der Straße baumeln. Dies war zwar fürs Erste seine Rettung gewesen. Wenn er aber nicht in die Hände der Seelenheiler fallen wollte, musste er so schnell wie möglich herunter.

„Was um Himmels willen hat ihnen die Oberin nur erzählt, dass sie mich so jagen", schimpfte er, während er nach einem Ausweg suchte. Er sah sich schon im Siechenhaus oder, schlimmer noch, im Wiener Narrenturm als Objekt der Begierde einer gelangweilten Aristokratie, als er es schaffte sich zu drehen und mit seinem Schuhabsatz Halt auf dem

Kopf einer hölzernen Figur zu finden. Die Figur ragte mit gezogenem Krummschwert aus der Fassade.

Er hatte es also tatsächlich bis zum Palais Saurau geschafft, die halbe Länge der Sporgasse auf den Dächern der Häuser zurückgelegt. Er tastete sich zur Figur hinab, einem türkischen Soldaten, der die Stadt an die Zeit eines anderen, damals ebenso gefürchteten Eroberungsheers erinnerte, hielt sich daran fest, ließ sich fallen und fand abermals Halt für seine Füße, denn unter dem Türken befand sich ein Fenster. Es hatte ein breites Sims, sodass er sich an den Vorsprung klammern konnte und es schaffte, sich abermals fallen zu lassen. Diesmal hatte er den rettenden Boden erreicht. Er landete auf den Murnockerln, den hier als Straßenbefestigung so typischen abgerundeten Pflastersteinen aus dem Flussbett der Mur. Beim Aufprall fuhr ein Schmerz durch sein linkes Bein, der aber bald wieder abklang.

Antonius stand auf und blickte hoch. Er stand vor dem Renaissance-Torbogen des Palais und statt die Sporgasse hinauf zu rennen, lief er in den Innenhof des Palais. Denn er hatte das Geräusch eines Pferdes vernommen.

Die französischen Soldaten, die wieder vor dem Paulustor Position bezogen hatten, hatten gerade über den Witz eines Kameraden gelacht und deshalb zu spät darauf geachtet, dass ein Reiter auf einem schwarzen Hengst auf sie zugerast kam. Im letzten Augenblick zog der eine den anderen auf die Seite und die Gruppe brüllte dem Verrückten derbe Flüche nach. Nur einer von ihnen, ein gedrungener Mann mit tiefliegenden Augen, die unter dem langen Haar kaum zu sehen waren, bekreuzigte sich. Er hätte schwören können, dass da ein Mönch das Paulustor im wilden Galopp passiert hatte. Die Soldaten blickten einander an, unternahmen aber nichts, um dem Reiter hinterherzujagen.

Zur selben Zeit stand die Oberin vor dem Bett Margarethes. In ihrer Hand hielt sie eine Kerze, hinter der die Schatten über ihr Gesicht tanzten. Das Mädchen hatte sich etwas erholt und mit leiser Stimme von dem berichtet, was vorgefallen war. Es schüttelte den Kopf: „Warum nur hat der Mönch das getan? Er ist doch ein alter Freund meines Vaters."

Doch die Oberin ging nicht auf die Frage ein. Sie musterte stattdessen die Wunde an Margarethes Hals.

„Mein liebes Kind", sagte sie schließlich und schürzte die Lippen, „du wirst lernen, dass man sich in allem irren kann. Vergiss, was vorgefallen ist. Wir werden uns um deine Wunden kümmern. Und um dein Fieber. Aber sobald du gesund bist, können wir nichts mehr für dich tun. Dort draußen ist Krieg, Menschen bedürfen unserer Hilfe. Dringender als du. Also, schlaf jetzt."

„Ich will aber nicht schlafen. Ich kenne die Launen der Nacht …"

Die Oberin machte einen schnellen Schritt auf sie zu und zielte mit dem Zeigefinger der freien Hand auf sie, während der Kerzenschein wild flackerte.

„Die Nacht, mein Kind, ist kein Wesen. Nicht in *diesem* Haus, nicht in einem anderen. Sie trübt nur unseren Blick. Das ist alles. Die Nacht ist zum Schlafen da. Hörst du?"

„Aber … und Bruder Antonius? Träumt der auch? Er sagt, ich sei besessen. Er sagt, ich sei böse."

Die Oberin saugte Luft zwischen ihren Zähnen ein.

„Dieser Mönch wird dich nicht mehr belästigen. Er wird so schnell keinen Fuß mehr in dieses Haus setzen. Mach dir keine Sorgen."

Margarethe setzte sich auf. „Und was, Schwester Oberin, hat es mit dem Kind auf sich?"

Sie bildete sich ein, die Lider der Nonne flattern zu sehen. „Welches Kind?"

„Da war ein Kind und es behauptete, ich läge in seinem Zimmer."

„Still jetzt!", zischte die Oberin und bekreuzigte sich sogleich. Ihre Stimme zitterte.

„Aber …"

„Ich will nichts mehr hören von deinen Hirngespinsten. Ich dulde kein böses Wort mehr in diesem Hause."

Kirschrotes Blut

In der Stadt herrschte große Verwirrung. Nicht wegen der Flucht des Mönchs vor den Seelenheilern. Die nervösen Soldaten Napoleons hatten ganz andere Sorgen. Sie sahen ihre Stellungen nach der Rückkehr in Trümmern und waren verärgert. Zum Zorn gesellte sich die Müdigkeit, dazu kamen die alles andere als erbaulichen Aussichten, abermals tagelang auf einen Berg loszurennen, der offenbar ohne große Verluste nicht einzunehmen war.

Neuerlich hetzten Parlamentäre zwischen Schloßberggarnison und Besatzern hin und her, und als sich Hackhers inzwischen wieder gestärkte Männer einmal mehr weigerten aufzugeben, verlor General Broussier endgültig die Fassung. Obwohl die Österreicher vorgeschlagen hatten, diesmal ohne Schießerei auszukommen, um das Leben der Bürger zu schützen, scherte sich Broussier nicht länger darum. Wie ein gehetztes Tier rannte er in seiner Kommandatur in der Neugasse ganz in der Nähe des Eisernen Tors auf und ab. Er hatte noch im Morgengrauen ein Bad in der Fichtenholzwanne seiner Pension genommen, dennoch glänzte neuerlich der Schweiß auf seiner Stirn. Er studierte hektisch Landkarten und ließ sich von seinen Kundschaftern auf dem Laufenden halten. Doch die Nachrichten wurden nicht besser. Die Verstärkung war immer noch nicht eingetroffen, überall lauerten Kroaten und Österreicher und der verdammte Berg gehörte immer noch nicht ihm.

Dazu kam, dass die Grazer offenbar kaum noch etwas besaßen. Die letzten 40 000 Essensrationen waren nur noch schwer aufzutreiben gewesen. Er würde seine Truppen bald nicht mehr halten können. Sie würden eher plündern, als um den Berg zu kämpfen. Doch die Aussicht auf eine Niederlage hier in der Steyermark war nichts, womit man sich abfinden hätte können. Der Kaiser würde ein Scheitern seiner Armee schlichtweg nicht dulden. Er würde ihm den Kopf abreißen lassen. Und wer weiß, vielleicht gar nicht so sehr nur im bildlichen Sinn.

Erst vor ein paar Jahren war Napoleon selbst auf diesem Felsen mitten in Graz gestanden, niemals würde er ihm also glauben, dass er, Broussier, der Haudegen, der kampferprobte Offizier, wirklich alles versucht habe, diesen winzigen Flecken dem Erdboden gleich zu machen. Napoleon müsste denken, er, Broussier, sei ein gottverdammter Feigling.

Immer wieder krachten Schüsse und einmal mehr hob Broussier den Kopf und blickte besorgt die Herrengasse hinunter in Richtung Schloßberg. Er war hinausgegangen, hatte seinen Offizieren, den Trommlern, den Grazer Stadtbeauftragten und wer auch immer noch ständig um ihn herumscharwenzelte, befohlen, ihn ein paar Minuten lang in Ruhe zu lassen. Vor ihm lag nun die breite Hauptstraße, die durch den mittelalterlichen Stadtkern führte und im Hauptwachplatz, dem Zentrum, mündete. Sie war nahezu menschenleer. Die Einwohner der Stadt hatten sich wieder in die vom Schloßberg abgewandten Teile ihrer Häuser zurückgezogen und Broussiers Soldaten hielten sich versteckt. Obwohl seine Adjutanten ihm abgeraten hatten, ging Broussier in die Mitte der Herrengasse und lauschte in die Stille, die auf einen Schuss folgte.

Er formte seine Augen zu schmalen Schlitzen und biss sich auf die Unterlippe. Er beobachtete, wie eine Horde Tauben von einem Dach zum nächsten flatterte. Der Himmel über ihm war grau, der Regen hatte fast aufgehört. Einzelne Wassertropfen sammelten sich am Rand seines Hutes und fielen dann als dicke Perlen vor seinen Augen auf die Spitzen seiner Stiefel. Broussier hob den Zweispitz vom Kopf, klopfte ihn einmal über dem Knie ab und setzte ihn wieder auf. Er tat dies, nachdem er sich das Fernrohr unter den Arm geklemmt hatte, mit beiden Händen. Dann griff er wieder nach dem Fernrohr, hob es ans Auge und suchte die Umgebung ab.

Er vermeinte, ab und an einen Kopf vorüberhuschen zu sehen, regennasse Stadtfahnen – die eine Seite zeigte den heiligen Nikolaus, die andere einen Panther – hingen schwer von ihren Masten, und dann bemerkte er, wie sich vom Hauptwachplatz her ein Windstoss auf ihn zu bewegte. Er *sah* den Wind. Die Böe spielte zuerst mit einem Fensterbalken, der fiel klappernd auf und zu, ehe er schließlich mit einem lauten Knall endgültig ins Schloss krachte. Dann raste die Böe auf Broussier zu, kleine Papierfetzen wirbelten durch die Luft, ein Vorhang flatterte aus einem Haus und als die Böe den Offizier erreichte, bemerkte der Franzose auch die Leiche des Parlamentärs, die hundert Meter vor ihm auf der Herrengasse lag.

Als der Wind nachließ, senkte Broussier das Fernrohr. Der Mann lag auf dem Bauch. Um seinen Kopf herum breitete sich eine kirschrote Lacke aus. Seine Arme standen gespreizt vom Körper ab, was so aussah, als habe der Getroffene noch einmal versucht, sich aufzurichten, sei aber gescheitert.

Broussier bildete sich auch ein, eine kleine Rauchsäule aus dem Hinterkopf aufsteigen gesehen zu haben. *Hat nicht auch ein Bein gezuckt?* Eine Zeit lang stand der Offizier da und war in entfernte Gedanken versunken, so entfernt, dass er sie nicht greifen konnte. Dann fuhr er plötzlich herum, denn er hätte schwören können, ganz nah an seinem Ohr einen fremden Atem wahrgenommen zu haben.

Wenig später bewegten sich die französischen Soldaten im gestreckten Galopp in Richtung Osten aus der Stadt. Selten zuvor hatten sie ihren Kommandeur so entschlossen gesehen. Es schien fast so, als wollte Broussier von einem Moment auf den anderen das Schlachtfeld verlassen und direkt den ganzen Weg, ohne Pause, bis nach Hause reiten. Bis nach Frankreich.

Hinter ihnen erschallte das wilde Geheul vom Schloßberg her. Wieder schrien sich die Österreicher triumphierend die Seele aus dem Leib.

Die Leiche des Parlamentärs lag immer noch auf der Straße.

Der Regen war wieder stärker geworden und die Regentropfen klatschten auf den reglosen Körper und spritzten in die flachen Pfützen, die sich überall rasch bildeten. Auch aus der kirschroten Lacke spritzten Tropfen.

Ihr werdet alle sterben

Matthäus erwachte aus einem Schlaf, der ihn wie eine Ohnmacht übermannt hatte. Das heftige Surren in seinem Kopf hatte nachgelassen, einigermaßen klare Gedanken waren dabei, an die Oberfläche zu dringen. Doch er beschloss, seine Augen noch eine Weile geschlossen zu halten, um sich besser auf seine Umgebung vorbereiten zu können.

Und weil er Angst vor dem hatte, was er möglicherweise zu sehen bekommen würde.

Er spürte, dass er auf dem Boden lag. Er fühlte, wie Schuhe ganz nah an seinem Kopf über Kies scharrten. Und nicht nur Schuhe. Auch ein Gesicht näherte sich ihm. Es roch an ihm. Eine Nase sog Luft ein, leise zunächst, dann immer hörbarer. Ein tiefes Ziehen durch gewaltige Nasenlöcher. Matthäus' Magen revoltierte. Er schluckte. Schweißperlen sammelten sich über der Oberlippe. Dann vernahm er ein Knurren. Als er die Augen aufriss, blickte er ins Maul eines Wolfes. Speichel tropfte dem Tier zwischen den Zähnen hervor und seine Augen glänzten so mordlustig, dass Matthäus keinen Zweifel daran hatte, nur noch wenige Atemzüge zu haben. Er kniff die Augen zusammen und wartete auf den abschließenden großen Schmerz.

Doch der kam nicht.

Stattdessen vernahm er ein Winseln. Er blinzelte und bemerkte, wie sich das Tier davonstahl und dabei mit einem Mal so harmlos aussah wie ein alter Hund. Und nun sah er auch die Gestalt, die plötzlich in dem Holzverschlag vor ihm stand. Ihm war kalt und er hörte jetzt auch das gleichmäßig sanfte

Rauschen eines kurzen, sommerlichen Nieselregens. Eines Regens, der einige Minuten anhielt, aber nicht kühlte.

Doch nicht nur deshalb fühlte Matthäus, wie sein gesamter Kopf schweißnass wurde. Die Alte vor ihm verlagerte ihr Gewicht auf den Holzstab, der sie an Höhe überragte, und beugte sich zu Matthäus hinab. Tageslicht, das durch die Ritzen des Verschlags drang, zeichnete Linien über ihren Oberkörper. War es dieses sonderbare Licht oder waren es seine immer noch unerträglichen Kopfschmerzen, die ihm das Gesicht unter der Kapuze so undeutlich erscheinen ließen?

Alle Geräusche verschwammen. Die Welt stand still. Er nahm wirre Dinge wahr. Matthäus wollte etwas sagen, doch vor Angst brachte er keinen Ton heraus. Als hinter der Alten eine weitere Gestalt auftauchte, wechselten die beiden einen flüchtigen Blick. Eine Sekunde verstrich, ehe sich die Kreatur wortlos erhob und ihn zurückließ. Verwirrt blickte Matthäus den beiden Gestalten nach, die nun hinter einem Gebüsch verschwanden. Er und die Alte vom Berg – sie waren gar nicht allein?

Matthäus sah sich mit zunehmender Verwirrung um und versuchte dabei, wegen des immer noch geduckt in der Nähe hockenden Wolfes, kein Geräusch zu machen. Er verdrängte auch den Schmerz in seinem Kopf. Und am besten gelang das, indem er sich zwang, an etwas anderes zu denken. An eine andere Zeit. An viel früher.

Und die Erinnerung zog ihn weit fort …

… in eine Zeit, als manche Leute in Graz noch mit gepudertem Gesicht umherliefen. Die reichsten unter ihnen hatten in ihren Häusern sogar eigens dafür eingerichtete Puderzimmer. Sie nahmen eine Handvoll davon, warfen es in die Luft und stellten sich mit geschlossenen Augen unter die Puderwolke. So verteilte sich das Weiß gleichmäßig über ihren Gesichtern. Der Adel bevorzugte zudem das Tragen von Perücken. Man betonte Muttermale. Die Damen trugen breite Röcke und fächerten sich Luft zu. Die Herren liebten Schnallenschuhe und taillierte Gehröcke.

Es waren auch einige derart zurechtgemachte Leute unter denen, die dem blutigen Spektakel auf dem Hauptwachplatz beigewohnt hatten. Zwei Menschen waren soeben gestorben, ein Scharfrichter verletzt, doch das war ihnen nicht genug. Sie riefen einem Kind hinterher. Der Bengel gehörte auch zu den Dieben. Andere schrien, das arme Kind könnte doch nichts dafür, aber man hörte sie kaum noch im allgemeinen Tumult.

Aus den Reihen der Gaffer hatten sich nun viele in Bewegung gesetzt. Sie hetzten dem Kind hinterher.

Matthäus wischte sich die Tränen aus dem Gesicht, als er sah, wie das Kind mit wehendem Haar auf ein Pferd sprang und das Tier sogleich durch die fluchende Menschenmenge trieb. Das ging so schnell, dass niemand der Umstehenden den Balg vom Rücken des Tiers ziehen konnte. Irgendwann wurden auch die Mitglieder der Bürgerwehr auf das Kind aufmerksam und begannen sich ihrerseits durch die Menge zu drängen.

Matthäus beobachtete atemlos, wie sich die Verfolger langsam näherten. Das Kind auf dem Pferd kam nur schwer über den Hauptwachplatz voran. In Richtung des Flusses verjüngte sich der Platz, verengte sich zu einer schmalen Gasse mit zwei mächtigen Stadttoren. Wenn die Wachen schnell genug waren, gab es für das Kind kein Entkommen mehr.

„Haltet es auf", schrien nun die Soldaten und im selben Moment hob ein wildes Geheul an. Es war das Kind, das plötzlich wie von Sinnen zu schreien begann. Ein spitzer, heller Ton legte sich über den Platz, das Pferd bäumte sich vor Schreck auf, wirbelte mit den Vorderbeinen durch die Luft und trieb die Menschenmenge auseinander. Eine Frau stürzte und verstreute den Inhalt eines Korbes. Äpfel, Birnen und Erdäpfel kollerten über den Boden. Zwei Burschen versuchten das Zaumzeug des Gauls zu fassen, doch das verschreckte das Tier nur noch mehr. Mit aufgerissenen Augen versetzte es einem der Männer einen Schlag. Der zweite stolperte, geriet unter die Hufe, rollte sich aber im letzten Augenblick zur Seite. Doch das Kind hielt sich an der Mähne des wiehernden Pferdes fest und als das Tier lospreschte, wich die Menge zurück. Einige verletzten sich dabei, Mütter schrien um ihre Kinder, ein Mann stürzte in die zusammenbrechende Konstruktion einer Bude und blieb zwischen den Planen und Stoffen reglos liegen. Die Mitglieder der Bürgerwehr versuchten, dem Kind durch die aufgescheuchte Menschenmenge zu folgen. Ein Schuss fiel, doch der war wegen des anhaltenden Geschreis des Kindes kaum zu hören. Und dann geschah etwas überaus Seltsames: Matthäus bemerkte auch die anderen, Albert, Peter und Jacob, in einem Moment, als um sie alle herum ein menschenleerer Raum entstanden war. Starr blickten die vier auf das Kind, das das Pferd plötzlich zum Stehen brachte und sich umdrehte. Es schien sie alle gleichzeitig anzusehen und seine Stimme war zu hören, als gäbe es sonst nichts auf der Welt.

Es brüllte: „Ihr werdet alle sterben!“

Matthäus atmete ein und dann wieder aus.

„Hört ihr? Ihr werdet *alle* sterben.“

Aus den Augenwinkeln sah er die Verfolger nach dem Kind greifen, nach seinen Füßen, nach dem Zaumzeug, doch im selben Moment, als der Lärm wieder hereinbrach, war das Kind auf dem Gaul schon durchs Stadttor geritten. Es hinterließ Chaos …

Wieder mit seinen Gedanken zurück in der Gegenwart, richtete sich Matthäus so langsam auf, dass er bei jedem Schritt fürchten musste, das Gleichgewicht zu verlieren. Doch irgendwann hatte er sich tatsächlich in Bewegung gesetzt. Ihm blieb keine Zeit, sich darüber zu wundern, dass der Wolf kein Interesse mehr an ihm zu haben schien.

Ein kalter Wind wehte ihm entgegen. Trübes, regnerisches Licht. Und als er aus dem Schutz des Unterholzes, in dem sich der Unterstand befunden hatte, kroch, erwartete ihn eine Handvoll Männer. Sie standen breitbeinig vor ihm. Sie waren schwer bewaffnet. Matthäus überlegte loszurennen, sich irgendwo in Sicherheit zu bringen. Da glaubte er, einen fremden Atem an seinem Ohr zu spüren. Er fuhr herum – und blickte in das finstere Gesicht eines Albtraums.

In diesem Augenblick geschah etwas Merkwürdiges, denn mit dem nächsten Wimpernschlag setzte ein Geräusch ein, das keinen Aufschub duldete, keine Ausreden. Es suchte eine Entscheidung. Hier und jetzt.

Das Geräusch von Blechtrommeln.

Das Geräusch von Blechtrommeln

Immer im gleichen Rhythmus ratterten die Schrittmacher dahin und ihr Echo holte sie manchmal ein, sodass sich ihre Wirkung vervielfachte. Mohr und Dampfhofer liefen mit kurzen Schritten in einer langen Schlange von Soldaten. Und diese Männer aus den österreichischen Grenzlanden sahen noch zerzauster aus, als vor wenigen Tagen die in Graz einmarschierenden Franzosen, die Mohr vom Fenster aus beobachtet hatte. Manche der Männer trugen zum Stutzen auch einen Säbel und eine Lanze bei sich. Einige schleppten auch gewaltige Rucksäcke auf ihrem Rücken, die Tornister klapperten.

Kommandos wurden unablässig gebrüllt, von denen die meisten aber ohnehin nicht ihnen gegolten hatten, denn ihre Truppe lief unentwegt weiter. Doch als das gleichmäßige Trommeln endete, wussten sie, dass nun jene Stunde gekommen war, in der schmerzende Knie und schmerzende Seelen und schmerzende Erlebnisse keine Bedeutung mehr hatten. Es zählte nur noch die Gegenwart.

Mohr und Dampfhofer waren mittlerweile so aufgeregt, dass sie gar nicht merkten, dass vor ihnen die Soldaten stehen geblieben waren, die Gewehre von den Schultern nahmen und das Pulver in die Läufe stopften.

Zwischen den Häusern vor ihnen sahen sie, wie sich die Franzosen formierten. Pferde schnaubten. Befehle wurden gebellt. Dinge geschahen, die Mohr und Dampfhofer mitrissen. Jemand betete laut.

Der Windstoß hatte nun auch sie erreicht.

Die Grenzer legten an und nach einem gebellten Kommando fegte eine ohrenbetäubende Salve über das Tal. Eine Rauchwolke stieg auf und während die erste Reihe Soldaten kniend ihre Gewehre nachlud, zielte die zweite Reihe und feuerte eine weitere Salve ab. Doch inzwischen bewegte sich dort, wohin die Grenzländer gezielt hatten, ebenfalls etwas. Dampfhofer glaubte zuerst Menschen davonrennen zu sehen. Er befürchtete schon, diese wilde Horde, der sie sich angeschlossen hatten, habe auf Zivilpersonen, auf Grazer, vielleicht sogar auf Bekannte und Verwandte von ihnen geschossen. Doch als sich der Rauch etwas verzog, bemerkte er, wie sich eine Gruppe berittener Soldaten ganz im Gegenteil in gestrecktem Galopp direkt auf sie zu bewegte. Französische Husaren mit Pelzmützen und gezwirbelten Bärten und roten Wangen schwangen ihre Säbel über dem Kopf und brüllten sich gegenseitig Mut zu. Ihre Kordeln flogen durch die Luft und unter den Hufen der Pferde spritzte Dreck in alle Richtungen und in den Augen der Reiter funkelte der blanke Todesmut.

Die plötzlich greifbare Nähe des Todes ließ Dampfhofer und Mohr vor Angst schreien.

Die Husaren kamen hinter den Häusern in gewaltigem Tempo hervor und strichen über die verwirrten Fußsoldaten. Der Wirt hatte keine Ahnung, was hier gerade vor sich gegangen war, aber er wusste, dass nur rasche Flucht helfen konnte. Er winkte Mohr und zusammen mit einer Gruppe Soldaten, die trotz der brüllenden Befehlshaber ebenso das Weite suchte, machten sie sich auf den Rückzug.

Neben Dampfhofer brach ein Soldat tot zusammen. Seine Stirn war voller Ruß. Als Dampfhofer wieder aufschaute, wimmelte es plötzlich überall von Männern mit blauen Röcken. Die Franzosen hatten sie eingekreist.

Das Klirren von Säbeln war zu hören und ein aberwitziges Geschrei setzte ein. Gerade als Jacob Dampfhofer sich überlegte, ob er einfach losrennen sollte, bis nach Graz hinein, in den hintersten Winkel seiner Schank, um sich dort auf den Boden zu hocken, stand ein französischer Soldat vor ihm.

Der Mann hielt eine Pistole auf ihn gerichtet, hob sie an und kniff ein Auge zu. Sein Kinn ragte aus dem Gesicht wie eine Schnitzerei, sein Haar war zu einem Zopf gebunden. Selbst in dieser Situation wirkte der Mann geckenhaft, hochnäsig.

Der Wirt versuchte sich vorzustellen, wie er selbst wohl wirken musste. Er trug keine Uniform, sah eher aus wie ein Bauer oder ein Freischärler als wie ein Mitglied einer regulären Einheit. Aber er musste auch gefährlich wirken. Verschmutzt, vollbärtig, bärenstark und bis an die Zähne bewaffnet wie ein Pirat. Der Soldat drückte ab.

Es gab einen heftigen Knall und unmittelbar danach schrie jemand auf. Der Franzose hatte die Waffe fallen lassen und griff sich an seine rußgeschwärzte Hand. Irgendetwas war mit der Waffe geschehen, doch Dampfhofer dachte nicht daran, sich darüber den Kopf zu zerbrechen. Auch ihn hatte mittlerweile das Kampffieber gepackt und es reichte aus, um genug Mut zu fassen und seinen Säbel zu ziehen. In der einen Hand den Stutzen, in der anderen die Stichwaffe, stand er vor dem Mann, der nun auch den Säbel zog.

Dampfhofer blickte sich rasch um. Es gab keinen Ausweg. Rundherum tobte die Schlacht in blutigen Zweikämpfen und es hatte ganz den Anschein, als würden sich jene, die sich noch nicht in Sicherheit gebracht hatten, zu Tode stechen.

Dem Franzosen schienen dieselben Gedanken durch den Kopf zu gehen. Er schaute hastig um sich und schrie: „Verdammte Hexenstadt!"

Dampfhofer wechselte das Standbein, ignorierte das schmerzende Knie und hielt den Säbel so weit wie möglich von sich gestreckt, um seinen Gegner auf Distanz zu halten. Er konnte kein Französisch, also hatte er auch nicht verstanden, was sein Gegner gerufen hatte. Aber es klang wie ein gebrüllter Befehl.

Sie blickten sich an. Dampfhofer fuhr viel zu heftig zurück, als der Soldat einen Schritt auf ihn zu machte, unmittelbar danach kegelte ihm ein weiterer Hieb, den er mit seiner Klinge gerade noch abfangen hatte können, fast die Schulter aus.

Er ärgerte sich. Keine Frage, dass er nicht geübt war im Kämpfen, aber er hatte kräftige Arme und zudreschen konnte er auch.

Den Säbel immer noch in der Hand richtete sich der Wirt wieder zu voller Größe auf. Sein Griff um die Waffe wurde fester. Entschlossener. Da senkte der Franzose seine Klinge plötzlich und nickte ihm zu. Er sagte: „Ihr seid alle verhext."

Dampfhofer rührte sich nicht, wog seine Möglichkeiten weiterhin ab und versuchte, in dem Blick seines Gegenübers eine Finte auszumachen. Doch er konnte nichts erkennen. Er nickte also zurück, beließ aber die tiefe Furche zwischen seinen Augen. Konnte es wirklich sein, dass der Fremde, der jetzt plötzlich auch lächelte, beschlossen hatte, keine große Sache aus dieser Situation zu machen?

Doch dann gefror das Lächeln des Franzosen plötzlich, sein Blick glitt davon und sein Körper zuckte. Der Säbel fiel ihm aus der Hand. Erst jetzt bemerkte Dampfhofer, wie eine schmale, gerade Klinge, die aus dem Bauch des Mannes herausragte, langsam wieder hinausgezogen wurde. Als der Leichnam umfiel, tauchte die Gestalt Albert Mohrs dahinter auf.

Entschlossen sah der Apotheker auf den Toten hinab. Er erkannte den Mann wieder. Er war in seinem Haus gewesen. Er hatte ihn auf der Straße gesehen. Und hier kreuzten sich ihre Wege abermals. Zum letzten Mal.

Er winkte dem immer noch verstört dreinblickenden Wirt, ihm zu folgen. Fassungslos stieg Dampfhofer über den Soldaten und lief hinter seinem Freund her.

„Er wollte gerade davonlaufen", keuchte Dampfhofer.

Er hatte das Gefühl, vor Aufregung nicht einmal sprechen zu können.

„Ja, sicher", hörte er Mohr vor sich.

Er machte sich lustig über ihn, das war selbst durch den Schlachtlärm hindurch zu hören.

„Verdammt, Albert, er wollte aufhören."

Da wandte Albert Mohr sich so plötzlich um, dass Dampfhofer beinahe über ihn gestolpert wäre, und drückte die massige Gestalt des Wirts an eine Hausmauer. Die Haut an Mohrs Kinn wölbte sich über den steifen Kragen seiner Weste. Sein Bart bedeckte die Oberlippe und ließ den Mann in diesem Augenblick noch eine Spur zorniger wirken. Der Hut saß schief auf seinem Kopf. Der Wirt war viel zu verdutzt über die Kräftigkeit des schmächtigen Apothekers, als dass er etwas dagegen tun hätte können.

„Hör mir gut zu, Jacob.“ – *Hieee … Hieee* – wieder das pfeifende, asthmatische Atmen. „Aus dieser Sache kommen wir nur heraus, wenn wir keine Skrupel haben, hörst du? *Keine Skrupel.* Diese Leute sind Soldaten. Das sind *alles* Soldaten, verdammt.“ – *Hieee … Hieee* – „Und sie sind nicht einmal unser gefährlichster Gegner.“

Weiter kam er nicht, denn plötzlich vernahmen sie rundherum nur noch französische Worte und als sich die beiden umdrehten, blickten sie in die Mündungen zahlreicher Infanteriegewehre mit aufgepflanzten Bajonetten. Pferde trampelten aufgeregt um sie herum. Und Kommandeure riefen lautstark ihre Befehle.

Sie waren umzingelt.

Der Dämon

Unentwegt wurde Matthäus mit Schlägen eines Gewehrkolbens auf seinen Rücken vorangetrieben. Und dennoch hatte sich etwas entschieden zu seinen Gunsten verändert: Er hatte nicht mehr das Gefühl, in unmittelbarer Todesgefahr zu sein. Aus irgendeinem Grund hatte ihn die Alte am Leben gelassen und mit sich fortgezerrt, mitten durch einen sinnlosen Krieg.

Die Gruppe hastete die Böschung hinab und dann die Straße entlang Richtung Osten. Sie hatten offenbar vorgehabt, dem Schlachtgewimmel zu entgehen und davonzulaufen. Doch dazu schien es zu spät zu sein. Überall setzte Geschrei ein, erste Schüsse fielen, es ging los.

Wild flatterten die Röcke der Kreatur, der sie folgten, während ringsumher der Lärm der Schlacht anschwoll. Der Regen hatte nachgelassen und hinterließ eine schwüle Luft, die ihnen den Schweiß aus den Poren trieb. Schwärme von Insekten wachten auf und überfielen alles, was sich bewegte, mit einer Gier nach Blut, die trotz aller anderen Leiden schmerzlich war.

Matthäus versuchte eine Bremse von seiner Wange zu blasen, doch es gelang ihm nicht. Das fleischige, tollpatschige Insekt, dem man unter normalen Umständen ohne Probleme den Garaus machen konnte, saugte sich an ihm fest, als spürte es die Hilflosigkeit seines Opfers. Zuerst ein stechender Schmerz, dann ein sanftes Brennen und unmittelbar darauf der gemeine Juckreiz. Es machte ihn fast wahnsinnig, das

Tier immer noch auf seiner Wange zu wissen. Alles Kopfschütteln nützte nichts, zumal es nur seine Kopfschmerzen wieder ansteigen ließ.

Im Rennen warf Matthäus auch einen Blick auf seine Begleiter. Es waren merkwürdige Typen, die nicht so aussahen wie Soldaten. Eher wie Banditen. Sie sahen aus wie die Strolche, von denen die Händler immer erzählten, wenn sie auf die Jahrmärkte kamen. Gemeine Wegelagerer, die nur darauf warteten, bis sich ihnen eine Gelegenheit bot, andere mit ihrer Brutalität zu überraschen.

Einer hatte zum Beispiel ein Gesicht, das man kaum als solches erkennen konnte, so sehr war die Haut mit eingeritzten Zeichen übersät. Matthäus konnte nicht erkennen, was sie darstellten, dafür bemerkte er aber, dass das linke Auge weit aufgerissen war und stets in eine Richtung stierte ohne dabei zu blinzeln. Eine furchtbare Narbe zog sich über das Auge hinweg bis in den Haaransatz hinein. Das Haar hatte sich der Mann im Nacken zu einem Zopf gebunden. Allein der Muskel seines Oberarms war dicker als Matthäus' Oberschenkel. Beim Laufen öffneten sich auch die Lippen des Mannes und ermöglichten einen Blick auf ein Gebiss, das Matthäus bei einem Menschen noch nie zuvor gesehen hatte. Der Mann hatte Zähne, die so groß waren wie kleine Messer und dabei so schwarz wie Schießpulver.

Ein anderer war zwar mit einer für Franzosen und Österreicher typischen weißen Uniformhose bekleidet, die er auch bis zur Brust hinaufgezogen trug, aber er hatte weder Hemd noch Rock an. Stattdessen war auch sein Oberkörper mit merkwürdigen Zeichen übersät und selbst auf seinem kahlen Kopf waren Muster der befremdlichen Kunst zu erkennen.

Die anderen in der Gruppe waren kleiner, gedrungener als die beiden, hatten aber alle kräftige Körper. Sie hielten sich allesamt geduckt, hatten schwarze Augen und ihre Haut war braun, brauner noch als die von den Leuten aus dem Süden des Kaiserreichs. Brauner als die der Italiener und Kroaten. Sie erinnerten ihn ebenfalls an die Leute, die manchmal auf den Jahrmärkten anzutreffen waren. Finstere Gesellen, auf die auch der Marktrichter immer ganz gern ein Auge warf, auch wenn sie nie etwas taten, das Anlass zu Misstrauen gegeben hätte. Ihr Fremdsein allein reichte aus.

In was genau Matthäus da hineingeraten war, konnte er sich nicht erklären.

Überall schlugen Granaten ein, Erdbrocken spritzten und ein beißender Gestank lag in der Luft. Er wurde durch die Reste eines Hauses gestoßen, von dem nur noch das Gerippe übrig geblieben war, und bemerkte aus den Augenwinkeln eine verkohlte Leiche, deren Hand steif in die Luft zeigte. Immer wieder wurde er nach kurzen schnellen Schritten in eine Ecke gedrückt, dort warteten sie einige Sekunden und liefen dann weiter.

Und plötzlich sah er, wie der Dämon, dem sie folgten, über eine Mauer sprang. Er hielt den langen Stab in einer weißen Hand, die Mäntel flatterten geräuschvoll in der Luft und die Kapuze rutschte beinah über den Kopf nach hinten. Das Wesen stieß einen markerschütternden Schrei aus. Dieser Schrei, davon war Matthäus überzeugt, war so inbrünstig, so gewaltig gewesen, dass ihn jeder trotz des Schlachtgetümmels gehört haben musste. Augenblicklich bekam er es wieder mit der Angst zu tun.

Vom Sterben

Zwei namenlose Soldaten der Landwehr erlebten das Grauen auf ihre Weise: Schlanke Schatten tanzten die Fassaden entlang. Als sie verschwanden, verstummten auch die Geräusche, die Menschen machen, wenn sie laufen: Schritte, Schnaufen und das Klimpern der Munitionsgurte. Sie wussten, die Feinde würden nur kurz innehalten und dann umso heftiger angreifen. Es konnte jeden Augenblick so weit sein.

Seit Stunden schon lagen die zwei hier verschanzt in den Trümmern einer herrschaftlichen Villa direkt am Glacis im Osten von Graz. Zwei knochige junge Männer mit langen Fingern, kaputten Zähnen und scheuen Augen. Sie mussten sich gegenseitig immer wieder Mut machen. Einer von den beiden zitterte so heftig, dass er sein Gewehr weggelegt hatte und seither unentwegt seine Hände massierte. Sein Unterkiefer klapperte, als habe er im Winter einen Fluss durchquert, dabei war die Luft so schwül, dass sie Schweißbäche aus den Poren trieb. Am Himmel schienen sich die Wolkenfetzen gegenseitig fortzuzerren. Das Grölen und Poltern wurde seltener und leiser. Es hatte aufgehört zu regnen.

Immer wieder hatten die beiden während der vergangenen Stunden die Rufe der Franzosen draußen auf der Straße gehört. Während die Männer sich hier drinnen versteckten, lauschten sie und stellten sich vor, wie die Fremden angriffen: Geduckt hinter ihren Bajonetten tauchten sie mit irrem Blick auf. Mit halb offenem Mund, geblähten Nasenflügeln und vorgeschobenem Kinn rannten sie ein paar Meter, knieten nieder, schossen, rannten weiter – und stachen zu.

Man sagte, selbst im wildesten Gefechtslärm blieben die Franzosen in Formation, kannten keine Furcht. Auf diese Weise eilten sie seit Wochen von Schlachtfeld zu Schlachtfeld. Je schneller der Feind tot war, desto schneller war es vorbei. Jeden Tag rennen. Rennen. Es machte einem Angst, wenn man bedachte, wie schnell und wie weit und wie lange diese Soldaten schon gerannt waren. Wie entkam man solchen Gegnern?

Teile einer Wand des angrenzenden Hauses waren eingestürzt und ließen es aussehen wie eine aufgeplatzte Wunde. Die Reste eines Fensters ragten aus dem Mauerwerk, scharfe Bruchstücke des Fensterglases steckten noch im Rahmen. Offenbar hatte sich eine Kanonenkugel im Lauf der Schlacht verirrt und das Gebäude zerstört. Durch die milchige Fensterscheibe war jetzt ein alter Mann zu sehen. Er hatte sich unter einem Tisch verkrochen, wollte sich gerade einen Leinensack als Deckung über den Kopf ziehen, als seine Augen sich weiteten.

Der Landwehrsoldat sah im Gesicht des alten Mannes seinen eigenen Tod. Das war auch der Moment, in dem all die Gefechtsgeräusche mit einem Mal verstummten. Noch einmal atmete der zitternde Soldat aus – aber nicht wieder ein. Die Kugel war durch seinen Hals hindurchgetreten und in einem Mahagonischrank dahinter stecken geblieben.

Sein Kamerad erschrak, schoss, doch das Geschoß irrte ziellos in den Tag hinaus. Zum Nachladen blieb keine Zeit. Als er aufsprang, wurden alle seine Gedanken fortgewischt vom verzweifelten Drang zu überleben. Das Gewehr mit dem Bajonett drohend vor sich hin und her schwenkend hörte er nichts als seinen eigenen rasselnden Atem.

„Verschwindet", rief er den beiden Franzosen zu, und war bestürzt, wie viel Kraft ihm allein dieses Wort raubte.

Seine Gegner starrten ihn mit kalten Augen an. Nachdem er geschossen hatte, waren sie sehr ruhig um die Ecke auf ihn zugekommen. Sie zeigten keine Regung, bewegten sich langsam, und er bemerkte, wie sie sich voneinander entfernten, um ihn auf diese Weise in eine Ecke zu drängen. Einer der beiden leckte sich im Näherkommen den Schweiß von der Oberlippe. Und hinter ihren hoch erhobenen Bajonetten bemerkte er sie jetzt ganz deutlich – die geduckte Haltung, die irren Blicke, die geblähten Nasenflügel … Er atmete jetzt so, dass man die untere Reihe seiner fleckigen Zähne sehen konnte.

Wie ein aufgerissener Körper lag auch dieses Haus da und die Kämpfer standen sich unter freiem Himmel gegenüber. Sie trugen längst keine Kopfbedeckung mehr und ihre Uniformen waren so verschmutzt, dass sich kaum noch feststellen ließ, welcher Seite sie angehörten. Der grüne Rock des Landwehrsoldaten war grau und staubig, das satte Blau der Franzosen ausgebleicht und matt. Einer von den beiden trug nicht einmal mehr ein Jacke. Seine weiße Hose war mit braunen Lehmspritzern beschmutzt. Rund um die Knie wies sie dunkle Flecken auf, was aussah, als wäre er in Blut gekniet.

„Verschwindet", schrie der Österreicher abermals. „Bitte", fügte er leiser hinzu.

Er wollte nicht klingen, als habe er Angst, trotzdem vibrierten seine Stimmbänder unter den verzweifelten Schlägen seines Herzens. Als spürte er, dass es dem Ende zuging.

Wie alt er war? 16, 17 vielleicht. Seit ein paar Monaten unterwegs für den Erzherzog. Das Bild seiner Mutter blitzte durch seine Gedanken. Fast reichte es, um ihm ein Lächeln auf die Lippen zu zaubern. Er hatte solche Sehnsucht.

„Bitte“, wimmerte er abermals und er dachte daran, ob er nicht einfach die Waffe fallen lassen und losrennen sollte.

Rennen. Vielleicht war er schneller als die Franzosen. Ausnahmsweise einmal schneller.

Doch es kam anders: Zuerst stolperte er über die Beine des toten Kameraden und versuchte, einen Hieb eines vorstürzenden Gegners abzuwehren. Es gelang ihm nicht ganz. Aus dem aufgeschlitzten Ärmel seiner Jacke schoss Blut. Er starrte auf seine Schulter. Der Schock verhinderte, dass er Schmerzen verspürte. Stattdessen sah er noch einmal die Bewegung vor sich, als würde sie sich wiederholen. Als sei das eine Übung im Geiste und er könnte einem Fehler auf den Grund gehen, um ihn später – im Ernstfall – nicht wieder zu machen. Er sah sich wieder, wie er auswich. Wie das Bajonett auf ihn zuraste. Wie der Franzose mit nacktem Oberkörper – er hatte eine Glatze, die übersät war mit Tätowierungen, die allesamt Gesichter, nein, schrecklich entstellte Fratzen, die direkt aus der Hölle zu kommen schienen, zeigten – er sah also, wie dieser Franzose ihn anstierte und dabei grinste. Und in diesem Moment glaubte er auch zu wissen, dass das gar keine Franzosen waren, mit denen er es hier zu tun hatte. Das waren andere Leute. Noch fremdere.

Und nun geschah etwas Seltsames: Anstatt sich zu wehren, löste sich die Spannung in seinem Körper. Er blieb stehen, wirkte fast ruhig und entspannt und ließ auch sein Gewehr sinken.

„Maria Mutter Gottes“, murmelte er und nahm eine breitbeinige Haltung ein. Dabei drehte er seinen Körper so, dass er den Gegnern die unverletzte linke Schulter entgegenstreckte. „Voll der Gnade …“, seine Augen verfinsterten sich, „… der Herr ist mit dir“.

Eine Sekunde verging und eine weitere würde diesen Kampf entscheiden. Er hätte es getan, sich auf die Fremden gestürzt wie ein rasendes Tier, obwohl er wusste, dass er dabei den Kürzeren ziehen würde. Stattdessen wurde seine Entschlossenheit durch eine Bewegung in seinem Augenwinkel unterbrochen. Da erschien etwas, das ihn einfach vor Schreck sein Gewehr fallen ließ. Zuerst schoss ihm durch den Kopf, dass da eine Kanonenkugel direkt auf sie zugerast kam, um all dem ein jähes Ende zu bereiten. Tatsächlich aber sah er das Böse auf sich zuschnellen. Nicht mehr und nicht weniger.

Das *Böse*.

Als das Bajonett des tätowierten Glatzkopfs seinen Brustkorb wieder verließ, wurde der Blick des jungen Mannes glasig. Doch in seinem Gesicht lag ein so großer Ausdruck des Entsetzens, dass man ihn über das Sterben hinaus bemitleiden musste.

Als sei da der Tod zu spät gekommen.

Als Matthäus sich vorwagte, bekam er noch zu sehen, wie einer seiner „Begleiter“ dem Landwehrsoldaten das Bajonett aus der Brust zog. Matthäus hatte noch das gepresste „Maria Mutter Gottes“ des sterbenden Mannes gehört. Der Schock des Anblicks der kreischend herbeispringenden Hexe war dem Soldaten noch im Tode anzusehen. Matthäus starrte betroffen auf das Gesicht.

Doch plötzlich tauchten weitere Landwehrmänner auf. Zehn, zwölf von ihnen sprangen durchs offene Mauerwerk ins Innere des Gebäudes. Er schöpfte neue Hoffnung. Ein Schuss knallte und traf den Glatzkopf an der Schulter, sodass er stolperte und vorübergehend außer Gefecht gesetzt war.

Doch dann verharrten die Österrreicher plötzlich. Obwohl sie mitten im Rausch des Krieges waren, hielten sie inne. Die Alte nützte diesen Moment, drehte sich im Kreis und hob dabei ihren Stab. Sie wirbelte ihn mit einer Hand über dem Kopf durch die Luft und als sie ihn senkte, streckte sie mit einem einzigen Schlag drei Soldaten zu Boden. Noch ehe das krachende Geräusch gebrochener Knochen verklungen war, stürzte die Kreatur brüllend vor und bohrte ihre Zähne in den Hals eines Soldaten. Drei von Matthäus' Bewachern hatten sich indes ebenfalls ins Getümmel gestürzt. Einer warf ein Messer, das im Bauch eines Soldaten landete, ein anderer hieb wie von Sinnen mit einem Krummsäbel auf zwei zitternde, in eine Ecke gedrängte Männer ein. Der Dritte wollte eingreifen, als er über die am Boden liegenden Leichen und Verwundeten stürzte und sich erst wieder aufrappelte, als der Rest der Soldaten schreiend die Flucht ergriffen hatte.

Matthäus wusste, wie schnell es jetzt gehen würde. Sie hatten ins Antlitz des Bösen gesehen, sie waren auf die Hexe persönlich getroffen. Das Gerücht vom Tod würde sich schneller verbreiten, als die Legionen Napoleons rauben und morden konnten.

Matthäus starrte immer noch auf das leblose, angstverzerrte Gesicht des toten Burschen, als eine gewaltige Traurigkeit sich mit der plötzlich einsetzenden Kampfpause über ihn legte. Nichts und niemand würde sie nun aufhalten. Er war diesen Gestalten ausgeliefert, und er hatte langsam eine dumpfe Ahnung, wohin seine Reise gehen sollte. Dieser merkwürdige Trupp wollte ihn aus irgendeinem Grund auf den Berg zerren. Auf den Schöckl. Matthäus ließ alle Hoffnung fahren und stolperte von Fußtritten geleitet wieder ins Freie.

Geiseln

Dampfhofer und Mohr erging es zur selben Stunde kaum besser. Sie hockten auf dem Boden unter einem Weihwasserbecken der Leonharder Kirche. Hierhin hatte man sie alle gebracht, nachdem sie die letzte Schlacht verloren hatten und gefangen genommen worden waren.

In dem Gotteshaus war es so laut, dass man das eigene Wort kaum verstand. Ein allgemeines Jammern und Wehklagen hatte eingesetzt und steigerte sich, weil manche die Nerven verloren und mit den Fäusten so lange wie von Sinnen gegen die steinernen Mauern hämmerten, bis sie bluteten. Andere hatten sich vor dem Altar auf den Boden geworfen und beteten inbrünstig. Die meisten aber suchten sich nur stumm eine Ecke und warteten.

Das Licht aus dem Buntglas schnitt Quadrate in den Innenraum der Kirche. Die Farben innerhalb der Quadrate waren kräftig und gelbstichig. Außerhalb erschien alles nur in Abstufungen von Grautönen. Die Kälte, die vom Steinboden ausging, wirkte zuerst wohltuend auf die aufgeheizten Körper. Mit der Zeit begannen die Männer aber zu frieren.

Der Wirt war aus seinem Stiefel geschlüpft und massierte seinen großen Zeh. Das Marschieren der letzten Stunden hatte ihm arg zugesetzt. Außerdem bemerkte er, wie hungrig er war. Da er aber wusste, dass es seinem Freund nicht besser gehen konnte, wollte er darüber nicht reden.

Trotz des Lärms hielt Mohr die Augen geschlossen und versuchte sich abzuschirmen. Er war nicht müde, suchte nur nach einem Ausweg.

Als sie umringt gewesen waren von Franzosen, hatte er schon gedacht, dass diese nun kurzen Prozess machen würden. Stattdessen wurden sie nur abgeführt und in diese Kirche gesperrt. Auf diese Weise dürften die Franzosen rund 400 Soldaten losgeworden sein, schätzte Mohr. Die Kirche war voller Leute. Und das Verrückte war: Draußen tobte die Schlacht weiter.

Neben Mohr hockte ein bärtiger Landwehrler und zerrte an seinem Stehkragen.

„Was Besseres kann uns gar nicht passieren", sagte er. Dem Akzent nach stammte er von jenseits der Pack.

„Hier zu sitzen, ist immer noch besser, als draußen abgestochen zu werden".

Dampfhofer blickte auf: „Und was ist, wenn sie uns ausräuchern?"

Der Soldat kratzte sich nun unverhohlen im Schritt und nickte.

„Stimmt auch wieder."

Damit war das Gespräch beendet.

Mohr hatte die Augen nicht geöffnet und versuchte sich auf etwas anderes zu konzentrieren. Auf eine Zeit, lange vor dieser. Als die ganze Aufmerksamkeit der Stadt nur einem einzelnen Kind zu gelten schien …

… Der Stadtverordnete hatte schnell eine Handvoll Männer zusammengetrommelt, die sich bereit erklärten, dem Kind zu folgen. Albert stand dabei, als sie den Pferden die Sporen gaben und dem Kind in Richtung Norden folgten. Alles Weitere erfuhr er einige Tage später vom Vater, der davon beim Abendbrot erzählte, und von seinen Freunden, die davon berichteten, während sie Steine in die Mur warfen. Viele Leute erzählten sich diese Geschichte in der Stadt.

Die Männer ritten lange, preschten vorbei am Mariahilferplatz, bei dem die Flößer das Brennholz abluden, sie passierten den Kalvarienberg, von dem man sich erzählte, der Teufel habe ihn vom Himmel geworfen. Es waren kräftige Männer, bullige Handwerkslehrlinge, ein Schütze der Bürgerwehr war auch dabei. Sie drangen zielstrebig immer tiefer in den Wald im Norden der Stadt ein, und doch verließ sie fast der Mut, als man ihnen auf einem Bauernhof berichtete, dass erst vor Kurzem ein Kind vorübergeritten war. Es war nicht stehen geblieben, war einfach schreiend vorübergeritten und wieder im Wald verschwunden. Die vier starrten in die Richtung, die das Kind eingeschlagen hatte, und stellten schaudernd fest, dass hinter den Baumwipfeln das flache, nebelverhangene Gipfelplateau des Schöckls zum Vorschein kam.

Dennoch nahmen sie sich noch einmal ein Herz und folgten dem Kind. Der Tag ging rasch zur Neige und es begann bereits zu dämmern – als die Pferde scheuten. Einer der Reiter wurde abgeworfen und das Pferd ging durch, die anderen bekamen ihre Gäule gerade noch in den Griff. Von dem Kind weiterhin keine Spur, der Gipfel des Schöckls näher denn je, das Licht des Tages schon fahl. Als der Mann zu einem der anderen aufs Pferd steigen wollte, war da plötzlich ein Geräusch. Die Gruppe wusste sofort, womit sie es zu tun hatte …

Der Erste wurde von einem herbeispringenden Wolf vom Pferd gerissen die Meute stürzte sich auf den Mann. Der Nächste wollte sein Pferd herumreißen, um davonzukommen, als sein Pferd wiehernd zu Boden ging. Die Bestien hatten sich in seine Flanken verbissen. Nur einer der kräftigen Burschen kam mit dem Leben davon. Er schüttelte einen Wolf vom Fuß, trieb seinem Pferd die Fersen in die Seiten und galoppierte ohne Rast zu machen zurück nach Graz.

Immer, wenn die Geschichte diesen Punkt erreichte, bekreuzigten sich alle Anwesenden. Die Buben bekreuzigten sich nicht. Albert massierte nur seinen Unterarm, um die Gänsehaut wegzureiben. Es war nun wohl Gewissheit: Das Kind war im Wald gestorben. Zerrissen von den erbarmungslosesten Räubern, die es gab – den Wölfen …

… Mohr öffnete die Augen wieder. Offenbar war unter den Gefangenen auch ein Wundarzt. Er war soeben dabei, einem Buben ein Stück Holz zwischen die Zähne zu schieben. Zwei Kameraden hielten den zitternden Knaben fest. Mohr konnte nicht sehen, was der Medicus genau tat, aber er nestelte mit einem langen Messer am Bauch des Verletzten herum. Der Körper des Jungen zuckte und die Soldaten hatten offenbar alle Hände voll zu tun, ihn ruhig zu halten. Immer wieder schüttelte der Feldscher den Kopf und bedeutete ihnen, nicht weiter machen zu können, wenn der Junge nicht ruhig bliebe. Die Helfer schwitzten. Einer weinte.

Jemand schrie: „Verdammt, was ist los? Was bist du für ein Arzt?“

Der Feldscher spuckte auf den Boden und fluchte auf kroatisch. Dann sagte er, er sei gar kein Arzt. „Ich bin Bartschneider, Herrgott noch einmal.“

Da redeten ihm nun ein paar andere gut zu und schärften ihm ein, daran jetzt nicht zu denken. *Einfach weitermachen.*

Zwei Kameraden drückten dem Burschen nun mit harten Griffen die Beine auf den Boden. Der Arzt bohrte das Messer wieder in die Eingeweide, griff mit der anderen Hand zu und holte eine Kugel aus dem Körper. Er hielt sie hoch. Einige klatschten, andere johlten sogar. Doch Mohr bemerkte, wie sich unter dem Körper des Verwundeten eine Lacke gebildet hatte. Seine Blase versagte. Nun hielt der Feldscher ein Glüheisen in der Hand. Die rot schimmernde Spitze drückte er rasch auf die Wunde, wartete eine Sekunde und ließ dann los. Längst hatte der Bub das Holzstück durchgebissen, aber er hatte nicht mehr geschrien. Er hatte überhaupt keine Reaktion mehr auf das Glüheisen gezeigt. Betreten standen die Kameraden um ihn herum. Jemand flößte ihm aus einer kleinen Flasche eine Flüssigkeit ein. Ein anderer klopfte ihm hilflos auf die Schultern. Ein Gestank nach verbrannter Haut lag in der Luft.

Mohr schloss die Augen wieder. Er versuchte, nichts zu hören, nicht hier zu sein. Dennoch spürte er, wie der Wirt neben ihm leise betete. Ohne die Augen zu öffnen, griff Mohr nach seiner Hand und hielt sie fest.

Draußen vor den Toren der Kirche schwoll der Lärm der Schlacht aufs Neue an. Mohr wünschte sich zurück in seinen Sessel vor dem Bücherregal, einen Becher Wein auf dem Beistelltisch, eine Ausgabe eines Pharmazie-Journals in der Hand.

Was ist schlimmer, dachte er, *zu verbrennen oder wieder ins Schlachtgetümmel zu müssen?*

Er schluckte.

Oder auf einen verwunschenen Berg zu steigen?

Der Lärm der Schlacht

Graf Ignaz Gyulay hatte im Lauf der Nacht neuerlich alle Kräfte mobilisiert, um die Leonharder Kirche mit den 400 Gefangenen freizukämpfen. In den Morgenstunden war er endlich erfolgreich und konnte die Franzosen gerade so weit zurückdrängen, um die Eingangspforte öffnen zu lassen. Als die befreiten Soldaten schließlich wieder aus dem Inneren der Kirche strömten, hielt sich ihre Erleichterung in Grenzen, stürzten sie doch abermals mitten in ein heftig tobendes Gefecht. Überall rauchte und blitzte es von Mündungsfeuern. Es herrschte Chaos, die Schlachtordnungen waren nahezu aufgehoben, Gyulays Offiziere verloren den Überblick, viele Grenzer desertierten. Später erzählte man sich boshafter Weise, man habe sie noch in der Untersteiermark um Hilfe schreiend rennen gesehen.

Die Franzosen hatten sich dagegen auf einer Anhöhe postiert und schlugen von dort mit ihren Feldhaubitzen und gezielten Gewehrsalven breite Lücken in die Reihen der Grenzer.

Auch Mohr und Dampfhofer waren aus dem Kirchenschiff gespült worden wie das unverdaute Innere aus dem Bauch eines Fabeltiers. Sie standen im morgendlichen Sonnenlicht, warfen einander unsichere Blicke zu und zückten erneut ihre Waffen. Ein wildes Stechen, Ringen, Schießen und Schreien hatte eingesetzt. Auch aus den Dächern umliegender Häuser zielten französische Scharfschützen auf Offiziere, die hoffnungslos versuchten, Ordnung zu halten und ihre Männer in quadratische Gefechtsformationen zu drängen. Laden, zielen, schießen. Laden, zielen, schießen. Doch es war bald unmöglich zu sagen, wo die Reihen des Feindes begannen und wo die eigenen noch kämpften. Viele schossen deshalb einfach auf alles, was sich bewegte. Manchmal auch auf die eigenen Kameraden.

Ohne zu wissen von wem, war Dampfhofer plötzlich mit Blut bespritzt. Er hob die Arme und schob Körper von sich, versuchte sich hinter einem toten Pferd in Sicherheit zu bringen. So weit er sah, waren auch Bauern aus der Umgebung unter ihnen. Sie schrien und fluchten vor Zorn. Franzosen seien in ihre Höfe eingedrungen und hätten alles kurz und klein geschlagen. Die seien völlig ausgehungert gewesen, abgemagerte dürre Kerle mit verschlagenen Gesichtern. Zu allem fähig. Mit jeder neuen Geschichte, jedem neuen Bericht wurden die Grenzer nervöser.

Denn auch eine ganz andere Geschichte machte die Runde. Jemand habe ein unheimliches Schreien gehört. Ein anderer wollte Kreaturen gesehen haben, die kämpften wie es Menschen niemals vermochten. Und ein Wort flatterte durch die Reihen der Kämpfer und manifestierte sich in der allgemeinen Angst. *Hexe.* Eine Hexe war unter ihnen.

Im allgemeinen Getümmel hatten neuerlich immer wieder angreifende französische Husaren für zusätzliche Verwirrung gesorgt. Das Schlachtfeld war bald übersät mit entsetzlich verstümmelten Leichen, schreienden Verletzten und Horden kämpfender Männer.

Alles voller Männer. Überall wahnsinnig gewordene Männer.

Mohrs Gedanken überschlugen sich. *Hieee … Hieee …* Pfeifend strömte die Luft durch seinen Körper.

Durchdrehende Männer. Hieee …

Eine weiche, schwere Hand legte sich auf seine Schultern.

Alle sind wahnsinnig …

Die Hand drückte zu und schüttelte ihn.

Mohr brüllte: „Alle sind wahnsinnig!"

Dann schlug ihm die Hand plötzlich ins Gesicht. Der Hut fiel ihm vom Kopf. Unter den breiten Koteletten brannte die Wange.

„Wa-as?"

Dampfhofer hatte sich über ihn gebeugt und machte ein besorgtes Gesicht. Er packte den Apotheker nun am Kinn und zwang ihn so, ihm direkt in die Augen zu sehen.

„Herr Mohr … Albert … Dreh jetzt nicht durch!"

Mohr nickte verwirrt. Seine Augen flatterten. Es war alles so verwirrend. Dieser Lärm. Dieser Wirt …

Verdattert blickte er über Dampfhofers Schulter hinweg und wunderte sich, warum die Grenzer direkt auf die Franzosen zuliefen. Eine kleine Gruppe hatte es geschafft, eine Lücke freizuschlagen, und steuerte nun direkt auf den Hügel zu. Sahen sie nicht, dass sie es niemals auf die St. Leonharder Anhöhe schaffen konnten? Dass sie dem Tod in die Arme hetzten? Vor Mohrs Augen spielte sich eine Tragödie ab, denn die Grenzer kämpften viel zu ungestüm. Kopflos.

Die Franzosen hatten leichtes Spiel. Sie waren kampferprobt, behielten die Ruhe und sammelten ihre Kräfte. Was die Angreifer nämlich nicht wussten, war, dass Napoleons Truppen nicht nur ausgehungert waren, es fehlte vielen von ihnen mittlerweile auch an Munition. Immer näher hatten sie also die Angreifer herangelassen, duckten sich tief in eilig ins Gras gehauene Gruben und murmelten Gebete. Einige küssten ihre Gewehre, schlossen einen Moment die Augen und auf ein Kommando, dem lang gezogenen Pfiff einer Trillerpfeife, sprangen sie auf und stürzten sich auf die fassungslosen, völlig überraschten Angreifer. Ehe die ersten Grenzer wussten, wie ihnen geschah, zappelten sie schon aufgespießt von langen Bajonetten auf dem Schlachtfeld.

Die Franzosen waren ihnen zahlenmäßig zwar weit unterlegen, doch sie kämpften mit derartiger Präzision, dass ihre Gegner, statt sich zu wehren, manchmal sogar ihre Gewehre wegwarfen und kehrtmachten. Die Angstschreie der Davonlaufenden waren weithin zu hören und trieben Mohr die Tränen in die Augen.

„Schau mich an", brüllte Dampfhofer wieder und zwang ihn abermals, nicht aufs Schlachtfeld, sondern in sein Gesicht zu blicken.

„Wir müssen hier raus, aber schnell."

Mohr nickte apathisch.

Er blickte durch ein zersprungenes Fenster in das Innere eines Hauses. Dutzende Soldaten rangen miteinander. Schreie, gurgelnde, würgende Laute, Stöhnen, Grunzen, Brüllen.

Langsam wurde alles klarer.

Der Wirt rüttelte an seinem Kragen. Mohr nickte nur.

Hinter dem zersprungenen Fenster befand sich ein weiteres. Und durch das Knäuel der Kämpfenden hindurch war es Mohr hin und wieder möglich, einen Blick auch durch dieses zu werfen. Er sah dann durchs Haus hindurch auf eine von einem kleinen Waldstück und dichtem Gebüsch umgebene Lichtung etwas abseits des Schlachtfeldes. Auf dieser Lichtung befand sich eine Gruppe. An der Spitze der Gruppe stand eine Gestalt, die auf einen Stock gestützt das Gefecht zu beobachten schien. Es schien, als zerrte die Gruppe einen Gefangenen mit sich. Er stolperte immer wieder und wurde dann wieder angetrieben weiterzugehen. Die Gruppe steuerte auf die Leonharder Anhöhe zu und wandte sich dann Richtung Norden. Weg von der Schlacht.

Er hörte den Wirt abermals rufen: „Wir müssen hier raus!"

Und diesmal hob der Apotheker seinen Hut auf, zeigte in die Richtung, in die er blickte, und antwortete fast wieder mit alter Kraft. „Ja, mein Freund, unser Kampf ist ein anderer."

Matthäus verfolgte den Schlachtverlauf schweigend, so gut er konnte. Napoleons Armee war durch halb Europa gereist, um Beute zu machen, und sie spielte ihre ganze Routine in dieser Schlacht aus. Trotz zehnfacher Überlegenheit des Feindes wartete sie ab und ließ die übermütigen Gegner herankommen. Dann löste sie sich plötzlich aus der Deckung, lief in die Mitte des ersten Karrees und spießte die Soldaten auf.

Manche der Franzosen mordeten so gekonnt, dass ihre Bewegungen fast elegant wirkten, wie ein Tanz vielleicht. Sie stachen mit weiten Ausfallschritten wie beim Fechten zu, zogen in einer einzigen Bewegung die Klinge aus den Bäuchen, raubten ihren Opfern die Munition und schossen noch über den röchelnden Leibern hockend Preschen in die feindlichen Linien. Manche von ihnen waren selbst längst schwer getroffen, rissen aber noch einige Gegner mit sich in den Tod, ehe sie zusammenbrachen.

In wilder Flucht suchten die Truppen Gyulays schließlich das Weite. Hunderte Soldaten.

Matthäus vermeinte trotz des Lärms das Stechen der Bajonette zu hören. Das Geräusch erinnerte ihn ans Schmatzen beim Essen. Er kämpfte mit Übelkeit.

Die Leichen lagen bald so zahlreich auf der Erde, dass er einmal mehr sein eigenes Schicksal fast vergessen hatte. Erst als plötzlich ein Mann in seiner Nähe aufschrie und von einer Kugel getroffen zusammenbrach, kehrte auch Matthäus' Überlebenswille zurück.

Von irgendwoher wurde plötzlich auf die Gruppe geschossen und Matthäus nutzte die Verwirrung, um einem weiteren seiner Wächter mit seinen gefesselten Händen in die Nieren zu schlagen. Er wälzte sich im Dreck, schaffte es sogar, dem bulligen Mann ein Messer aus dessen Gürtel zu ziehen, und stach blindlings zu. Bereits sein erster Stich musste tödlich gewesen sein, denn sein Gegner war plötzlich ruhig.

Keuchend richtete sich der Schmied auf und sah den großen Glatzköpfigen mit dem bemalten Gesicht vor sich – und der lächelte. Seine Schusswunde an der Schulter schien ihm nichts auszumachen. Die Schlacht im Hintergrund tobte unvermindert weiter.

„Mitkommen", grunzte der Kahle.

Wieder wurde auf die Gruppe geschossen. Ganz in der Nähe schlug auch eine Kanonenkugel ein und Matthäus bekam eine Ladung Sand in die Augen. Er wandte sich ab, versuchte verzweifelt, sich den Sand aus den Augen zu reiben, um wieder klar sehen zu können. Als es ihm schließlich gelang, lag der Riese rücklings auf dem Boden. Seine Augen starrten verwundert in den grauen Himmel. Aus seinem Mund trat Blut. Sein Brustkorb hob und senkte sich. Langsam. Immer langsamer.

Matthäus beobachtete, wie eine kleine Truppe Franzosen ganz in der Nähe auf das Zentrum des Gefechts zulief. Wie sie dicht beieinander blieben, sich gegenseitig stubsten und drängten und sich anbrüllten, um sich Mut zu machen. Irgendwann gingen sie im Nebel der Schlacht unter.

Aus dem Augenwinkel nahm er wahr, wie ein weiterer Wächter mit einem Säbel in der Hand auf ihn zustürzte. Matthäus schaffte nur eine halbherzige Drehung, doch ihm geschah nichts, denn ein Geschoß hatte den Angreifer im Sprung getroffen. Ganz in der Nähe krachte ein weiterer Schuss und auch der nächste Wächter ging jetzt getroffen zu Boden.

Fünf seiner Begleiter waren gefallen, und noch ehe er herausfinden konnte, wer ihn da zu retten versuchte, bemerkte er die Kutsche. Auf dem Kutschbock saß das Narbengesicht mit dem Zopf und den riesigen Zähnen. Seine Muskeln spannten sich eindrucksvoll unter dem zerrissenen Rock. Er brüllte auf die vier schwarzen Pferde ein, die den Wagen zogen. Die Nüstern der Tiere blähten sich auf, die Muskeln ihrer Schenkel glänzten, ihre Augen rollten. Es sah furchterregend aus.

Matthäus bemerkte auch ein graues Gesicht im Wageninneren. Es starrte ihn einen Augenblick lang an, ehe es hinter einem Vorhang verschwand.

Der Schmied sank erschöpft auf die Knie.

Als er seinen Kopf wieder hob, blickte er in die zerschundenen Gesichter seiner Freunde.

„Wir kamen wohl im letzten Augenblick“, schnaufte Jacob Dampfhofer. Er grinste und hob seinen Stutzen. „Bei meiner Seel’, ich wusste nicht, dass ich noch so gut schießen kann.“ Dann lachte er schnarrend, griff in die Innentasche seiner Jacke, ignorierte den tadelnden Blick des Apothekers und holte sein Blechfläschchen hervor.

Albert Mohr seinerseits stützte schwer atmend die Arme auf die Knie. Er hatte den Hut vom Kopf genommen und wischte sich mit dem Ärmel über die schweißnasse Stirn.

Als sich plötzlich einer der angeschossenen Wächter wieder bewegte – er war offenbar doch nicht so schwer getroffen gewesen – stürzte sich der Apotheker mit ungeahnter Kraft auf ihn. Die beiden rangen miteinander, ehe Matthäus und der Wirt eingreifen konnten. Der Wächter gewann die Oberhand. Er packte Mohr mit einer Hand am Hals und drückte zu. Die andere tastete nach einem Messer.

Erst jetzt reagierten Dampfhofer und Matthäus und stürzten sich auf den Wächter. Der eine biss ihm in die Wade, der andere versuchte die Finger in seine Augen zu bohren. Dennoch wurde das Gesicht des Apothekers apfelrot und schwoll an. An seiner Stirn traten Adern hervor.

Obwohl sie zu dritt waren, war ihr Gegner fast überlegen. Matthäus, der große bullige Schmied, musste offenbar geschwächt sein, denn er ließ sich mit einem einzigen Hieb abwimmeln. Und der Wirt, der sich in die Wade verbissen hatte, musste empfindliche Schläge in den Magen einstecken. Mohr war wieder zu hören … *Hieee* … *Hieee* … Doch aus seinem anfänglich heulenden Atemgeräusch wurde bald ein gurgelndes Röcheln. Seine Finger fassten nach irgendetwas, er wusste nicht einmal, ob es nicht ein Körperteil eines seiner Freunde war, aber er drückte verzweifelt zu. Er drückte so fest er konnte. Konzentrierte sich darauf. Doch langsam schwand seine Konzentration. Er wurde schwächer.

Und plötzlich ... ließ aller Schmerz nach.

Kurz darauf zerrten sie Bruder Antonius mit vereinten Kräften von dem Körper des toten Wächters. Der Mönch war plötzlich auf dem Rücken eines schwarzen Hengsts aufgetaucht. Das Pferd hatte den Wächter über den Haufen getrampelt. Danach war der Mönch abgesprungen und hatte so lange mit einem gußeisernen Kruzifix auf den Fremden eingeschlagen, bis dieser keine Regung mehr zeigte.

Antonius murmelte zitternd Gebete. Ein Klumpen Fleisch lag neben ihm im Gras.

Matthäus überspielte seine Tränen mit einem Lächeln. Dann hustete er und sagte: „Ich wusste gar nicht, dass ihr so gute Kämpfer seid."

In einiger Entfernung sahen sie die Männer Gyulays' immer noch fliehen. Sie spürten die entsetzliche Angst, mit der Menschen um ihr Leben rannten.

Und doch war es auch ein Tag der Helden. Längst hatten sich die Schlachtformationen gänzlich aufgelöst, überall bildeten sich kleine Haufen, die ums nackte Leben kämpften, und während der Lärm des Tötens langsam nachließ, wagten sich auch die ersten Helfer aufs Schlachtfeld. Die mit den Franzosen mitgereisten Frauen verbanden offene Wunden, und manche von ihnen wurde selbst Opfer einer verirrten Kugel. Eine rang sogar mit einem verletzten Kroaten und rettete sich schließlich mit einem verzweifelten Bajonettstich.

Matthäus und die anderen sahen auch, wie ein Kaplan aus Graz mitten im ärgsten Schlachtgetümmel zu den Sterbenden lief und ihnen die Letzte Ölung gab. Ein Franzose rannte über das Schlachtfeld auf ihn zu, hielt aber im letzten Moment inne, als er bemerkte, dass es sich um einen Priester handelte, und kehrte um.

Junge Männer, Theologiestudenten aus Graz, sammelten die Verwundeten ein und brachten sie auf Pferdefuhrwerken in die Spitäler der Stadt. Sie gaben Acht, dabei nicht auf einen am Boden liegenden Leichnam zu treten, doch es gelang ihnen nicht immer.

Matthäus bemerkte als Erster die vor eine Kanone gespannten Pferde. Eine Gruppe der französischen Artillerie war soeben damit beschäftigt, in fieberhafter Eile ein zweites Geschütz in Position zu bringen.

Die anderen folgten Matthäus' Blick und hatten verstanden.

Vater unser …

Als Margarethe die Augen öffnete, blickte sie in das freundlich lächelnde Gesicht der Schwester Oberin. Mit einem Schwamm wurde ihr die Stirn abgewischt, ein warmes Tuch wärmte ihre Brust. Doch Margarethe hörte auch die Schreie und das Wehklagen aus den anderen Räumen.

„Wird immer noch gekämpft?"

Das Lächeln verschwand.

„Ja, furchtbarer denn je. Sie wissen nicht mehr, wohin sie die Verwundeten bringen sollen. Man hört, viele Menschen sterben einfach am Straßenrand. Die ungarische Straße über die Ries soll ganz besonders schlimm sein, da stolpern die Lebenden über die Toten." Die Nonne machte das Kreuzzeichen. „Ich entschuldige mich für solche Floskeln. Aber es sollen wirklich viele Menschen sein, die auf dem Weg ins Spital sterben." Sie schüttelte gedankenverloren den Kopf. „Sie schicken die Armen wie Schlachtvieh auf die Schlachtfelder, während die Feldherren ihre Uniformen für die Maler säubern und glätten lassen."

Ein Schatten legte sich über die Augen der Ordensschwester. Sie schüttelte den Kopf. „Das ist die Abscheu vor dem Krieg. Das Leben ist kostbar, mein Kind."

Das Mädchen ignorierte den plötzlich strengen Blick der Ordensschwester. „Sagen Sie mir jetzt, was mit Bruder Antonius geschehen ist? Wo ist er?"

Die Nonne räusperte sich.

„Ich weiß es nicht." Sie schloss die Augen. Blinzelte schließlich und neigte ihren Kopf. „Sag mir, mein Kind, was, denkst du, meinte Bruder Antonius, als er *gegen den Dämon* in dir anzukämpfen glaubte?"

Margarethe lachte verlegen auf, doch die Nonne blieb ernst. Und in dem Mädchen blitzte eine Erinnerung auf …

… In dieser Erinnerung stand Margarethe ebenfalls einer Gestalt gegenüber, die auf ähnliche Art und Weise ernst blieb. Sie war durch die Tür, die offen stand, ins Haus gekommen. Überrascht war Margarethe aufgesprungen und ein paar Schritte zurück in den Raum gewichen, denn niemand hatte die Gestalt hereingebeten. Sie selbst war ein kleines Mädchen von dreizehn Jahren. Es war jener bitterkalte Jännerabend, an dem Kleists „Familie Schroffenstein" in Graz uraufgeführt wurde. Ihr Vater machte sich gerade ausgehfertig. Sie selbst trug ein Kleid mit Rüschen und fühlte sich so hübsch wie eine richtige Prinzessin. Und wie eine Prinzessin hopste sie gerade auf ihrem Pferd, einem echten Halleiner Steckenpferd, durch das Haus, als es im Salon zur Begegnung mit der fremden Frau kam. Margarethe blieb stehen, machte ein paar Schritte rückwärts und sagte mit belegter Stimme „Grüß Gott". *Grüß Gott,* mehr nicht.

Die Gestalt kam näher und schlug die Kapuze zurück. Margarethe begann zu schluchzen und spürte, wie kalte Finger über ihre Wange strichen. Die Finger der Gestalt strichen an ihrem Hals entlang. Sie roch abscheulich, nach toten Tieren, nach den Kadavern, die im Kälbernen Viertel ganz in der Nähe manchmal zu riechen waren. Die Gestalt sagte: „Was für ein hübsches Kind du doch bist."

In diesem Moment erblickte Margarethe ihren Vater, der plötzlich erstarrt im Raum stand und die Gestalt anstarrte.

Auch er wich zurück, als sie sich nun ihm näherte. Doch Albert Mohr wartete nicht. Er machte einen Satz auf die Tür seines Arbeitszimmers zu. Margarethe wusste, dass er viel Zeit in diesem Zimmer verbrachte, um zu studieren und über Büchern zu brüten. Sie befürchtete aber, ihr Vater laufe davon, und ihr Herz machte einen verzweifelten Satz. Doch als er wieder mit einem Degen in der Hand herausstürzte, war sie verblüfft. Und verblüffend war auch die Reaktion des Eindringlings.

Margarethe wischte sich die Tränen fort und sah, dass die Frau wieder ihre Kapuze über den Kopf gezogen hatte. Ihr Gesicht lag im tiefen Schatten. Die Gestalt lachte, dann holte sie plötzlich aus, traf mit ihrem Stock eine Vase, die krachend zu Boden fiel, nutzte die Verwirrung und rannte aus dem Haus.

Mohr setzte ihr nicht nach. Stand nur im Zimmer und betrachtete seine Tochter. Bestürzt stellte das Mädchen fest, dass es nun ihr Vater war, der Tränen in den Augen hatte. Und als er Margarethe kurz darauf umarmte, hörte sie ihn immer wieder sagen: „Es tut mir leid, mein Kind. Ich war noch so jung. Es tut mir so leid." Dass ihr Vater in der einen Hand seinen Gehstock und in der anderen ein langes Messer hielt, das er daraus hervorgezaubert hatte, wunderte sie gar nicht. Was sie viel mehr verwirrte, war, dass sie wirklich gedacht hatte, er würde sie im Stich lassen …

… Das Lächeln war aus Margarethes Gesicht verschwunden. Die Nonne fragte: „Wo ist dein Vater jetzt?"

Sie starrten einander unverwandt an. Und dann bestätigte das Mädchen die Geschichte, die sie bereits von Therese und Antonius kannte. Die Ordensschwester hatte das mehr befürchtet als erwartet.

Kurz darauf rannte die Oberin den Gang entlang und spürte, wie ihr Herz gegen den Brustkorb schlug. Sie öffnete die Pforte in die Kapelle, eilte zum Altar und fiel davor auf die Knie. In flehendem Tonfall murmelte sie ein Vaterunser nach dem anderen.

Regen, der flüstert

Die Pferde wurden rasch müde und der Berg näherte sich nur langsam. Die dunklen Wolken waren nun sehr deutlich zu sehen und es hatte den Anschein, als würden sie direkt auf dem breiten Gipfelplateau des Schöckls entstehen. Von dort aus zogen sie nach Süden, verteilten sich im Grazer Becken und bis hinunter ins Leibnitzer Feld und in die Untersteiermark hinein.

Sie hatten den französischen Artilleriesoldaten mühelos die Pferde abgenommen. Einer hielt sie in Schach, während die anderen die Pferde bereit machten. Dabei hatte der Mönch noch erzählt, warum er hier war. Mehrmals versicherte er Albert Mohr, dass seine Tochter bei den Nonnen gut aufgehoben war. Er solle sich keine Sorgen machen, aber er habe ihr nicht mehr helfen können.

Als die Männer schließlich davonritten, hörten sie die Franzosen noch eine Weile fluchen, doch ihr Schreien verebbte ebenso rasch wie das Geräusch des Schlachtfeldes, das sie verließen. Zunächst hatte Matthäus zwar noch befürchtet, ein Trupp Husaren sei ihnen auf den Fersen, aber die Soldaten hatten wohl anderes zu tun, als mögliche Deserteure zu jagen. Sie zogen eine Schleife um die Kampforte und preschten dann neuerlich direkt darauf zu. Offenbar hatte die Kavallerie damit eine Kriegstaktik angewendet. Die vier ritten weiter und machten sich keine Gedanken mehr über den Krieg.

Sie ritten querfeldein und je weiter sie sich von Graz entfernten, desto unwegsamer wurde das Gelände. Sie wandten sich nach Norden, vorbei an der Kirche Maria Trost und wieder einen breiten Bergrücken hinauf. Immer wieder mussten sie wegen des undurchdringlichen Gebüschs innehalten und sich einen Weg durch dichte Waldflächen bahnen. Sie versuchten dabei, so gut es ging beisammenzubleiben und sprachen wenig.

Matthäus' Kopf hatte wieder zu schmerzen begonnen. Er hatte das Gefühl, sich nicht mehr lange im Sattel halten zu können, wollte sich aber nichts anmerken lassen. Sein Pferd lief am schnellsten. Angestrengt versuchte er, die zuweilen auftauchende Staubwolke vor sich nicht aus den Augen zu lassen, auch wenn er sich darüber wunderte, wie es möglich war, dass die Kutsche in diesem Gelände in einem derart hohen Tempo vorankommen konnte. Auch nach vielen Meilen war es den Reitern nicht möglich, den Abstand zu ihr zu verringern.

Knapp hinter Matthäus galoppierte Albert Mohr. Er war ein geübter Reiter. Lässig saß er auf dem Pferd, die Zügel in einer Hand, in der anderen seinen Spazierstock. Auf seinen Rücken hatte er sich das Gewehr gebunden. Sein Hut saß auf seinem Kopf. Mohr schien mit Fortdauer der Jagd gelassener zu werden. Die Würgemale nach seinem letzten Kampf waren zwar immer noch zu sehen, doch in seinen Augen war mittlerweile eine Entschlossenheit zu bemerken, die fast an Todesmut grenzte.

Auch der Wirt stellte die Veränderung bei dem Apotheker fest, wunderte sich darüber aber nicht, er war vielmehr darüber erleichtert. Sie mussten alle todesmutig sein, befand Dampfhofer. Zusammen mit dem Mönch ritt er einige Meter hinter den anderen. Er schnaufte laut, Schweißperlen brannten in seinen Augen und der Munitionsgurt klirrte und klapperte in einem fort. Einmal schaffte er es, nach seinem Schnapsvorrat zu tasten, wagte aber nicht, ihn aus der Jackentasche zu ziehen. Die Gefahr, ihn zu verlieren, schien ihm zu groß.

Nur Bruder Antonius trug keine Waffen, dafür war das Pferd, auf dem er ritt, von so elegantem Wuchs, dass es die klobigen, gedrungenen Artilleriepferde der anderen wie Esel aussehen ließ. Steif und aufrecht und blass ließ sich Antonius durch die Landschaft tragen, den Blick immer geradeaus. Seine Fingernägel waren schmutzig von Blut, seine Kleidung fleckig. *Gott allein wird sich eine Strafe für mich ausdenken*, dachte er bei sich.

Es lag eine seltsame Stimmung über den vieren, die da ritten. Zu ihrer Rechten erstreckte sich ein Wald, den Matthäus nun musterte. Er bemerkte, wie ein grauer Schleier aufstieg. Es regnete in dem Wald, keine zweihundert Schritte entfernt. Bei ihnen regnete es nicht. Es *roch* nur nach Regen. Ja, sie konnten den Regen riechen.

Vor ihnen verschwand die Staubwolke, der sie folgten, hinter einer Kuppe. Der Berg war wieder ein Stück näher gerückt.

Als sie an einem Bauernhof vorüberritten, zügelte Matthäus sein Pferd. Sie kamen überein, dass sie eine Pause einlegen mussten. Schon allein der Tiere wegen. Der Kutsche, der sie folgten, waren sie ohnehin nicht näher gekommen und sie wussten, wohin sie sie führen würde.

Während die Pferde an der Tränke standen, beobachteten die Männer argwöhnisch den Hof.

Keine Menschenseele machte sich bemerkbar. Dass jemand da war, war allerdings auch nicht zu übersehen. Unweit des Hofs stieg eine Rauchsäule in die Luft. Feuchte Äste und Gras waren auf einen Haufen geworfen worden und schwelten jetzt vor sich hin. Ein schwacher Nieselregen setzte ein und machte ein Geräusch, als würde er ihnen zuflüstern.

„Sie zünden Rauchfeuer gegen den Hagel“, sagte Matthäus.

Und so wie sie das Rauchfeuer gesehen hatten, bemerkten sie auch die Kinderkleider vor den Fenstern. Vor dem Eingang waren außerdem die Sensen und Eisenrechen über Kreuz gelegt, eine Mistgabel steckte mit den Zacken nach oben in einem Düngerhaufen.

Sie vermeinten, die verängstigten Blicke aus dem Inneren spüren zu können.

Albert Mohr rief in die Stille hinein: „Wir jagen die Alte vom Berg! Bald ist eine Ruh’, ihr werdet sehen!“

Niemand antwortete.

Dampfhofer und Bruder Antonius beschlossen, um den Hof herumzugehen. Als sie zurückkamen, zuckten sie mit den Schultern. Sie hatten niemanden gesehen. Nichts rührte sich.

Mohr spuckte auf den Boden und hob erneut seine Stimme. „Ich versteh’ ja, dass ihr Angst habt! Aber ihr seht doch, dass wir euch nichts tun wollen, verdammt.“

Er hämmerte an die Tür des Bauernhauses, doch als niemand Anstalten machte, sie von innen zu öffnen, ließ er es bleiben.

„Dann reiten wir eben weiter“, hörten die anderen ihn murmeln. Und mit den verklingenden Hufschlägen blieb bald nur noch das Geräusch des flüsternden Regens zurück.

Und das Scheuern einer dicken Schnur, die auf einem Balken in der Scheune hinterm Düngerhaufen mit der umgedrehten Mistgabel hin und her gerieben wurde. Von der Last eines toten Körpers, dessen Kopf in einer Schlaufe hing. Und vor der Scheune waren nicht nur die tiefen Spuren eines Wagens zu sehen, sondern auch die Abdrücke der Tiere, die ihn zogen. Wäre einer der vier kundig im Spurenlesen gewesen – er hätte spätestens zu diesem Zeitpunkt stutzig werden müssen.

Am Fuße des Bergs

Schließlich trafen sie doch noch auf Menschen. Als sie die Tür einer Schenke öffneten, verstummten die Gespräche im Innern des grauen Raums augenblicklich. Es roch nach Schweiß und altem Holz und der Kerzenqualm sammelte sich an der Zimmerdecke zu einem nebeligen Wolkenmeer. Jemand hustete. Das spärliche Licht des Tages brach durchs Fenster.

Mohr war der Erste gewesen, der durch die Tür gegangen war. Die anderen folgten. Als sie eintraten, war alles verstummt. Ihr Gruß wurde nicht erwidert.

Als sie an der Schank warteten, rührte sich niemand, um sie zu bedienen. Ein Sessel wurde über die verzogenen Dielen polternd zurückgeschoben. Ein dürrer, braun gebrannter Bauer stand mit mahlendem Unterkiefer auf und fixierte die Neuankömmlinge mit eisigem Blick, drückte seinen speckigen, breitkrempigen Hut fest auf den Kopf und ging wortlos hinaus. Es dauerte eine Weile, bis er draußen war, und seine Sohlen machten das unangenehm quietschende Geräusch ungeölter Scharniere. Vier, fünf weitere Bauern folgten ihm. Mohr betrachtete den plötzlichen Aufbruch mit gerunzelter Stirn und wandte sich dann dem Wirt zu.

„Gibt es hier nichts zu trinken?“

„Nicht für euch“, sagte einer der verbliebenen Gäste.

Mohr nahm den schwarzen Hut ab und legte ihn gemächlich auf die Schank. Er wischte seine verschwitzten Haare aus der Stirn und strich sie zurück.

„Hört gut zu“, sagte er dann. „Wir haben nicht viel Zeit. Wir jagen die Alte vom Berg. Und je länger wir hier aufgehalten werden, desto länger wird es dauern, bis wir sie haben.“

Er machte ein gelangweiltes Gesicht. „Also, wollt ihr uns nun etwas zu trinken geben, oder nicht?“

Als die vier Becher Wein vor ihnen standen, waren immer noch alle Gespräche verstummt. Ein Bauer hob schließlich seinen Becher Kaffee, gebrannte Gerste mit Milch, und sagte beiläufig, ihm seien die Schweine krank geworden und tags darauf gestorben. Eins nach dem anderen, auf ganz unerklärliche Weise. „Dann hab ich das Blut von einem Schwein auf die Mauer vom Stall geschmiert. Erst das hielt die Dämonen ab und die restlichen Schweine wurden wieder gesund.“

Er erhielt zustimmendes Gemurmel als Antwort.

Die Worte eines anderen dröhnten durch den Raum. Er sprach lauter, als es notwendig gewesen wäre, und schien es zu genießen, im Mittelpunkt zu stehen: „Es wird Nebel geben, bis ihr dort seid. Und dann werdet ihr sterben.“

Auf der Suche nach Zustimmung blickte er sich im Raum um. Er grinste auf eine merkwürdig verträumte Art. Niemand erwiderte seinen Blick.

„Ja“, lachte ein anderer endlich auf und wischte durch die Luft, als gebe er den vier Städtern nicht einmal fünf weitere Minuten zu leben. „Mich wundert, dass ihr es überhaupt bis zu uns geschafft habt.“ Aber das sei auch kein Wunder. Schließlich gebe es in der Stadt ja genug zu essen, weil sie den Bauern alles weggenommen hätten, was sie besaßen. So seien sie schon immer gewesen, die Grazer. „Und ohne Hunger lebt es sich halt leichter.“

„Die feinen Damen und Herren“, fügte einer hinzu und spuckte auf den Holzboden. „Vor 17 Jahren haben wir es beinah in der Hand gehabt. Aber der Herrgott hat’s nicht gut mit uns gemeint. Weil der Leopold gestorben ist, sind wir nicht in den Landtag und es ist bergab gegangen. Da hätten wir’s euch schon gezeigt. Aber der Kaiser Franz“, er räusperte sich, „der Franz, der ist so wie alle anderen auch. Nein, schlimmer noch. Dem sind ja sogar die eigenen Brüder fremd.“

„Eigentlich sind s’ alle gleich“, mischte sich die laute Stimme wieder ein. „Auch die Franzosen. Wer einmal oben ist und das Sagen hat, dem sind die anderen wurscht. Wir Kleinen werden immer die Kleinen bleiben.“

Zustimmendes Murren.

In die nun wieder grimmige Stille hinein fand Mohr, es sei jetzt wohl an der Zeit zu gehen. Doch nun regte sich der Wirt, ein großer, fassförmiger Mann mit breitem Doppelkinn und Augen, die zu weit aus den Höhlen hervortraten. Er machte insgesamt einen mehr bedauernswerten als bedrohlichen Eindruck.

„Habt Acht vor den Wölfen“, grunzte er. „Sie haben die Kutsche längst verlassen und lauern euch auf.“

Während ihm alles gebannt lauschte, fuhr er fort. „Sie war hier. Vor einer halben Stunde. Wir haben sie gehört, die wilde Jagd, und haben rasch alles zugemacht. Wenn draußen die Mistgabeln mit den Zacken nach oben stehen, kann nichts passieren. Wenn man es rechtzeitig hinein schafft.“

„Und betet“, flüsterte jemand.

Der Wirt wischte sich mit einem Tuch über die schwitzende Stirn. „Gebrüllt haben sie, ihre Begleiter, als sie zu

Wölfen geworden sind. Und die Fledermäuse, die die Kutsche jetzt ziehen, haben auch geschrien."

„Fledermäuse?"

Ein Bauer senkte seinen Weinbecher und wischte mit seiner schwieligen Hand durch die Luft: „Ihr wisst ja gar nichts. Fahrt nach Hause, dann lebt ihr länger."

Als die vier kurz darauf wieder im Freien standen, begrüßte sie eine nahezu undurchdringliche Nebelwand. Sie hörten die Pferde unruhig scharren. Der Nieselregen war dichter geworden und aus dem Boden schien Dampf aufzusteigen.

Beim Losreiten erinnerte Mohr sich noch an die Warnungen. Der Berg sei voller Löcher, die teilweise tiefe Schneisen in den Fels rissen. In einem dieser Löcher, das der Teufel selbst bis hinein in die Unterwelt gegraben haben soll, hause die Bestie. Und zwischen den Nebelfetzen hindurch bemerkten sie, wie die Landschaft langsam anstieg. Sie befanden sich am Fuße des Schöckls.

Totes Mädchen

Dämonen.

Die oberste Ordensschwester des Elisabthinen-Klosters in Graz, Oberin Josepha, konnte es nicht mehr hören. Sie hatte gebetet, gefleht und unzählige Male ihr Zimmer abgeschritten. Sie schüttelte unentwegt den Kopf und konnte nicht fassen, was da vor sich ging. Als brächte der Krieg nicht schon genug Leid in diese Stadt.

Nach der Schlacht um Leonhard, die sie gehört, aber nicht gesehen hatte, wurden überall in der Stadt Lazarette eingerichtet. Viele Gefallene, so wurde ihr erzählt, waren gleich auf dem Leonharder Friedhof beerdigt worden, und es schnürte ihr das Herz im Leib zusammen, wenn sie an die anderen Geschichten dachte, die man sich erzählte. Dass es nämlich an Badern und Wundärzten mangelte, und so mancher eingegraben wurde, obwohl er noch lebte.

Hunderte verletzte Soldaten wurden auf dem Glacis und im Schul- und Mesnerhaus am Leonhardplatz verarztet. Die Leute sagten, dass mehr als zweitausend Verwundete im Grazer Osten lagen und ihre Schmerzen in die Welt hinausbrüllten. Und auch diese Frauen, von denen sie die merkwürdigsten Geschichten gehört hatte, schlichen über das Schlachtfeld. Man sagte, es seien Dirnen, die den Soldaten aus Frankreich gefolgt waren. Vielleicht waren es aber auch nur die unglücklichen Geliebten der zum Kriegsdienst gezwungenen Männer. Manche von ihnen rannten zwischen den Verwundeten umher und reichten ihnen Wasser oder einfach eine Hand zum stillen Sterben. Manche weinten, andere suchten in fieberhafter Eile die Taschen der Toten nach Essbarem ab, oder nach irgendetwas, das sich später verkaufen ließ.

Die Schwester Oberin selbst konnte nicht hinaus, um zu helfen. Das Spital der Elisabethinen quoll über. Sie betete für die Sterbenden. Und dafür, dass die Leichen schnell verscharrt oder verbrannt würden, um nicht die Pest anzulocken.

Dämonen.

Sie schaute aus dem Fenster und beobachtete die Menschen, die geduckt durch die Straßen liefen. Wie lange es wohl dauerte, bis man hier keine Angst mehr hatte? Die Oberin spürte, wie sich die Nackenhaare unter ihrem Schleier aufstellten. Sie fuhr herum.

Doch da war nichts.

Das hatte sie gemeint.

Wie lange würde es dauern, bis man die Angst verlor, ein Dämon könnte plötzlich hinter einem stehen und mit einem Schlag Haare weiß werden lassen oder einem für alle Zeit die Sprache rauben?

Die Schwester Oberin schickte ein Stoßgebet hinaus in die Welt, das Margarethes Vater erreichen sollte. Denn sie wusste, was er vorhatte zu tun, war schlimmer als der Krieg. Aussichtsloser.

Sie hoffte, dass die Männer, die sie Bruder Antonius auf den Hals gehetzt hatte, nicht schnell genug gewesen waren. Vielleicht bestand ja noch Hoffnung für seine Seele. Vielleicht war es ihm möglich, mit der Kraft seines Glaubens seine Freunde zu beschützen, denn ohne Glauben – davon war sie überzeugt – war es unmöglich, lebend von diesem Berg zurückzukehren.

Die Oberin bekreuzigte sich wieder. Wenn die Männer, die jetzt die Hexe jagten, nur all die Armeen mitgenommen hätten, die sich hier die Köpfe einschlugen.

Dämonen.

Als Josepha vor vielen Jahren nach Graz gekommen war, wurde sie sehr schnell vertraut mit den Geschichten dieses Orts. Die Menschen erzählten sich von der Drud, die mit dem kalten Nebel in die Albträume tauchte.

Im Süden, dort, wo die Landschaft sumpfiger wurde und die Flussläufe feingliedriger, dort sorgten auch die Sagen einer verstorbenen Adeligen, der man zu Lebzeiten alles genommen hatte, für Grauen. Als Geist tauchte sie bunt gewandet mit einem großen Schlüsselbund auf und verängstigte die Erwachsenen. Die Begegnungen mit Kindern dagegen endeten stets tödlich. Dieses *Lahnwaberl* genannte Wesen hatte eine Vorliebe fürs Ertränken.

Überall im Land gab es ähnliche Geschichten, überall wurden ähnliche Ängste geschürt, aber dann begegnete sie einer Geschichte, die schlimmer war als all die anderen. Die Erzählung von der Alten vom Berg im Norden von Graz, einem Wesen, das nicht nur schlechtes Wetter brachte. Es soll sich zuweilen auch im Tal herumtreiben und die Kinder heimsuchen, grausam sein und hässlich und unberechenbar.

Warum gerade diese Geschichte schlimmer sein sollte als all die anderen, wusste die Schwester Oberin erst jetzt. Es war die Angst, mit der man von diesem Dämon sprach. Diese Angst war unmittelbarer. Wirklicher.

Sie blickte wieder aus dem Fenster in Richtung Norden. Sie konnte den Berg nicht sehen, aber er musste mehr Böses bergen, als sie sich vorstellen konnte. Sie schloss die Augen. Versuchte sich zu beruhigen, konnte es aber nicht.

Und dann zerriss ein Schrei die Stille.

Schwester Oberin hetzte durch die Gänge, stieß die Tür zu Margarethes Krankenzimmer auf und warf einen Blick auf ihr Bett. Es war leer. Zwei Nonnen standen im Zimmer und sahen ihre Vorgesetzte verzweifelt an. Als die Oberin an ihnen vorüberging, machten sie ihr mit gesenkten Blicken Platz.

Die Ordensschwester ging ans Fenster und schaute hinunter. Das Mädchen lag auf dem Rücken und ihre Blicke trafen sich. Einen Augenblick lang. Dann verschwand der Glanz aus Margarethes Augen und ihre Seele entwich.

Sie sah schön aus, fand die Schwester Oberin. Schöner denn je. Auch wenn ihr Körper unnatürlich gekrümmt auf dem Boden lag. Ihre Haut war weiß, das dunkle Haar lag aufgefächert unter ihr, als hätte es jemand gekämmt. Anmutig zeichnete sich ihr Körper unter dem Kittel ab, ein Bein war fast unzüchtig unbedeckt. Die Arme ausgebreitet, wie um jemanden willkommen zu heißen.

Und dann erschauderte die Oberin, denn ein Finger bewegte sich. Auch die Augen rollten noch einmal und fixierten sie. Und im selben Moment, als sie endgültig ihren letzten Atemzug tat, hoben sich Margarethes Mundwinkel ganz leicht zu einem Lächeln.

Schwester Oberin senkte die Augen, wandte sich um – und schrie auf. Ihr Blick war auf die Wand über Margarethes

Bett gefallen. Dort waren drei Worte mit Blut geschrieben, die die Schwestern nun weinend in die Knie zwangen.

Dort stand: „Der Teufel lebt und hat ein Kind."

Im Türrahmen tauchte ein Kind auf und fragte: „Darf ich jetzt wieder in mein Zimmer?"

Im Nebel

Früher nannten sie ihn Mons Sekkel, den Berg, der aus Kalkgestein und Glimmerschiefer besteht und so plötzlich aus dem Hügelland ragt, dass er die gesamte Umgebung beherrscht wie ein mächtiger Koloss. Nur wenige Menschen wagten es, sich in der Nähe des Schöckls aufzuhalten, und was man in Graz so hörte, konnten sie das auch nur, weil sie sich an uralte Regeln hielten. Und eine davon war: Niemals bei Nacht, bei Nebel, bei schlechtem Wetter hinauszugehen. Niemals alleine. Und vor allem, niemals ganz hinauf auf das flache Plateau des Bergs, das von Weitem aussah wie der Rücken eines schlafenden Ungeheuers.

Sie hatten sich im Schutz der breiten Krone einer Trauerweide auf den Kampf vorbereitet. Mohr hatte sich mit dem Husarenkarabiner, der im Sattel gesteckt hatte, vertraut gemacht. Es war ein kurzes, leichtes Gewehr, dem aber ein Bajonett fehlte. Er biss in eine Patrone und füllte eine geringe Menge Pulver in die Zündpfanne. Danach trieb er Kugel und Pulver mit dem Ladstock in den Lauf.

Dampfhofer wiederum kontrollierte sein Haubajonett. Es saß ein wenig wackelig, doch ließ sich daran nichts ändern. Die Tülle hatte sich verformt und passte nicht exakt auf den Lauf. Es hatte den Anschein, als wäre es das Bajonett eines anderen Gewehrs. Aus Mangel an geeignetem Werkzeug ließ sich das Problem nicht beheben. Viel lieber waren ihm ohnehin die beiden Pistolen, er wog eine davon in der Hand. Er blickte auf und betrachtete Matthäus, der einen Degen schwang. Plötzlich hielt er ihm eine Pistole hin, doch Matthäus winkte ab. Er sei Schmied und käme besser mit dem Stechen zurecht. Niemand lächelte.

„Für alle Fälle", sagte Matthäus, „habe ich ja noch das Luftgewehr. Es ist im Sattel des Pferdes gewesen. Es ist besser als nichts."

Mohr ging hin und kontrollierte die Waffe. „Sie ist geladen. Du hast noch zehn Schuss Munition, das ist alles. Geübte Schützen schaffen es in nicht einmal einer halben Minute zwanzig Schuss damit abzugeben."

„Ob sie damit treffen, ist aber eine andere Sache."

Mohr zuckte mit den Schultern und tauschte Blicke mit dem Wirt aus, der nun seinerseits eine Pike in seiner Hand wog. Eine kurze Lanze, die er einem toten Ulanen aus der Hand genommen hatte. Er fuchtelte damit herum. Seine Augen funkelten seltsam.

Nur Antonius fummelte nicht an einer Waffe herum. Er stand schweigend an den Stamm des Baumes gelehnt und betrachtete seine Freunde. Im Schatten der Weide war es düster, doch er wusste auch so, dass die Abenddämmerung bereits einsetzte und dass die hereinbrechende Nacht ihre letzte sein konnte.

In diesem Moment setzte Wolfsgeheul ein. Und es war nicht sehr weit weg.

Fackeln werfen ein unruhiges Licht in die Dunkelheit, vor allem, wenn der Wind die Flammen leicht vorantreibt.

Sie gingen langsam, hintereinander. Der Vorderste, Matthäus, hielt in einer Hand die Fackel, in der anderen das Pferd, welches wiederum mit einem zweiten Pferd zusammengebunden war. Der Letzte in der Reihe, Antonius, tat es ihm nach. Dampfhofer und Mohr hingegen hielten ihre Gewehre so, dass sie jederzeit bereit zum Feuern waren.

Der Regen setzte nicht vollends ein. Stattdessen schlängelte sich um ihre Knöchel nun ein milchiger Nebelschleier, der das feine Nieseln aufzusaugen schien und es nahezu lautlos werden ließ. Es war das Knurren, das sie rechtzeitig reagieren ließ.

Matthäus und Antonius hoben mit einer flinken Bewegung die Fackeln in die richtige Richtung und die beiden Schützen in der Mitte warfen sich auf die Knie. Als ein Schatten durchs Gebüsch huschte, donnerten ihre Gewehre fast gleichzeitig los und schlugen ein dickes Loch in die stockdunkle Nacht. So stellte Matthäus es sich jedenfalls vor.

Sekunden vergingen, doch nichts geschah. Kein Laut war zu hören. Kein totes Tier zu sehen. Hastig stopfte Dampfhofer neues Pulver in seinen Jägerstutzen, während Mohr ihn mit gezogener Pistole sicherte. Kurz darauf hatte auch Mohr seinen Karabiner wieder schussbereit gemacht. Doch nichts geschah.

Antonius sagte: „Auf diese Weise überleben wir diese Nacht nie.“

Die anderen gaben ihm recht. Doch als das Knurren neuerlich einsetzte, wussten sie, dass es zu spät für andere Entscheidungen war. Diesmal war das Geräusch näher. Und es kam von zwei verschiedenen Seiten.

Dampfhofer hatte den Schatten mitten in seiner Bewegung bemerkt. Er drehte sich auf den Knien um. Er konnte unmöglich einen gezielten Schuss auf das heranspringende Tier abgeben. Deshalb ließ er sich auf die Seite fallen, rollte über den Boden und versuchte, das Bajonett zu heben. Er spürte einen kurzen Schmerz im Knöchel, dann am Kopf. Im ersten Moment hatte er geglaubt, dass etwas über ihn hinweggesprungen war. Er trat mit dem Fuß in die Dunkelheit und ließ das Gewehr durch die Luft sausen. Der Schmerz ließ nach, doch sein Hieb stieß auf keinerlei Widerstand. Irgendwo in der Dunkelheit lauerte die Bestie. Und er fragte sich, wie es möglich war, dass es so plötzlich so finster hatte werden können. Wo war das flackernde Licht der Fackeln geblieben?

Er gab einen kehligen Laut von sich, fuhr wieder mit dem Stutzen durch die Luft, doch abermals landete er keinen Treffer. Er starrte so angestrengt in die undurchdringliche Schwärze hinein, dass seine Augen schmerzten. Es war unmöglich, auf Geräusche zu achten, denn sein eigener Herzschlag und das stoßweise Atmen übertönten alles. Als er schließlich zu wimmern begann, schämte er sich dafür, aber er konnte es nicht unterdrücken. Zu sterben war eine Sache, die Todesbestien aber nicht zu sehen, sie nicht einmal zu hören, wenn sie sich näherten, eine ganz andere.

So gesehen hatte es der Apotheker besser. Denn Albert Mohr blickte dem Ungeheuer direkt ins Maul. Er hatte gute Sicht auf die Speichelfäden, die sich zwischen den Kiefern des Wolfes zogen, und auf die fingerdicken Zähne, die nach seinem Gesicht schnappten.

Zunächst war er überzeugt gewesen, sein Karabiner habe dem Tier einen schnellen Tod bereitet. Der Rückstoß warf den Apotheker um. Er landete auf seinem Hinterteil und versuchte durch den Rauch hindurchzublicken, den seine Schusswaffe verursacht hatte. Es war ein fürchterlicher Knall gewesen, der ihm noch in den Ohren lag. Und dann brach plötzlich die Unterwelt über ihn herein, das Tier sprang aus dem Gebüsch auf ihn zu und Mohr hatte noch abwehrend die Hand gehoben. Eine Geste, die ihm fürs Erste das Leben gerettet hatte, denn in seiner Hand hielt Mohr immer noch das Gewehr und darin hatte sich der Wolf jetzt verbissen. Er konnte nicht um Hilfe schreien, brachte nicht einmal einen Laut des Entsetzens hervor, denn er brauchte alle Kraft, um nicht auf der Stelle mit Haut und Haaren aufgefressen zu werden.

Das Tier hatte ihn auf den Rücken geworfen. Dabei kam Mohr so unglücklich zu liegen, dass seine rechte Ferse in die Wirbelsäule drückte und die Sehnen des Oberschenkels überspannten. Das Gewicht des Wolfes war enorm, es gelang ihm nicht, sich aufzurichten, und schon begannen seine Oberarme zu zittern. Er würde dem Tier keine fünf Atemzüge mehr standhalten können.

Er schloss die Augen und öffnete sie wieder. Der Wolf war fort.

Mohr sah die dunklen Umrisse des Tiers an seiner Seite liegen. Eine Pike hatte es durchbohrt. Matthäus stand atemlos daneben, in einer Hand immer noch die Fackel. Mit der anderen reichte er ihm die Hand. Sie nickten einander zu.

Als sie sich umdrehten, sahen sie Antonius, der mit dem Rücken zu ihnen stand und die Fackel vor sein Gesicht hielt. Er rührte sich nicht. Ein Rudel Wölfe hatte sich auf einer kleinen Anhöhe über ihnen zusammengerottet. Und zwischen ihnen stand eine groß gewachsene, steife Gestalt.

Ihr Gesicht war kaum zu erkennen, lediglich der Mund, die Nasenspitze und Teile der Wange waren im fahlen Mondlicht zu sehen. Sie sprach kein Wort und trotzdem hatte Mohr das merkwürdige Gefühl, als würden die Wölfe ihr lauschen. Die Gestalt stützte ihr Gewicht auf einen langen Stab. Die Alte musterte die Gruppe kurz und rief schließlich: „Sind eure Kinder glücklich?“ Sie neigte den Kopf, als erwarte sie ernsthaft eine Antwort, ehe sie im Nebel verschwand, aus dem das Unterholz ragte wie aus einem unwegsamen Moor.

Die Wölfe allerdings, die folgten ihr nicht. Im Gegenteil. Sie teilten sich in zwei Gruppen und schritten langsam um die vier herum.

In diesem Moment streifte das Licht von Matthäus' Fackel den am Boden sitzenden Wirt, und er erschrak abermals, denn Jacob Dampfhofer stach immer noch wie von Sinnen mit dem Bajonett durch die Luft. Er war völlig außer sich. Der Hieb eines Wolfes hatte ihn offenbar so unglücklich getroffen, dass sich eine tiefe Fleischwunde quer über sein Gesicht zog. Quer über seine Augen.

Bruder Antonius murmelte ein Gebet, während er versuchte, die Pferde ruhig zu halten. Und dann erinnerte ihn dieses Gefühl der Hilflosigkeit an etwas. Etwas, das gar nicht so lange zurücklag …

… Die Schritte auf dem modrigen Holz des Treppenhauses verrieten den Besucher lange, bevor sich die Tür öffnete. Dennoch drehte Bruder Antonius sich nicht danach um. Er kniete am Boden, blickte beharrlich durchs Fenster in die neblige Nachtluft hinaus und hielt die Hände zum Gebet gefaltet. Er tat zumindest so, als würde er beten. Ein Schatten wanderte an ihm vorüber, um die Kante herum, die Wand hinauf. So verharrte er.

Als Antonius sich langsam auf den Knien umdrehte, begann der Besucher zu sprechen.

Die Gestalt erzählte ihm mehr, als er hören wollte. Denn damals, als die Verfolger von den Wölfen fortgejagt worden waren, war sie ganz allein auf dem Berg gewesen. Schutzlos und allein. Und noch ein Kind.

In seiner Not hatte es Zuflucht in einer der zahlreichen Höhlen gesucht. Es hatte sich von Beeren und dem Bachwasser ernährt und sich einmal einen toten Hasen gebraten.

Das Kind hatte den ersten Tag überlebt, die erste Woche. Als hätten die Wölfe kein Interesse an allzu leichter Beute, hatten sie es auch weiterhin in Ruhe gelassen. Und dann hatte der Berg langsam von dem kleinen Wesen Besitz ergriffen. In der Nacht war das Kind durch wilde Albträume gejagt, tagsüber hatte es oft von allein gewusst, was zu tun war. Es hatte mit sich selbst gesprochen, und mit allem anderen. Sogar mit den Steinen.

Der Mönch verstand nicht alles, denn immer wieder ließ er sich ablenken und versuchte, die Stimme der Gestalt zu erfassen. Es war, als sprächen mehrere Menschen zur gleichen Zeit. Als steckten Mann und Frau in einem Körper. Das Gesicht war schwer zu erkennen unter dem Schatten der Kapuze. Es wirkte farblos.

Der Berg hatte sich das Kind geholt, berichtete das Wesen. Jedenfalls war es das, was Bruder Antonius verstand. *Geholt.*

All die Jahre hindurch hatte es überlebt. Ganz offensichtlich hatte es während dieser Zeit auch den Verstand verloren. Doch das dachte der Mönch nur bei sich, ganz im Stillen.

Schon früh hatte es gemerkt, wie *endlich* alles war. Nur es selbst nicht. Und diese Erfahrung hatte es ein ums andere

Mal gemacht. Jahrelang hatte das Kind den Kontakt zu Menschen vermieden. Es hatte sie nur beobachtet, war manchmal sehr nah an ihre Höfe herangekrochen, und es war dabei schon einmal vorgekommen, dass es einen Hund hatte töten müssen, oder ein Kind, das ihm zu nahe gekommen war. Der Berg hatte viel verändert. Auch in Graz war sie manchmal gewesen – um zu sehen, wie es den kleinen Buben von einst erging. Den Verrätern. Den Mördern ihrer Eltern.

Antonius' Nackenhaare stellten sich auf.

Die Kreatur berichtete weiter. Davon, wie sie durch Fenster geschaut hatte. Davon, wie sie beobachtet hatte, wie aus den Kindern Erwachsene geworden waren. Und wie sie selbst Kinder gezeugt hatten. Auch ihn, den Mönch, habe sie dabei beobachtet. Beim Zeugen beobachtet. Antonius erstarrte. Sie schilderte, was sie gesehen hatte: Die Scheune, die Bäurin mit den dicken Locken, die ständig laute Gebete gebrüllt hatte.

Diese Kreatur hatte ihn tatsächlich gesehen.

Und da hatte sie beschlossen: An den Kindern, ja, an den Kindern der Mörder ihrer Eltern werde sie sich einmal rächen. Eines Tages.

Als Antonius merkte, dass die Geschichte offenbar zu Ende war, lief ihm ein kalter Schauder über seinen Rücken. Das Wesen hatte ihn seit jenen Kindheitstagen des Öfteren heimgesucht, doch niemals hatte es sich so redselig gezeigt. Er befürchtete, dass nun auch sein Ende gekommen war.

Erwartungsvoll neigte er den Kopf wie jemand, der auf das Beil des Scharfrichters wartete. Doch nichts dergleichen geschah.

Ganz im Gegenteil: Die Gestalt war fort …

… Antonius hatte versucht, die Pferde festzuhalten, doch die armen Tiere hatten furchtbare Angst bekommen. Sie wieherten wie verrückt und ruderten mit ihren Vorderläufen immer wieder durch die Luft. Schließlich blieb ihm wie auch Matthäus zuvor nichts anderes übrig, als die Zügel loszulassen. In wilder Flucht hetzten die Tiere sogleich davon. Traurig blickte er dem Hengst nach, der ihn quer durch die Stadt und das Schlachtfeld bis hierher getragen hatte.

Matthäus und der Apotheker hockten jetzt in einer Mulde auf dem Boden, zwischen ihnen saß der Wirt. Die beiden zielten auf Schatten der Nacht. Es waren fünf oder sechs Wölfe, mit denen sie es mittlerweile zu tun hatten. Als Matthäus, der sein Luftgewehr zuvor gerade noch aus der Satteltasche hatte ziehen können, aus dem Augenwinkel ein Tier wahrnahm, schoss er auf den Schatten, verfehlte sein Ziel aber. Er entriegelte, ließ eine zweite Kugel in den Lauf, schoss abermals und diesmal rutschte das tote Tier vor seine Füße. Matthäus' Trommelfell rauschte und Mohr zwinkerte ihm zu, ehe er sich daranmachte, seinerseits die Waffe nachzuladen. Er rief: „Die letzten Schüsse kannst du nur mehr aus geringer Entfernung durchführen, weil der Luftdruck nachlässt." Der Apotheker stellte den Karabiner auf den Kolben und stopfte das Pulver in den Lauf. „Es kann also sein, dass du deine Messer bald brauchen wirst."

Antonius hatte sich zu ihnen gesetzt und legte behutsam eine Hand um Dampfhofers Schulter. Dieser fragte tonlos: „Warum dauert sterben so lange?"

Er tastete zitternd nach seiner Brusttasche. Der Mönch half ihm, griff in die Jacke des Wirts, zog die Blechbüchse hervor und reichte sie Dampfhofer.

Der Mönch erwiderte: „Wir sterben nicht, mein Freund."

In diesem Moment bemerkte er, wie aus dem Schatten der Nacht alle Wölfe gleichzeitig auf sie losstürmten.

Es war das zweite Mal an diesem Tag, dass der Mönch ein Lebewesen tötete. Diesmal allerdings tat er es gefühllos. Als habe der erste Mord etwas in ihm ausgelöscht. Das Zittern der Bestie ließ ihn nicht erschaudern. Der schwächer werdende Atem des Wolfs machte ihn nicht traurig. Nicht einmal das sanfte Winseln, das das Tier beim Sterben begleitete.

Antonius riss das Kruzifix aus dem Hals der Bestie und wartete, bereit für den nächsten Hieb.

Indes hatte Matthäus die Hälfte seiner Munition verschossen und nestelte an seinem Gurt herum, tastete nach seinen Messern. Es gab ihm Sicherheit zu wissen, noch zwei Möglichkeiten in Reserve zu haben. Er versuchte seine Panik zu unterdrücken, doch das Zittern seiner Hände ließ sich nicht mehr kontrollieren. Er hatte zwei weitere Wölfe getroffen. Was danach geschehen war, wusste er nicht mehr. Die restlichen Tiere hatten sich offenbar auf Mohr gestürzt.

Mohr?

Matthäus drehte sich hastig im Kreis, fand den Apotheker aber nirgendwo.

„Albert", rief er.

Dann lauter: „Herr Mohr!"

Keine Antwort.

Der Mönch bekreuzigte sich.

Die Schmerzen in seinen Rippen und seiner Schulter spürte Matthäus längst nicht mehr. Er hatte Dampfhofer auf den einzigen Gaul gesetzt, den sie noch hatten einfangen können. In einer Hand hielt er nun die Zügel, in der anderen den Stutzen des Wirts. Sie gingen langsam, denn sie hatten schon Mühe, einander wahrzunehmen. Dichter Nebel umgab sie, dämpfte sogar Geräusche. Und er kühlte.

Es wurde so kalt, dass Matthäus' Unterkiefer zu zittern begann, obwohl der Anstieg beschwerlicher wurde. Immer häufiger musste er stehen bleiben, um nach einer Möglichkeit zu suchen, voranzukommen, denn Büsche und Strauchwerk wurden immer dichter.

So verging vielleicht eine volle Stunde, in der keiner der drei ein Wort verlor. Schon gar nicht über den ungewissen Verbleib von Albert Mohr. Und von einem Schritt zum anderen veränderte sich schließlich die Natur. Wo Wald abrupt endete, begann das Plateau des Bergs als von Felsen durchzogene, bemooste Ebene.

Von irgendwoher drang Licht und zeigte Nebelschwaden, die rasch über den Berg strichen. Mit jedem weiteren Schritt trat ein neuer Baum in ihr Blickfeld oder ein weiterer aus dem Boden ragender, vom ewigen Wind blank polierter Felsen. Matthäus suchte die Umgebung nach einer günstigen Möglichkeit zur Deckung ab. Erfolglos.

Das Schweigen wurde schließlich vom Wirt gebrochen. Seine verletzten Augen, aus denen immer noch Blut tropfte, starrten in eine unbestimmte Richtung. Vor Schmerz verzog er seinen Mund. Sein aufgerissenes Hemd ließ im ersten Augenblick befürchten, seine Haut sei zerfetzt, doch darunter kamen seine blutverschmierten Brusthaare zum Vorschein.

Bruder Antonius hatte seine steife Haltung wieder eingenommen, die ihn ein wenig aussehen ließ, als wollte er mit all dem nichts mehr zu tun haben. Nein, als *habe* er mit all dem nichts zu tun.

Der Wirt sagte in die nebelige Stille des Bergs hinein: „Wisst ihr, was mich wundert: Warum jetzt? Warum kam die Hexe nicht schon vor Jahren?"

Der Mönch blickte auf.

„Und warum fragte sie, ob unsere Kinder glücklich sind? Das ergibt ja überhaupt keinen Sinn, schließlich hat sie meinen Sohn umgebracht." Der Wirt schaute ins Leere.

Er lachte bitter auf. „Und Peter hat gar keine."

Der Mönch blieb abrupt stehen.

Matthäus ging weiter, erwiderte aber nichts, sodass der Wirt glaubte, er habe ihn nicht gehört. Er wiederholte deshalb mit etwas festerer Stimme: „Was meint ihr? Warum sagt sie so etwas? Warum kommt die Hexe erst jetzt und raubt uns unsere Kinder? Mitten im Krieg …"

„… Schweig!" Es war der Mönch, dessen Stimme plötzlich grell durch den Nebel drang. „Sei still, hörst du. Du sollst nicht denken."

Jetzt war auch Matthäus stehen geblieben. Er drehte sich um. Doch er blickte stumm in die Finsternis hinein, dorthin, wo soeben noch der Mönch gestanden hatte. Und dann tat der Messerschmied etwas Merkwürdiges: Er zog den erblindeten Wirt vom Pferd und drückte ihm sein Gewehr in die Hand. Er sagte: „Du hast einen Schuss. Vielleicht rettet er dich."

Im Angesicht der Erinnerung

… Es war erst ein paar Monate her – und wieder trafen sie sich während eines Jahrmarktes. Seit jenen Tagen als Kinder hatte vor allem Albert Mohr es immer wieder verstanden, ihm aus dem Weg zu gehen. Die Jahre waren verstrichen, nur die gemeinsame Vergangenheit war geblieben.

Matthäus starrte gefesselt vom Anblick einer richtigen Operation in den Schatten, den ein Zeltdach warf. Eine hässliche Frau mit schwarzen Zähnen sprach in einer unverständlichen Sprache mit einem in vornehmen Zwirn gekleideten Herrn. Der Mann, ein waschechter Okulist, trug sogar eine weiße Perücke und sein Gesicht war altmodisch gepudert. In der Hand hielt er eine Nadel. Er sagte laut und theatralisch: „Es wird schmerzen, gute Frau, aber du wirst wieder sehen.“

Die Frau nickte und erwiderte etwas. Sie war betrunken und konnte sich kaum auf dem Schemel halten. Zwei Halbwüchsige mussten sie mit kräftigem Druck festhalten. Auf ein Zeichen der Perücke packte einer von ihnen plötzlich ihren Kopf und drückte ihn an seine Brust. Die Perücke näherte sich ihr, eine Hand griff sich ihr Augenlid, schob es nach oben, die andere führte die Nadel dicht an ihr Auge – und stach zu.

Die Menge hinter Matthäus stöhnte auf.

Die Nadel drang mitten ins Weiß des Augapfels ein und drückte auf die Linse. Sekunden verstrichen. Der Körper der Frau zappelte kurz, ehe er sich entspannte, noch bevor der Okulist die Nadel wieder herausgezogen hatte. Die Betrunkene war ohnmächtig geworden. Während er ihr einen Verband über beide Augen legte, erklärte er lauthals, dass sie wieder sehen würde. Nicht mehr wie ein gesunder Mensch, aber zumindest besser als noch vor zwei Minuten.

Vieles ging Matthäus durch den Kopf, doch alles verflog, als er einen Spazierstab auf seiner Schulter spürte. Er drehte sich um und sah auf den Apotheker hinab, eine kleine, schmalschultrige Gestalt mit einem umso mehr Respekt einflößenden ernsten Blick.

Mohr musterte ihn aus grauen Augen mit vorgeschobenem Kinn und ließ die Augenbrauen eine senkrechte tiefe Furche über die Stirn ziehen. An Mohrs Seite war eine zweite Gestalt. Eine steinerne Säule, der Rahmen eines Bildes – Peter Lautenbach. Er hatte seinen Kopf kahl rasiert und die Kapuze zurückgeschlagen, doch obwohl die Sonne unbarmherzig auf den Marktplatz brannte, sah er in der braunen Kapuzinerkluft blass und blutleer aus. Die beiden, der Mönch und Matthäus, waren beinahe gleich groß, doch Matthäus' Schultern schienen mindestens doppelt so breit.

Es vergingen einige Augenblicke, ehe der Schmied sich zu einem Lächeln hinreißen ließ und die beiden begrüßte. Er wollte sich schon wieder abwenden, als Mohr ihn bat mitzukommen und auf einen Baum deutete, eine Linde, in deren Schatten sich gut plaudern ließe.

Sie hielten sich nicht lange auf mit Förmlichkeiten, sondern kamen gleich zur Sache. Zur Sache jener längst vergangenen Tage. Albert Mohr hob an, er, Matthäus, wisse ja, dass keiner sehr erfreut gewesen war über dieses furchtbare Unglück. Dass es niemand hätte haben wollen. Dass auch keiner etwas getan habe, um es geschehen zu lassen. Außer eben er, Matthäus. Er war es gewesen, der so sehr geschrien hatte, dass alle auf die Diebsfamilie aufmerksam geworden waren. Nur er habe also gewissermaßen Schuld an dem, was danach geschehen war.

Matthäus starrte die beiden fassungslos an. Wie konnten sie so etwas immer noch behaupten – nach all den Jahren?

Mohr berichtete ihm davon, wie sie heimgesucht wurden. Immerfort tauchte ein Wesen auf, eine alte Frau, ein alter Mann, das ließe sich nicht so genau sagen. Doch egal, was es war, es machte ihnen ungeheure Angst. Stets tauchte es wie eine Mahnung auf, stets dachten sie, der Teufel selbst sei gekommen, um sie zu holen. Doch jedesmal blieben sie am Leben. Nicht nur also, dass sie gar nicht Schuld waren am Tod der Diebe, sie wurden sogar heimgesucht von deren zurückgebliebenem Kind. Denn nichts anderes sei die Kreatur, davon war Mohr überzeugt.

„Dies ist der ausgewachsene Dämon längst vergangener Tage", hatte Bruder Antonius betont.

Seine Unterlippe zitterte. Vor Angst oder vielleicht vor Zorn.

„Wie gesagt, eines Tages wird auch dich der Teufel heimsuchen, Matthäus. Eines Tages. Denn wie kann es sein, dass er ausgerechnet uns heimsucht und dich verschont?"

Matthäus nickte.

„Ich frage dich also, Matthäus", setzte Lautenbach fort, „wirst du bereit sein, mit uns gegen den Dämon zu kämpfen, wenn es denn sein muss?" …

… Damals hat er *Ja* gesagt und seitdem hat sich alles geändert. Der Dämon hat auch ihn heimgesucht. Er hat ihm den Sohn und die Frau genommen. Und nun stand Matthäus hier. Auf dem Plateau des Hexenbergs.

Jetzt trat der Schatten aus der Finsternis, als zöge sich das Dunkel in einen Winkel zurück, doch statt der Hexe kam Antonius auf ihn zu. Seine Kapuze hatte er sich tief ins Gesicht gezogen, in einer Hand hielt er das Kruzifix und seine Beine verloren sich in Nebelschwaden, was ihn aussehen ließ, als würde er schweben.

„Was geht hier vor, Peter?", brüllte Matthäus. „Die Hexe muss hier irgendwo sein, warum bleibst du nicht bei uns?"

Er hörte den Mönch lachen. „Ach Matthäus, halte mich nicht zum Narren. Ich weiß, dass ihr es längst wisst. Warum sonst hätte Jacob das gesagt."

Der Wirt stand schweigend neben Matthäus und zielte mit seinem Gewehr ins Nichts. Matthäus raunte ihm zu. „Weißt du, wovon er spricht?"

„Ich ahne etwas", gab Jacob zurück. Weiter kam er nicht, denn in diesem Augenblick stürzte der Mönch auf die beiden zu. Mit wildem Geheul näherte er sich so rasch, dass Matthäus keine Zeit fand, in seinem Gürtel nach den Messern zu greifen. Er stieß Jacob zur Seite, ein Schuss heulte auf und dann sah er nur noch, wie der Mönch an ihnen vorübersprang und in dem nebelverhangenen Schleier der Nacht verschwand.

Matthäus rappelte sich umständlich hoch und blickte an seinem rechten Arm hinab. Eine tiefe Wunde klaffte von der Schulter bis zum Ellenbogen. Er war vom Kruzifix aufgeschlitzt worden. Mit seiner linken Hand tastete er nun nach einem Messer, zog es und hielt es bereit. Solcherart kampfbereit, vernahm er eine schnarrende Stimme hinter sich. „Lass es fallen.“ Als er sich umdrehte, fühlte er sich ohnmächtiger denn je.

Der Mönch hatte Jacob von hinten gepackt und drückte ihm die Spitze des Kruzifixes in den Hals. Das Gewehr lag auf dem Boden und Matthäus verfluchte sich insgeheim, das Gewehr nicht behalten zu haben.

Als habe Antonius seine Gedanken erraten, lächelte er. „Du triffst eine Menge falscher Entscheidungen, mein Freund. Die Dümmste war aber, diese Hexe nicht früh genug getötet zu haben. Unten auf dem Schlachtfeld hättet ihr Gelegenheit dazu gehabt, dieses dumme Ding zu töten. Es rennt seit Jahren herum und macht allen Angst. Und jetzt redet sie auch noch von Dingen, die sie nichts angehen.“

„Von Kindern vielleicht, die du nicht haben dürftest. Ah …“ Der Wirt schrie auf. Aus seinem Hals quoll Blut.

Matthäus’ Augen tasteten die Umgebung nach verdächtigen Bewegungen ab. „Antonius, ich bitte dich. Was geht hier vor? Diese Kreatur kann jeden Moment hier sein. Sie wird uns alle vernichten, wenn wir nicht zusammenhalten. Hast du den Verstand verloren?“

Wieder lachte Antonius laut auf. Jacob begann zu schluchzen. Das Kruzifix bohrte sich tief in seinen Hals.

„Ich vernichte euch, hörst du. Ich. Niemand wird meinen Ruf zerstören. Kein Mensch weiß von meinem Kind, nur ihr und diese verrückte Bestie. Deshalb habe ich eure Kinder getötet. Damit ihr auf den Berg geht und gegen diese Hexe kämpft. Gegen eine arme Irre. Die Leute glauben solche Dinge gerne, weißt du. Ihr tötet euch gegenseitig oder werdet von den Wölfen zerfleischt und alles ist vorbei. Was bleibt, ist eine Legende, ein Gerücht.“

Fassungslos starrte Matthäus den Mönch an.

„Schau mich nicht so an! Hätte diese Verrückte nicht angefangen, ständig unseren Kindern aufzulauern, wäre nichts passiert. Niemand hätte je von meinem Kind erfahren, verdammt. Im Übrigen wird es von Nonnen erzogen und wird ein guter Christ werden. Und überhaupt: Hättest du damals dein Maul gehalten, stünden wir jetzt nicht hier."

Jetzt kam Bewegung in den Wirt. Er versuchte sich aus der Umklammerung zu befreien. „Du hast meine Söhne auf dem Gewissen, du Verrückter! Nur weil du die Aufmerksamkeit auf eine Hexe lenken wolltest. Nur um den Leuten Angst zu machen. Um sie von deinen Sünden abzulenken. Du Dreckskerl ..." Im nächsten Moment ließ ihn der Mönch los. Jacob Dampfhofer brach röchelnd zusammen. Antonius hatte ihm das Kruzifix in den Hals gerammt.

Matthäus war vor Schreck gelähmt, unfähig, sich zu bewegen. „Du hast meinen Sohn entführt."

Der Mönch nickte.

„Warum?"

„Ich wollte, dass alle denken, es sei diese Hexe gewesen. Dieses Biest von damals." Er lachte hysterisch auf. „Und ich glaube, das ist mir gelungen."

Matthäus schaute den Mönch an. „Ist er tot, Peter? Hast du meinen Sohn umgebracht?"

Der Mönch nickte wieder.

Matthäus fiel auf die Knie und begann zu weinen. Er blickte nicht einmal auf, als der Mönch näher kam und sein Kruzifix hob, bereit zum Schlag.

Matthäus wimmerte nur und stammelte: „Wieso Peter, wieso hast du das gemacht?", und Antonius schnarrte kaltherzig, während er näher kam: „Weil eine Legende nun einmal seine Opfer braucht. Alle Welt ist jetzt überzeugt davon: Wir haben eine Hexe, die unsere Kinder tötet. Es wird nicht lange dauern, da werden sie sie umbringen. Soldaten, Bürgerwehrler, Hundertschaften, du wirst sehen. Und niemand wird je von meinem Kind erfahren. Niemand wird je erfahren, dass ich gesündigt habe."

„Und Margarethe? Hast du sie etwa auch umgebracht?"

Da lachte der Mönch plötzlich auf. „Das wird das gute Kind hoffentlich selbst erledigen, jetzt, wo es glaubt, vom Teufel besessen zu sein."

In diesem Augenblick stürzte ein Schatten aus der Nebelwand. Antonius wurde überrumpelt und umgerissen und ein Knäuel aus zwei Körpern wirbelte über den Boden.

Als die beiden wieder auf den Beinen waren und sich lauernd umringten, erkannte Matthäus, dass es Albert Mohr gewesen war, der sich auf den Mönch gestürzt hatte.

„Ich dachte, du bist tot", brüllte Antonius.

Mohr sah fürchterlich zugerichtet aus. „Ja", schrie er, „beinahe war ich es auch. Dann bin ich euch gefolgt, um beim nächsten Angriff den Vorteil der Überraschung auf meiner Seite zu haben." Da habe er gehört, wie Antonius plötzlich verschwand und welches Geheimnis er mit sich trug.

„Was geht mit ihm vor?", rief Matthäus immer noch auf den Knien hockend. „Drehen wir jetzt alle langsam durch? Ist das der Preis, den wir hier zu zahlen haben?"

„Vielleicht." Mohr spuckte auf den Boden. „Aber eines ist gewiss: Es ist auch die Zeit der Antworten."

Da setzte der Wind ein und umhüllte alles mit seinem Heulen. Die Sturmböe hätte Matthäus fast aus dem Gleichgewicht gebracht. Er schrie: „Gib mir meinen Sohn zurück, du Bestie!"

Doch die Windgeräusche verschluckten seine Worte, sodass er nicht sicher war, ob ihn Antonius überhaupt hören konnte.

Ein Blitz zuckte auf. Matthäus bildete sich ein, immer neue Gestalten zu sehen, doch es waren nur die fahlen Umrisse von Bäumen, die der über den Bergrücken fliegende Nebel immer wieder kurz sichtbar machte.

Als Matthäus aufblickte, sah er Albert Mohr taumeln. Der Apotheker ließ seine Waffe fallen und beugte sich vornüber. Das Kruzifix steckte in seinem Bauch. Er stolperte über einen Stein und blieb liegen. Irgendwann löste sich der Griff um das tödliche Metall, das in seinem Körper steckte. Das Sterben von Albert Mohr ging schnell.

Matthäus sah alles das durch den tosenden Wind, hörte kein Klagen, kein Schreien, es war wie das grässliche Bild eines Albtraums.

Antonius wandte sich ihm zu. Er sah aus wie ein Todesbote, und er näherte sich Matthäus langsam.

Matthäus zitterte wie vom Fieber geschüttelt. Er machte keine Anstalten, wegzurennen. Stattdessen beobachtete er fast teilnahmslos, wie sich die windumtosten Albtraumbilder fortsetzten. Denn eine Gestalt tauchte hinter dem Mönch aus dem Nebel auf. Eine verhüllte Kreatur, die sich auf Antonius stürzte. Der Mönch fuhr herum, stolperte und stürzte. Zuerst verschwand ein Arm im Nebel, dann der Oberkörper, dann war von Antonius nichts mehr zu sehen.

Der Nebel lichtete sich für einen Moment und Matthäus bemerkte, dass Antonius in eine Felsspalte gestürzt war. Matthäus kroch auf allen vieren auf den Abgrund zu und sah die Leiche am Boden liegen, ehe neuerliche Nebelschwaden sie verdeckten. Als Matthäus aufblickte, stand die Hexe über ihm.

Sie betrachtete ihn lange. So lange, bis Matthäus zu sprechen begann. „Ich war es, der damals geschrien hat, bis deine Eltern gefasst wurden. Sie hatten unrecht getan, aber ich konnte nicht ahnen, dass es auf diese Weise endete … Ich war ein Kind … Es tut mir leid."

Sie schaute ihn immer noch wortlos an. In einer Hand hielt sie den Stab, die andere war zur Faust geballt. Matthäus wusste, dass diese Kreatur ihn mit einem Hieb töten konnte. Sie hatte ihn schon einmal im Kampf besiegt, und damals war er nicht verletzt und erschöpft gewesen. Doch ans Sterben dachte er jetzt gar nicht. Nur an die Vergangenheit. An die Bilder von einst.

„Ich wollte etwas Gutes tun. Ich wollte aber nicht, dass jemand stirbt", schluchzte Matthäus.

Als er aufblickte, hatte die Frau sich umgedreht und verschwand soeben langsam im Nebel. Sie drehte sich nicht mehr um. Sie ging ihm einfach aus den Augen. Er rief ihr noch nach: „Du wolltest mich töten. Warum tust du es jetzt nicht?" Doch sie erwiderte nichts mehr. Matthäus wusste, dass es vorbei war. Der Spuk hatte ein Ende. Für alle Zeit.

Er blieb sitzen und weinte bis zum Morgengrauen.

Mit schnellen Worten

Therese sprang aus dem Bett. Das Kleid klebte an ihrem Körper, ihre Hände waren feucht. Sie war in der Schank. Der Raum lag im Dämmerlicht und sie wusste nicht, dämmerte es zum Morgen oder zur Nacht hin. Sie taumelte zur Tür, riss daran und lief wenig später auf die Straße. Der Lärm dort war überwältigend. Überall standen Menschen in Trauben am Straßenrand und winkten. Manche weinten, manche klatschten und johlten. Niemand schien Notiz zu nehmen von der Frau, die zerzaust und verwirrt aus dem Haus gestürzt kam.

Weiter vorne am Straßenrand blickte Therese auf die Rücken von Soldaten, die sie noch nie zuvor gesehen hatte. Schulter an Schulter standen sie dort Spalier und gewährten kaum Blicke auf die Straße vor ihnen. Sie stellte sich zu den Leuten, stupste jemanden und fragte, ob er mehr wisse. Sie erfuhr, diese Soldaten seien Napoleons Verbündete, Württemberger Jäger.

Die Männer sahen großartig aus, fand Therese. Dunkelgrüne Uniformen mit schwarzsamtenen Krägen und Brustklappen, weißes Gilet, grüne Handschuhe, graumelierte Mäntel mit silbernen Knöpfen, runder Filzhut. Manche trugen auch einen in der Sonne glänzenden Helm mit schwarzem Rosskamm. Die Soldaten standen steif da mit Karabinern und aufgepflanztem Bajonett in der Hand, kurzen Säbeln am Gürtel. Aber Therese verstand immer noch nicht, was diese Soldaten hier eigentlich machten.

Und dann verebbte der Lärm so weit, dass die Stiefel Hunderter Menschen, die von der Sporgasse herunterkamen, zu hören waren. Ein Ehrfurcht gebietender Marsch schweigsamer Männer. Als sie näher kamen, hatte Therese auch freie Sicht auf die Gasse. Zuerst bemerkte sie einige Württemberger Offiziere, die mit Federhüten, silbernen Aufschlägen, Borten und buntem Wehrgehänge gefolgt von einigen Grenadieren mit eindrucksvollen Helmen voranschritten.

Doch schon bald ging ein Raunen durch die Menge. Manche schluchzten auf, einer rief, „Das ist er." Und fast gleichzeitig brandete hemmungsloser Jubel auf. Denn dort unten auf der Straße schritt nun ein steifer, schlanker Mann mit niedriger Stirn, buschigen Augenbrauen und spitzem Kinn voran. Major Hackher, jener Offizier, der im Kampf nicht zu besiegen war.

Seine Miene verriet nichts von seinen Gefühlen. Er trug die kurzen Stiefel der Infanterie, sein Hut sah aus wie neu. Die Koteletten ragten fein geschnitten darunter hervor, beim Gehen ruhte eine Hand auf dem goldenen Knauf seines Säbels. Er trug auffallend saubere, weiße Handschuhe.

Und Major Hackher ließ sich nicht einmal dazu herab, nach links oder rechts zu blicken. Mit steifen Schultern, zusammengepressten Lippen und vorgerecktem Kinn schritt er gleichmäßig voran. Unmöglich zu sagen, ob er in diesem Moment stolz war oder unendlich enttäuscht. Jemand erklärte Therese, dass Hackhers Männer auf Geheiß des Kaisers aus Wien den Schloßberg freigeben hatten müssen. Sie durften nun unbehelligt auf der ungarischen Straße über die Ries in Richtung Osten ziehen.

Erst die Männer hinter Hackher, großteils zerkratzte, zerfurchte, erbärmlich anzusehende Soldaten, lächelten die Leute an. *Wir haben überlebt*, verrieten ihre Gesichter.

Es dauerte fast eine Stunde, bis das Ende der Gruppe erreicht war. Dahinter schloss sich das Spalier, Kinder liefen zwischen den Beinen der Soldaten umher.

Als die Schritte verstummt waren, zerstreute sich die Menge wieder, nur die Württemberger blieben noch eine Zeit lang so stehen. Wieder Soldaten, und diese hier hielten noch unverhohlener Ausschau nach jungen Frauen, dachte Therese.

Sie entfernte sich schnell, rannte durch die Gassen, nahm einen aufkommenden Wind wahr und bemerkte die aschgrauen Wolken am Himmel, die rasch von Norden her über die ziegelroten Häuserdächer zogen, als gelte es auch für sie, eine Formation zu bilden. Therese wusste, was dies zu bedeuten hatte.

Auch sie hatte die Kreidfeuer der Bauern gesehen, mit denen diese das Umland vor Gewitterstürmen warnten. Doch Therese wusste auch, dass die Bauern noch viel erfindungsreicher waren. Rund um den Schöckl verließen sich die Leute längst nicht mehr darauf, sich in den Kellern ihrer Häuser zu verstecken, legten vielmehr irgendwo auf ihrem Grundstück unterirdische Behausungen an. Sie war überzeugt davon, dass die Bauern bereits in diesen Schlupflöchern lagen, um der Alten vom Berg zu entgehen.

Auch Therese war auf der Suche nach einem Schlupfloch. Es roch stark nach Regen und schon bildeten sich graue Schleier über den Häusern im Norden, was bedeutete, dass es dort bereits heftig regnete. Erste Regentropfen klatschten nun auch rund um sie herum auf den Boden. Und als sie das ratternde, fast kriegerische Geräusch von Hagelkörnern auf den Dachziegeln vernahm, war Therese schon die Stufen hinab und durch eine Tür hinein in den finsteren Erdkeller verschwunden, in dem sich stets Leute versteckt hielten.

Sie atmete schwer. Doch das war ebenso wenig zu hören wie die vertrauten Geräusche aus der Finsternis.

Es hieß, wenn es regnet, ist auf dem Berg, den sie Schöckl nannten, jemand gestorben. Und diesmal regnete es ganz besonders heftig.

Bibbernd ließ sie sich neben einer Wand nieder. Sie wollte mit niemandem reden. Als sie jemand an der Schulter anfasste, war sie deshalb fast unwirsch. Nur das freundliche Gesicht eines alten Mannes beruhigte sie. Er nickte in eine Richtung hinter ihm und sagte nur: „Wir haben ihn am Fuß des Schöckls gefunden."

Da sprang Therese auf und stürzte an dem Alten vorbei. Hastig schob sie Neugierige auf die Seite und konnte es schließlich kaum fassen, als sie ihn tatsächlich vor sich sah. Er war es wirklich. Umringt von ein paar Frauen lag Matthäus auf dem Boden. Er schlief. Auch als Therese behutsam seinen Kopf hob und ihn in ihren Schoß legte, wachte er nicht auf. Sie flüsterte unter Freudentränen immer wieder: „Mein Gott, du bist es wirklich."

Dabei hätten das Mädchen und all die Schatten ringsherum jetzt so gern eine Geschichte gehört – von den tapferen Männern, die auf einen Berg stiegen, um das Böse zu bekämpfen.

Nachwort: Wahrheiten

Noch im selben Jahr veränderte der Ort der Schlacht sein Gesicht. Nach den Friedensverhandlungen im Spätsommer 1809 begannen die Franzosen mit der Sprengung der Verteidigungsanlagen auf dem Grazer Schloßberg am 15. November, Punkt 15 Uhr. Bei dieser Aktion, die mehrere Wochen lang dauerte, wurden ein Mineur getötet und drei weitere verwundet. Insgesamt waren 300 Soldaten damit beschäftigt, die Felsenfestung zu zerstören. Die Stadt konnte mit der Zahlung von 2 978 Gulden und 11 Kreuzern lediglich den Glockenturm mit der Armesünderglocke, den Uhrturm sowie Teile der großen Basteien freikaufen.

Erst am 4. Jänner des Jahres 1810 verließen die letzten Franzosen die Stadt.

In der Schlacht um St. Leonhard, kurz nach der Belagerung des Schloßbergs, kämpfte das 84. Regiment der Franzosen tatsächlich gegen eine überwältigende Heerschar der Österreicher unter Graf Ignaz Gyulay. Seit diesen Tagen trug das französische Regiment deshalb auch die Devise „Un conte diex“ („Einer gegen zehn“) auf seinem Adler.

Ob es damals tatsächlich einen unterirdischen, geheimen Gang zum Schloßberg gab, ist bis heute nicht erwiesen.

Kaiser Franz I. ernannte Major Franz Xaver Hackher nicht nur zum Oberst, er verlieh ihm auch das Ritterkreuz des Militär-Maria-Theresien-Ordens. Hackher wurde außerdem wegen seines heldenhaften Einsatzes in Graz in den Freiherrenstand erhoben („Freiherr Hackher zu Hart"). Zur Verteidigung standen ihm damals übrigens exakt 16 Offiziere und 896 Mann zur Verfügung. Hackher starb 1837.

Zum hundertjährigen Gedenken der Schlacht wurde im Jahre 1909 eine Bronze-Statue, der sogenannte Hackher-Löwe, auf dem nordöstlichen Plateau des Schloßbergs errichtet. Diese Statue wurde 1941 während des Zweiten Weltkrieges abtransportiert und später eingeschmolzen. 1966 stellte man einen neuen bronzenen Hackher-Löwen auf. Eine Statue, die das Antlitz des Offiziers abbildet, gibt es nicht.

Zur Zeit der Belagerung war der Schloßberg noch ein kahler Felsen. Erst von 1839 bis 1842 wurde der Berg im Herzen der Stadt auf Betreiben des württembergischen Offiziers Freiherr Franz Ludwig von Welden in einen Naturpark umgewandelt.

Bis in die Gegenwart haben sich die Geschichten rund um die „Schöcklhexe" erhalten. „Du siehst aus wie eine Schöcklhex'", sagen die Leute rund um Graz, wenn die Frisur nicht passt. Und früher haben die Menschen tatsächlich stets ängstliche Blicke in Richtung Norden geworfen, wenn sich Gewitter anbahnten.

Gewitter kommen in Graz übrigens tatsächlich meistens aus dem Norden. Auch heute noch. Nur noch wenige glauben allerdings daran, dass die Wetterhexen des Schöckls damit zu tun haben.

Wer weiß …

Für alles – Danke

Die Arbeit an diesem Buch hat mich viel gelehrt über meine Heimatstadt. Und mich ihr ein Stück nähergebracht.

Auf der Spurensuche durch die Geschichte haben mich zahlreiche Personen unterstützt: die Kunsthistorikerin Monika Küttner; Peter Albrecht Kubinzky vom Institut für Soziologie an der Universität Graz; Christoph Hatschek, stellvertretender Direktor des Heeresgeschichtlichen Museums in Wien.

Außerdem Gabriela Müller-Hauszer vom Theriak-Labor; Norbert Weiss, Historiker der Krankenanstaltengesellschaft; Schwester Bonaventura Holzmann, Geschäftsführerin des Krankenhauses der Elisabethinen; Gerhard Dienes, ehemaliger Leiter des Grazer Stadtmuseums; Kulturjournalist Ernst Naredi-Rainer und Franz Leitgeb vom Grazer Stadtmuseum.

Die Ersten, die die Geschichte zu Gesicht bekamen, waren Kerstin Preis, Robert Engele und Norbert Swoboda. Ihnen bin ich vor allem für ihre schonungslose Ehrlichkeit unendlich dankbar. Erik Hilzensauer, Historiker des Bundesdenkmalamtes in Graz, durchforstete das Manuskript leidenschaftlich nach groben historischen Untiefen. Und Lektorin Christine Wiesenhofer widmete dem Manuskript – zu meinem Glück – mehr als eine Zugfahrt.

All diese Menschen bereicherten mich und dieses Buch.

Sämtliche Unzulänglichkeiten und Unschärfen der Geschichte, die dennoch hartnäckig erhalten blieben, sind allein mir anzulasten.

Zu Ende gebracht habe ich diese Geschichte letztlich aber nur dank Kerstin. Wie viele Ideen und Gedankensprünge ich ihr zu verdanken habe, weiß ich nicht mehr – es sind auf jeden Fall eine ganze Menge.

Dafür. Und für vieles mehr: Danke!

Glossar

Leopold von Auenbrugger (19. 11. 1722 bis 18. 5. 1809)
Die Arbeit, in der von der Perkussion erstmals ausführlich zu lesen war, war in Wahrheit erst im Jahre 1843 auf Deutsch erhältlich und damit allgemein bekannt.

Dragoner
militärische Reitereinheit, auch sogenannte Schwere Kavallerie

Feldscher
Diese Soldatenchirurgen rangierten in der Rangordung der Armee noch hinter den Trommlern ganz unten. Es handelte sich meist um gelernte Barbiere, was erklärt, dass eine ihrer Hauptaufgaben das Stutzen der Offiziersbärte war. In Kriegszeiten wurden sie für zahlreiche medizinische Aufgaben herangezogen, wie zum Beispiel zum Amputieren, Wunden-Ausbrennen, Schröpfen, Zur-Ader-Lassen und dergleichen.

Floße
und deren kleinere, gedeckte und auch belastbarere „Verwandte", die sogenannten Plätten, hatten in Graz je nach Ladung ganz bestimmte Anlegeplätze. Brennholz wurde damals im Bereich des heutigen Lendplatzes und des Mariahilferplatzes ausgeladen. Zum Grieskai wurden Eisen, Fässer, Holzkohle, Vieh und Wildbret geliefert. Der Holzlendplatz befand sich etwas nördlich des heutigen Augartens.

Fratschler
Fratschler handelten mit allerlei Produkten, vorwiegend aber mit Lebensmitteln. Sie waren so etwas wie Zwischenhändler. Man sagte auch fratscheln, um das Handeln mit verschiedenen Waren zu beschreiben. Fratschler sind Vorläufer der später bekannten Greißler oder Krämer.

Hauptwachplatz
heutiger Hauptplatz

Hoffmannstropfen
Der Mediziner Friedrich Hoffmann (1660 bis 1742) erfand diese „spiritus aethereus“ genannte Substanz gegen Krämpfe, Schwächeanfälle, Schwindelzustände, Erbrechen und dergleichen.

Husaren
militärische Reitereinheit, der Leichten Kavallerie zuzuordnen

Kälbernes Viertel
In Richtung Innenstadt rechts von der heutigen Hauptbrücke gelegenes Viertel direkt am Murufer. Hier wurde geschlachtet.

Klafter
Dieses Längenmaß entsprach in Österreich einer Länge von etwa 1,9 Metern. Das ist ungefähr der Abstand zwischen den ausgestreckten Armen eines Erwachsenen. Gemessen wurde auch in Fuß (0,3 Meter).

Klausner Stahlquelle/Bad Gleichenberg
Sie war ab 1833 als Kurort aktiv. Bekannt ist die heilende Wirkung des Wassers aber bereits seit der Römerzeit.

Leonharder Anhöhe
Seit 1912 befindet sich auf diesem Hügel, den ehemals Gräflich Schönborn'schen Gründen, das LKH-Uniklinikum Graz, eines der größten Krankenhäuser Europas.

Melbler
So nannte man die Mehlhändler, die zweimal pro Woche ihre Ware auf dem heute sogenannten Mehlplatz in Graz verkauften. Melbler verkauften mitunter aber auch andere Produkte, wie etwa Schweinefett oder Essig.

Neugasse
heutige Hans-Sachs-Gasse

Pallasch
Diese Hieb- und Stichwaffe hatte eine rund ein Meter lange und vier Zentimeter breite Klinge. Im Unterschied zum Säbel war die Klinge einschneidig und gerade geformt. Es war eine typische Waffe für die schwere Kavallerie jener Zeit.

Plabutsch
Der Bergzug entlang des Grazer Westens wurde einst auch „Bauernkogel" genannt. Bereits 1809 gab es übrigens eine Keusche auf der Hubertushöhe, die im 19. Jahrhundert durchaus bereits als Naherholungsgebiet galt. Am Fuße des Bergs gab es Weingärten wohlhabender Grazer Bürger.

Schröpfen
Diese Heilmethode ist uralt und basiert auf der Annahme, dass eine Erkrankung auf ein Zuviel an schlechten Säften im Körper zurückzuführen ist. Beim Schröpfen werden sogenannte Schröpfgläser auf die Haut gelegt, die einen Unterdruck erzeugen. Es bilden sich kleine Hämatome. Moderne Mediziner sprechen der Methode bestenfalls eine Placebo-Wirkung zu.

Tupfzeichen
Die Bäcker jener Zeit kennzeichneten ihre Brote mit Tupfzeichen. Dieses Zeichensystem war durchaus kompliziert. Einfache Symbole weisen dabei auf ein besonders hohes Alter der Bäckerei hin. Der Vorläufer der heute noch bekannten Hofbäckerei Edegger-Tax hatte zum Beispiel nur drei Tupfzeichen. Je jünger die Bäckerei, desto vielfältiger das Zeichen.

Ulanen
Zur Leichten Reiterei zählende militärische Einheit, die auch mit Lanzen kämpfte.

Unschlitt
Rinderfett, das durch Schmelzen von Rinderschlachtteilen gewonnen wird. Es wurde zur Laternenbefüllung herangezogen.

Zur Ader lassen
Beim Aderlass wurde den Patienten Blut entnommen. Oft auch eine beträchtliche Menge. Man ging davon aus, dass

dadurch das Gleichgewicht der Säfte im Körper wieder hergestellt wird. Diese Methode war bis weit ins 19. Jahrhundert gängige Praxis.

Zweispitz
Um 1790 setzte sich diese Hutform gegen den bis dahin bei Offizieren beliebten Dreispitz durch. Der Zweispitz wurde später auch Wellingtonhut (mit den Spitzen nach vorne und hinten) oder Napoleonhut (mit den Spitzen über den Ohren) genannt.

Die Figuren in diesem Buch sind zum größten Teil frei erfunden. Die historisch belegten Protagonisten des Krieges, wie etwa Major Hackher, hat es zwar gegeben, der hier dargestellte Charakter dieser Personen ist aber reines Produkt meiner Fantasie.

Kartenausschnitte: stadt **museum** graz
Die Karten stammen aus dem Jahr 1825, die Darstellung des Schloßbergs zeigt bereits die Reste der Festung nach der Schleifung 1809.

Hintergrund Cover: © pureshop-fotolia.com
Cover: Peter Eberl, www.hai.cc
Umbruch: Elisabeth Klöckl-Stadler, www.zwiebelfisch.at
Gesamtherstellung: Leykam Buchverlag

ISBN 978-3-85489-158-1
www.leykamverlag.at

K.K. Feld Zeugamt Depot
Paulus Th.
K.K. Holz Magazin
K.K. Feld Zeugamt
Algem. Kranken u. Gebär Haus
Milit. Spital
Kar. meli. ten
Herberstein
Paulus Thor G.
Irren. Haus
Schlossberg
Sack Th.
Bad
Sack
Projectirte Brücke